COZY MYSTE

T0279261

CAFÉ HASTA LA MUERTE

ALMA

Título original: *Through the Grinder*

© 2004, The Berkley Publishing Group
Publicado de acuerdo con Berkley, un sello de Penguin Publishing Group,
división de Penguin Random House LLC.

© de esta edición:
Editorial Alma
Anders Producciones S.L., 2024
www.editorialalma.com

© de la traducción: Teresa Lanero Ladrón de Guevara, 2023
© Ilustración de cubierta y contra: Joy Laforme

Diseño de la colección: lookatcia.com
Diseño de cubierta: lookatcia.com
Maquetación y revisión: LocTeam, S.L.

ISBN: 978-84-19599-65-0
Depósito legal: B-2405-2024

Impreso en España
Printed in Spain

El papel de este libro proviene de bosques gestionados de manera sostenible.

COZY MYSTERY

CLEO COYLE

CAFÉ HASTA LA MUERTE

Una novela de misterio para los muy cafeteros

Una vez más, a Martha Bushko y John Talbot, ¡con nata montada y sirope de caramelo por encima!

Cuando estés preocupado o tengas problemas
de cualquier tipo: ¡a la cafetería!
[...]
No encontraste una pareja a tu medida: ¡a la cafetería!
Tienes ganas de suicidarte: ¡a la cafetería!
Odias y desprecias a los seres humanos y, al mismo tiempo,
no eres feliz sin ellos: ¡a la cafetería!

¡A la cafetería!

PETER ALTENBERG
(poeta vienés)

PRÓLOGO

*E*lla debía morir.
Genius lo sabía y estaba totalmente de acuerdo. El problema, claro, era cómo.

Desde su punto de vista, casi todos los problemas se resolvían mediante la observación. Por eso, no se sorprendió cuando, al estudiar la vida de Valerie Lathem, encontró la solución para su muerte.

El aire de aquella tenue mañana de noviembre presentaba una aspereza especialmente cruel al clavarse en las mejillas, la barbilla y cualquier otra parte del cuerpo humano que quedase expuesta. Aun así, Genius se detuvo con la misma paciencia de siempre en la misma parada de siempre mientras fingía esperar el mismo autobús de siempre. Leer el periódico también era algo habitual, pero ese día los artículos de The Times *se le antojaban incomprensibles y la espera parecía interminable.*

Cuando la mujer de veintisiete años salió por fin de su mugriento edificio de ladrillo, Genius se fijó en su rostro atractivo y en su figura esbelta, en el pelo del color de la mantequilla rancia, largo hasta los hombros y peinado hacia fuera al estilo retro, en las botas negras con demasiado tacón, en los pantalones verdes de estilo militar demasiado pequeños y en la chaqueta barata de cuero rojo comprada en SoHo Jeans el día anterior.

Con paso enérgico, la mujer enfiló la calle Bleecker hasta la Sexta Avenida, ese amplio abismo de tráfico intenso que separaba el Manhattan moderno y el barrio de 1811, cuando los residentes desafiaron los planes euclidianos de calles perpendiculares, diseñados por los padres de la ciudad, y se negaron a enderezar sus callejuelas retorcidas.

Durante doscientos años, esa sinuosa red de calles empedradas, callejones estrechos y caminos recónditos no ha obedecido a ningún patrón lógico. El aire helado ha adquirido el olor acre de los troncos quemados en las chimeneas decimonónicas. Las lámparas de gas han parpadeado cerca de los pasajes cerrados con cancelas, los jardines escondidos o los tranquilos cementerios de las iglesias. Y las aceras no han bordeado rascacielos dispuestos en cuadrículas uniformes, sino un paisaje bajo de casas adosadas de tres y cuatro plantas, muchas de las cuales son ahora boutiques *poco convencionales, bistrós caros y algún que otro* pub *forrado de madera oscura, siempre cerrados a esas horas tan tempranas.*

La primera parada de la mujer fue en una esquina de Hudson, donde una casa adosada de estilo federal de cuatro plantas albergaba desde hacía diez décadas la cafetería Village Blend. Al tiempo que ella estiraba el brazo para agarrar el viejo picaporte de latón, la puerta de cristal biselado se abrió de par en par y escupió tres estudiantes adolescentes de la Universidad de Nueva York acompañados de una ráfaga de olor a café tostado.

—Ah, sí —susurró Genius—, ese olor divino...

El aroma terroso se esparció sobre los adoquines con la brisa fresca del otoño, un canto de sirena de capuchinos recién espumados, pasteles calientes, galletas italianas de anís y expresos reconfortantes. *Pero entrar en el Blend no era buena idea. No para Genius. Al menos hasta que lograra su objetivo.*

—*Un empujoncito. En el momento justo. Un simple empujoncito.*

Hasta entonces no habría chimenea acogedora, ni leche espumosa, ni cruasán con mantequilla. Desde la acera de enfrente, Genius alternó el peso corporal de un pie al otro mientras trataba de ver algo al otro lado de los ventanales del Blend, de más de tres metros de altura.

Como borregos modernos, una decena de clientes se arremolinaba en torno al mostrador de la cafetería. La mujer le pidió su comanda a un joven larguirucho, esperó unos minutos y una mujer menuda de pelo castaño le entregó un vaso de cartón.

Por fin, la puerta volvió a abrirse. Al topar con el aire frío, una envidiable nube de vapor aromático se elevó desde el vaso. Por un momento, los pantalones militares ajustados de Valerie Lathem se detuvieron en la acera y sus labios carnosos rozaron el borde de la tapa. Se estremeció de placer y Genius se enfrentó entonces al vívido recuerdo de aquel otro lugar donde en otro momento se habían posado los labios de la mujer... en él... Y en otros hombres.

Por un momento, a Genius le costó respirar.

—*Un empujoncito. En el momento justo...*

Entonces la Ramera continuó su camino hacia el nordeste, hasta la calle Catorce con Broadway, donde una amplia zona pública de césped, árboles y bancos formaba el parque de Union Square.

Los martes, jueves y domingos, el ancho borde de hormigón que había al oeste del parque estaba ocupado por una fila de aparcamientos con parquímetro. En cambio, los lunes, miércoles, viernes y sábados, la circulación estaba prohibida para permitir la instalación de un mercado agrícola al aire libre.

Los agricultores de Nueva Jersey, Long Island y el norte del estado de Nueva York abarrotaban con sus productos los puestos de toldos blancos. *Genius siguió a la Ramera, que visitaba tenderete tras tenderete para comprar manzanas y zanahorias ecológicas, tres tipos de mermelada casera, un tarro de miel y, por último, una barra de pan integral recién horneado. La compra era para su anciana abuela, a quien visitaba todos los sábados en la parte alta de la ciudad, probablemente con la intención de asegurarse una parte de la herencia.*

Los dos últimos sábados, la Ramera había elegido el tren R como medio de transporte, así que cuando Genius la vio acercarse a las escaleras del metro, se permitió un pequeño respiro de alivio.

Bajo tierra, la entrada noroeste estaba provista de una hilera de máquinas expendedoras de Metrocard y una taquilla de fichas inutilizada desde 2003. Como la Ramera había comprado un bono con anterioridad, caminó por el suelo de hormigón negro y sucio, pasó por delante de las máquinas expendedoras y llegó hasta los tornos, por cuya ranura plateada deslizó la tarjeta de color amarillo chillón.

Con un clic casi imperceptible, la máquina descontó de la tarjeta el coste del viaje. Luego, con un cli-clonc, la Ramera atravesó la araña metálica y se dirigió a la escalera de la izquierda, que bajaba hasta el andén de la línea Broadway hacia el norte.

Tras una espera de treinta segundos, Genius pasó una Metrocard comprada de antemano, como había hecho la Ramera. Pero no sonó ningún clic. En la pequeña pantalla incrustada en el brazo plateado del torno se leyó: STOP. VUELVA A PASAR LA TARJETA.

Genius la pasó.

El mensaje de STOP no cambió.

En un día laborable, y a esa hora tan temprana, la estación estaría llena de oficinistas y estudiantes universitarios, pero los sábados escaseaban los transeúntes. A dos tornos de distancia, los únicos usuarios de esa entrada —una mujer de mediana edad y dos niñas pequeñas— reían mientras se alejaban hacia las escaleras de la derecha para ir al sur.

Genius miró al frente para no llamar la atención. El plástico de la tarjeta se humedeció entre sus manos sudorosas. Comenzó a llegar un rumor lejano.

Un tren se acercaba. ¿El que iba al norte o el que iba al sur? Incapaz de saberlo, Genius frotó la tarjeta con la manga del abrigo y volvió a pasarla.

Por fin apareció el indicador verde.

¡Venga! ¡Vamos! ¡Vamos!

Genius entró como un rayo por el torno y bajó las escaleras como una exhalación. Una vez en el andén, se inclinó sobre las vías. En el otro extremo, cerca de la boca del túnel, el reflejo de la luz de un faro se extendió a lo largo de la pared de azulejos como el movimiento de un dedo acusatorio.

El tren se acercaba, uno en dirección norte.

¡El del norte! ¡Ahora, ahora, ahora!

Genius serpenteó con rapidez por el borde de la escalera. En esa parte, el estrecho andén de hormigón no medía más de dos vagones de metro de longitud. En uno de los extremos había una pared; en el otro, la parte trasera de la escalera que Genius acababa de descender. Allí solo esperaban quienes deseaban montarse en los dos primeros vagones, como Valerie, que estaba sola detrás de la escalera, oculta para los escasos pasajeros de la otra parte del andén.

En esa estación la vía se curvaba un poco y la llegada del tren no se veía a menos que el viajero se asomara para mirar más allá de la ristra de vigas verticales de color verde claro. Y eso fue justo lo que hizo la Ramera: inclinarse un poco en el borde del andén para ver llegar el tren. Con la bolsa del mercado en una mano y el café doble del Village Blend en la otra, no tendría posibilidad de forcejear ni de sujetarse.

Genius se situó con cuidado por detrás de la Ramera mientras el traqueteo mecánico del tren, como las piezas de una lavadora, acallaba sus pasos. Esa estación era de las más ruidosas de la ciudad; el nivel de decibelios hacía imposible cualquier conversación ni siquiera a gritos. Al cabo de tres segundos, Genius lo sabría a ciencia cierta.

Un empujoncito. En el momento justo. Un simple empujoncito.

Cuando la chaqueta de cuero rojo se precipitó hacia el frente y hacia abajo hasta alcanzar el carril mugriento, Genius oyó un grito. Y, al fin, las vías se tiñeron de rojo. Primero en una dirección. Luego en la otra.

Al tiempo que el chirrido de los frenos del tren R ahogaba el grito de la víctima, Genius retrocedió por las sombras de la escalera, serpenteó en la esquina, volvió a subir, pasó de nuevo por el torno y salió hacia el frío tonificante del nuevo día.

Por fin, por fin, esa sensación de logro. Objetivo cumplido... y... ¡hora de tomar un capuchino!

CAPÍTULO UNO

—...Y me ha llamado para decirme que sale en las portadas de los dos periódicos, del *Post* y del *Daily News*. ¡En la portada, Clare!

Sentada en la cama, me froté los ojos para intentar concentrarme en el monólogo que se filtraba por mi oído. Pero durante dos minutos (desde las 5:02 a las 5:04 de la mañana, hora estándar del este, para ser exactos), lo único que admitía mi mente era la imagen de algo oscuro, potente, rico y caliente.

No, ese algo no tenía unos ojos seductores, una cuenta bancaria en Suiza ni un cuerpo fuerte y musculoso al otro lado de mi cama. Como eterna madre soltera, llevaba años sin tener nada remotamente parecido en mi colchón —ni musculoso ni sin muscular—, solo sábanas de algodón limpias y una gata arisca.

De hecho, aquello oscuro, potente, rico y caliente con lo que soñaba era una taza de guatemala antigua, uno de esos cafés suaves y ácidos, como el costarricense y el colombiano, capaz de acallar mi repertorio de bostezos gracias a su sabor con cuerpo ligeramente picante y su acidez vigorizante e intensa (la «acidez» es una sensación agradable cuando el sabor termina en la boca; no debe confundirse con «amargor», pero ya hablaré de eso más adelante).

Suspiré, casi percibiendo el aroma terroso de aquel primer café matutino, su esencia de nuez, el estremecimiento de placer que se produce cuando el calor y la cafeína parecen sacudir directamente mis venas. Dios, me encantaba el ritual matutino.

Mi exmarido, Matteo Allegro, decía que abandonar la paz del sueño solo era tolerable si te esperaba una cafetera recién hecha. Él y yo nunca estuvimos de acuerdo en muchas cosas, pero en eso sí.

—Qué fastidio, Clare. No queremos dar esa imagen del Blend. ¿A que no?

La animada voz (que exhibía algo más que trazas de acidez) que había al otro lado de la línea telefónica comenzó a atravesar mi niebla matinal.

—Madame, habla más despacio —dije mientras pasaba de una posición medio recostada a otra erguida y firme.

Las cortinas de seda del dormitorio estaban echadas, pero, como estábamos en noviembre, si hubieran estado abiertas tampoco habría entrado la luz, ya que aún faltaba más de una hora para el amanecer.

—¿Qué aparece en la portada? —le pregunté a Madame entre bostezos.

—El Village Blend —repitió Madame—. Lo mencionan con relación a...

Volví a bostezar.

—Clare, querida, ¿te he despertado? ¿Te habías quedado dormida?

Me froté los ojos y miré el despertador digital.

—No me he quedado dormida. Suelo levantarme a las cinco y media.

—¿Con la entrega de la panadería a las seis?

El tono de censura de Madame era harto evidente. Pero, debido al enorme respeto que sentía por mi octogenaria exsuegra francesa, solo me irrité a medias.

Daba igual que el reparto de la panadería fuera a las seis de la mañana. Lo único que tenía que hacer era levantarme de la cama, ducharme, ponerme unos vaqueros y un jersey y bajar tres pisos. La cafetería no estaba a ochenta kilómetros. El pedido me lo traían literalmente a la puerta de mi casa. Claro que no siempre había sido así...

Hacía solo unos meses, me dedicaba a criar a mi hija en Nueva Jersey, a escribir algún que otro artículo para revistas especializadas en café y columnas sobre consejos de cocina para un periódico local, y a trabajar en *caterings* y guarderías para llegar a fin de mes, hasta que una mañana me llamó Madame. Me pidió que volviera a la ciudad para encargarme de nuevo del Blend, como había hecho unos años antes, cuando era su nuera.

Acepté, por una parte, porque mi hija, ya mayor, acababa de matricularse en una escuela de cocina del Soho y así tendría la posibilidad de estar en el barrio de al lado, y no en el estado de al lado. Y, por otra parte, porque en el generoso contrato que Madame me ofrecía, mi participación en la propiedad del Blend aumentaría a medida que pasara el tiempo, incluyendo el increíble dúplex situado encima de la cafetería de dos plantas.

¿Quién podría rechazar la oportunidad de poseer algún día una casa en el centro histórico de Nueva York, con un dúplex repleto de muebles antiguos, alfombras persas, cuadros de Hopper y chimeneas operativas, en una de las zonas más demandadas de Manhattan? Desde luego, *moi* no.

—Nunca he faltado a una entrega de la panadería en todos los años que llevo como encargada —le aseguré, con tono tajante—, y hoy no va a ser el primer día.

—Perdona, querida —dijo—. Por supuesto, lo tienes todo controlado. Es que yo nunca he podido bañarme y arreglarme en tan poco tiempo. Tu rutina matutina tiene que ser muy parecida a la de un vestuario deportivo.

Vaaale, hoy toca.

Carraspeé mientras recordaba en silencio que así era ella. A fin de cuentas, la mujer tenía derecho a decir lo que le viniera en gana sobre la gestión del Blend, no solo porque fuera la propietaria.

Madame Blanche Dreyfus Allegro Dubois, inmigrante refugiada proveniente del París de la Segunda Guerra Mundial, había dirigido el Blend durante décadas y había servido personalmente cafés a algunos de los artistas, actores, dramaturgos, poetas y músicos más renombrados del siglo xx. Si mencionabas a Dylan Thomas, Jackson Pollock, Marlon Brando, Ella Fitzgerald, Frank Sinatra, Miles Davis, Jack Kerouac, Barbra Streisand, Paddy Chayefsky, Robert De Niro, Sam Shepard o Edward Albee, Madame siempre tenía una anécdota personal de ellos que contar.

Así que, desde mi punto de vista, si alguien se había ganado el derecho a ser pesada cuando se trataba de la gestión del Blend era ella.

Aun así... eran las cinco de la mañana.

—Madame, repítemelo, anda, ¿por qué me has llamado?

—El Blend aparece hoy en los periódicos, querida. En todos.

—¿A santo de qué?

—En relación con un suicidio.

—¿Qué pasa con la New York 1, que pone las mismas noticias unas veinticuatro veces durante las veinticuatro horas?

Mi hija de Jersey, Joy, aún trataba de adaptarse a las trivialidades que caracterizaban la vida en Manhattan. Poco antes de las once, cruzó con sus botas negras y bastas el suelo de madera del Blend bañado por el sol y pidió su habitual café con leche doble con vainilla.

El tema de conversación de ese momento en el mostrador de la cafetería: el canal 1 de la tele por cable.

He oído miles de conversaciones parecidas durante el tiempo que llevo dirigiendo la cafetería: las excentricidades de los taxistas, los bodrios de Broadway, las bandas de mala muerte del CBGB, las portadas del *Time Out,* los equipos de rodaje que cortan calles enteras, el intento de dormir con las sirenas constantes de las ambulancias, las patadas a los coches que bloquean los pasos de cebra, la mejor porción de tarta al sur de la calle Catorce, las rebajas de los almacenes Barneys, el fin del porno en la Cuarenta y dos, los mensajeros kamikazes en bici, el verdadero significado de alguna palabra yidis, la diferencia —si es que la hay— entre los restaurantes indios de la Sexta Este, la página de cotilleos del *New York Post,* los ingredientes exactos de la nata de huevo... y, por supuesto, los alquileres, los alquileres, los apartamentos y los alquileres.

Uno de mis mejores camareros y ayudantes, Tucker Burton, un dramaturgo y actor gay, larguirucho y con el flequillo lacio que creía ser hijo ilegítimo de Richard Burton, deslizó la bebida de Joy sobre el mármol azul del mostrador.

—Cariño, no te metas con la New York 1. ¿Qué otra ciudad tiene un canal de tele local las veinticuatro horas? Vale, las noticias se repiten mucho, pero tú no sabes lo que es el aburrimiento hasta que oyes el tiempo de los pescadores en la Luisiana rural. Y te digo una cosita, los niveles de humedad del pantano no son nada bonito ni interesante; prefiero noticias del tipo: «*Surfer* del metro se precipita hacia la muerte» repetida diez veces al día antes que eso.

—Qué macabro, Tucker —apunté desde detrás de la eficiente cafetera expreso plateada de la barra.

(En realidad, detrás del mostrador también teníamos una cafetera Victoria Arduino de un metro de altura con forma de bala. Con multitud de esferas y válvulas, la importaron desde Italia en la década de 1920, pero, al igual que el ecléctico despliegue de antigüedades que decoraba las estanterías y la repisa de la chimenea —lo que incluía un molinillo con dos ruedas de hierro fundido, varias cafeteras inglesas de cobre, algunos *ibriks* turcos de asa lateral, un samovar ruso y una urna de café lacada procedente de Francia—, era de adorno).

—Asúmelo, Clare —intervino Kira Kirk con la edición dominical del *New York Times* de tres kilos en el brazo como si fuera un bebé de papel impreso—. ¿Qué puedes esperar de una ciudad llena de gente aberrante?

—¿Aberrante? —preguntó Joy.

—Desviados. Díscolos. Transgresores. Pecadores, si prefieres. —Kira era una fanática de los crucigramas—. ¿En qué otro lugar se les iba a ocurrir a esos niñatos que surfear encima de un vagón de metro es divertido? En mi opinión, se merecen que los aplasten como bichos.

Como gerente de una cafetería, había visto entrar por la puerta a gente de todo tipo. Kira formaba parte de aquellos que personificaban los versos del poema *A la cafetería:* «Odias y desprecias a los seres humanos, y al mismo tiempo no eres feliz sin ellos...».

Kira, una especie de asesora, estaba recién divorciada, vivía sola y se acercaba a la cincuentena. Había empezado a venir al Blend con bastante asiduidad hacía unas seis semanas.

La primera vez que la vi, me pareció una mujer llamativa, de rasgos refinados, pómulos hermosos y una admirable melena oscura. Sin embargo, me daba cuenta de que había empezado a descuidarse. Su piel, normalmente lustrosa, parecía manchada y quemada por el viento, se la veía demasiado delgada, como si no comiera lo suficiente, e incluso había dejado de teñirse el pelo. Ahora lucía una larga trenza gris sobre un jersey azul demasiado grande.

El ritual dominical de Kira consistía en leer la sección de Viajes y Ocio y hacer el crucigrama con un capuchino grande y un cruasán de mantequilla. Como clienta habitual, no necesitaba pedírmelo. Le bastaba con aparecer.

Llené hasta la mitad la jarra de acero inoxidable con leche entera, abrí la válvula del vaporizador, calenté la leche por abajo y la espumé por arriba. A continuación, aparté la jarra, pasé los granos de café tostado por el molinillo, coloqué el café molido en el cacillo del portafiltro, lo prensé y, tras quitar el exceso del borde, ajusté el asa.

Con el inicio del proceso de extracción, comprobé la viscosidad del expreso para asegurarme de que rezumaba (sí, debe rezumar como miel caliente; si sale a borbotones, eso quiere decir que la temperatura y la presión de la máquina no son las correctas y en tal caso no obtenemos un expreso, sino de una especie de infusión).

Nuestra máquina es semiautomática, lo que significa que el barista (o sea, yo) debe detener manualmente el flujo de agua pasados entre dieciocho y veinticuatro segundos. Si tarda más, se extrae demasiado líquido (la bebida será amarga y con sabor a quemado, debido al deterioro de los azúcares). Si tarda menos, se extrae demasiado poco (la bebida será débil, insípida y sosísima). Como muchas cosas en la vida, preparar un buen expreso dependía de una serie de variables y el tiempo era, sin duda, una de ellas.

—De todos modos, la New York 1 no es una cadena de verdad, ¿no? —preguntó Joy—. Me refiero a que es una especie de servicio comunitario, ¿a que sí?

—Exacto. Una desgravación fiscal para la Time Warner —puntualizó una de mis empleadas a tiempo parcial, Esther Best (abreviación de Bestovasky, el apellido de su abuelo), una alumna de la Universidad de Nueva York de pelo oscuro y alborotado que en ese momento llevaba tapado con una gorra hacia atrás. Limpiaba con un paño húmedo una de las pocas mesas de mármol color coral que estaban vacías—. La hermana de una amiga mía trabaja allí. Por lo visto, en la redacción tienen un dicho: en la New York 1 se entra, pero no se sale.

—¿Y eso por qué? —preguntó Joy.

Esther se encogió de hombros.

—Porque emiten las noticias con demasiada frecuencia. Pero ellos no tienen la culpa. Debido al bajo presupuesto, el personal es mínimo comparado con equipos como el de la CNN.

Joy se encogió de hombros.

—Yo solo sé que mi parte favorita es una que repiten cada hora por las mañanas, esa donde leen los titulares. Mola mucho.

—Cierto —contestó Esther—. Por la mañana no puedo levantarme de la cama sin oír «El tiempo en la 1» y sin que el presentador ese que está tan bueno, Pat Kiernan, me lea los titulares de todos los periódicos de Nueva York.

—Te lo juro —suscribió Joy.

(A fuerza de pegar la oreja a las conversaciones de los universitarios, hacía tiempo que había deducido, por el contexto, que ese juramento era una forma vernácula juvenil de decir «ya ves» o algo por el estilo).

Tucker puso mala cara.

—¿Os parece que Kiernan está bueno, chicas? ¿Con esa cara de niño y esos trajes de vendedor de seguros?

—Por supuesto —dijo Joy—. Un empollón buenorro.

—Sí, como Clark Kent o algo así —coincidió Esther mientras se ajustaba las gafas modernas de montura negra.

Alcé una ceja. El último novio de Joy era de todo menos «empollón buenorro». Con una larga coleta oscura, la tez aceitunada, un tatuaje de alambre de espino y los ojos centelleantes de arrogancia, Mario Forte parecía más bien el hermano pequeño de Antonio Banderas. Mi exmarido, que compartía muchos de esos rasgos con él, lo odió nada más verlo.

¿Qué había pasado con Mario? Me moría de ganas de preguntárselo a mi hija. Pero ya había leído el manual *101 maneras de avergonzar a tu hija y cabrearla durante décadas* y me pareció que no era el momento.

Preferí servir los dos golpes de expreso de Kira en una taza grande, añadir la leche hervida, cubrirla con leche espumosa y cambiar de tema.

—Entonces, ¿Clark Kent Kiernan ha cubierto la noticia del suicidio esta mañana?

—¿Que si la ha cubierto? —dijo Esther—. Estaba a tope con el tema. Pat no suele presentar los fines de semana. Él trabaja los días de diario, pero esta mañana he tenido suerte. Y te diré una cosa: me ha puesto como una moto. Sentía como si hablara de mí.

—Perdona, doña A-dos-metros-bajo-tierra —dijo Tucker—, ¿desde cuándo te identificas con un cadáver en las vías de la línea R de Union Square?

—Perdona, don Queer-Eye —respondió Esther—. Me refería a lo del Village Blend. Trabajo en el Blend y él ha hablado del Blend. ¿Ahora sí? ¿Lo pillas?

—Sí, terroncito de azúcar, lo pillo.

—Bien.

—Aquí tienes —le dije a Kira al entregarle el capuchino humeante y un platito con el cruasán caliente.

—Gracias, Clare. Ya sabes que tengo todos los periódicos de la mañana, por si no los has visto aún. —Kira levantó un gran bolso de lona marca Lands End. Dentro había papel de periódico como para envolver pescado durante un invierno nuclear.

Dudé un momento. Desde la llamada de Madame antes del amanecer, había intentado olvidar la truculenta noticia y centrarme en atender a los clientes habituales que venían los domingos, que eran muy diferentes de los oficinistas y de la gente de paso que acudía entre semana.

Ese día, casi todos eran vecinos que paseaban al perro, parejas heterosexuales y homosexuales que compartían gruesas ediciones del *Sunday Times* y elegantes feligreses de las numerosas iglesias cercanas. Hacia el mediodía llegarían los estudiantes en prácticas y el personal del hospital St. Vincent, y, más tarde, los estudiantes de la Universidad de Nueva York se apoderarían, con sus portátiles y sus móviles, de la mayoría de las mesas.

—Mamá, deberíamos echar un vistazo —dijo Joy.

Asentí y me serví una taza del café de la casa, una mezcla única de granos que cambiaba cada año con arreglo a las recomendaciones de mi exmarido.

Matteo Allegro, además de ser el hijo de Madame —y mi ex—, era un astuto corredor de café, el comprador de café del Blend y el descendiente de Antonio Vespasian Allegro, el fundador de la cafetería. También era un incordio y, gracias a Dios, en aquel momento se encontraba en África Oriental detrás de una cosecha de café sidamo de primera y tal vez de algún par de piernas torneadas y de ojos con pestañas largas, que fue la razón por la que hace ya un tiempo decidí aplicar el prefijo «ex» a mi marido.

—¿Qué pasa? —preguntó Joy mientras me observaba apurar lo que me quedaba de café.

Me encogí de hombros, me serví más y me dirigí al otro lado del mostrador.

—Nadie debería enfrentarse a la muerte sin una dosis fortificante de cafeína.

CAPÍTULO DOS

N o reparé en su llegada. No de inmediato. Lo cual era muy raro, porque desde la primera vez que entró por la puerta principal del Blend, hacía varios meses, siempre había notado su presencia.

Ese día, sin embargo, yo estaba especialmente distraída. Así que cuando por fin me percaté de que el detective Mike Quinn, de la brigada de investigación de la comisaría número seis, había entrado en la cafetería, había cruzado el salón bañado por el sol y se había acercado por detrás del grupo que habíamos formado, me pilló por sorpresa y me puse un poco nerviosa.

La planta principal del local era rectangular, con una hilera de ventanales altos y blancos a un lado. En verano, se abrían para que los clientes pudieran sentarse en la acera, pero aquel día de otoño estaban cerrados a cal y canto. Al fondo de la sala había una pared de ladrillo visto, una chimenea en uso y una escalera de caracol de hierro forjado que conducía a un segundo piso muy acogedor (esa era la escalera de los clientes; el personal utilizaba la escalera de servicio, que estaba cerca de la puerta trasera, detrás del almacén).

En ese momento, los periódicos del domingo estaban esparcidos sobre una de las mesas de mármol color coral que debían de datar de 1919 y se ubicaban junto a la barra. El *Times*, en uno de sus reportajes comedidos, había publicado la noticia del suicidio de Valerie Lathem en el interior de la sección Metro. El *Daily News* y el *New York Post*, sin embargo, habían salpicado sus portadas sensacionalistas con entradillas escabrosas.

Los titulares «La última taza de café» y «Un cortado final» iban acompañados de sendas fotos de portada casi idénticas donde se apreciaba un vaso del Village Blend en medio de las vías inmundas. Debido a la distancia entre el metro y el suelo, el vaso de papel había quedado intacto entre los raíles —lo cual resultaba bastante inquietante—, a diferencia de la propia Valerie, cuya sangre se había esparcido por todas partes. Resultaba bastante evidente que aquel extraño contraste había despertado el interés morboso de los fotógrafos.

También habían insertado una foto en color de la hermosa joven junto a la noticia de su suicidio. Al parecer, los periodistas le habían pedido esa foto a su abuela, a quien habían visitado con anterioridad para recoger su testimonio.

—¿Alguno de vosotros conocía a la señora Lathem? —soltó el detective con tono cortante.

Incluso en sus días buenos, los modales de Mike Quinn no eran los más cordiales. Sin embargo, en días como aquel, después de una muerte especialmente trágica, su voz era como el café pasado: densa y amarga.

Me di la vuelta y vi que me miraba con unos ojos azules crepusculares y que del mentón cuadrado le brotaba una barba rala y sombría. Su ropa se enmarcaba en la gama del beis:

pantalones marrones, una corbata de color dorado estampada y con el nudo flojo, y un abrigo de invierno del color de un grano de café de tueste canela. Por experiencia, sabía que debajo de ese abrigo, amarrada a los hombros musculosos, había una funda de cuero marrón con una pistola del tamaño de un obús.

Bajo aquellos ojos enrojecidos distinguí unas ojeras oscuras. Tal vez llevara despierto toda la noche.

—Deja que te ponga lo de siempre —le dije.

Asintió con la cabeza y reparé en que su pelo rubio oscuro, por lo general bastante corto, estaba un poco desgreñado.

La conversación en torno a la mesa continuó mientras yo preparaba el expreso y hervía la leche para el café de Quinn.

—Yo la he visto varias veces por aquí —le dijo Esther Best a Quinn—. Pero no la conocía.

Tucker, Joy y Kira coincidieron. Todas reconocían a Valerie Lathem como clienta habitual, pero nada más.

—La vida típica en Manhattan —reflexionó Tucker—. Mucha gente te reconoce, pero nadie te conoce.

—Qué espanto —dije cuando Quinn se acercó a la barra para recoger su café con leche—. Era muy joven.

—Veintisiete años —puntualizó Quinn mientras se apoyaba en el mostrador de mármol azul. Tomó un sorbo del vaso de cartón y cerró los ojos. Por un breve instante, relajó las facciones y pareció aligerar el rostro.

Cuando conocí al detective, hacía unos meses, solo tomaba aguachirri rancio de café robusta servido de una jarra sucia en algún ultramarinos hispano de la Sexta Avenida. Lo convertí en cliente habitual con una buena taza de mezcla de la casa de arábica seguida de un café con leche recién hecho. Desde entonces, yo disfrutaba con los breves destellos de rendición que cruzaban su rostro, demacrado por sistema.

Mi exmarido parecía creer que el interés de Quinn por mí iba más allá de mi habilidad para preparar cafés italianos perfectos. Yo no estaba de acuerdo. Quinn era un hombre casado y nuestras conversaciones rara vez iban más allá de las propias de una barista que bromea con su cliente. Por otra parte, si esa era la única vez que el detective se entregaba al placer a lo largo del día..., me preguntaba qué decía eso de nuestra relación.

—¿Recuerdas lo que pidió? —me preguntó Quinn, abriendo los ojos de repente—. ¿Su última consumición?

—Lo que tú ahora —contesté—. Un café con leche doble.

Quinn asintió.

—Es nuestro café más popular, lo cual no es nada raro, ya que también lo es en la mayoría de las cafeterías especializadas de Estados Unidos.

Quinn levantó una ceja inquisitiva.

—Ese dato formó parte de la investigación que llevé a cabo para un artículo que escribí el año pasado en la revista *Tazas* —expliqué.

Asintió. Detrás de la barra, preparé la cafetera exprés para el siguiente café: solté el asa del portafiltro y tiré los posos negros en forma de pastilla al cubo de basura situado bajo el mostrador.

—Entonces, ¿la muerte de Valerie Lathem fue un suicidio? —pregunté—. O sea, según la prensa, la brigada móvil de la policía lo califica de suicidio. Pero tú no participas en la investigación, ¿verdad?

—Es un caso de la brigada móvil, en efecto. Pero como la señora Lathem era residente del Village, nos han elegido a mi compañero y a mí para echarles una mano —dijo—. Registrar su apartamento y tal.

Su tono mordaz era sutil. Aunque con Quinn nunca podías estar segura, supuse que no le terminaba de gustar el curso de la investigación.

—¿Habéis registrado su apartamento? —repetí en voz baja, e hice una pausa antes de enjuagar el filtro.

Quinn asintió.

—¿Y qué te parece?

Quinn dio otro sorbo al café con leche. Antes de que le diera tiempo a decir algo más —y, conociéndolo, seguro que no habría dicho mucho—, el volumen creciente de la conversación que continuaba en la mesa que acabábamos de abandonar lo distrajo.

—... y el *Post* cuenta al final del artículo que la acababan de ascender —dijo Tucker.

—¿Dónde trabajaba? —preguntó Joy.

—Según el *Post...*, en Triumph Travel —respondió Tucker tras examinar la página.

—Triumph tiene muchos clientes en la ciudad —señaló Kira—. Están especializados en viajes de negocios para ejecutivos.

—Ah, ¿sí? —dijo Tucker mientras ojeaba la página y buscaba luego en otro periódico—. ¿Cómo lo sabes, Kira? Nadie lo menciona.

Kira se encogió de hombros.

—Muy fácil, Tucker. Soy un genio.

—¿Por qué creéis que se suicidaría? —preguntó Joy.

—¿Por qué se suicida la gente? —replicó Esther con un encogimiento de hombros—. Por amor.

—¿Por amor? —dijo Tucker—. Me extraña que tú digas eso, reina de la insensibilidad.

—Hombre, es algo que está como muy incrustado en la historia de nuestra literatura —explicó Esther—. ¿Acaso no lo sabes?

Tucker puso los ojos en blanco, luego carraspeó con fuerza y dio una palmada.

—¡A ver, gente! Tengo una pregunta.

Me puse tensa al ver que toda la clientela levantaba la vista. Esther tendría que haberlo pensado dos veces. Como estudiante de Filología en la Universidad de Nueva York, le gustaba exhibir sus dotes literarias (por ejemplo, al declarar la razón por la que trabajaba en el Blend: se suponía que tanto Voltaire como Balzac tomaban más de cuarenta tazas de café al día). Pero insinuar que Tucker, dramaturgo y actor, no era consciente de las innumerables causas de la angustia humana era prácticamente retarlo a montar una escena.

—Levanten la mano, por favor —gritó Tucker—. ¿Quién de los presentes en esta sala sitúa el origen de su dolor en (A) sus padres..., (B) hechos ocurridos en el ámbito escolar o entre compañeros... o (C) la genética?

Los clientes parpadearon y se quedaron mirando.

—El origen de mi dolor está en la mala calidad de mi colchón.

El local estalló en carcajadas. Tucker se giró y saludó con una pequeña reverencia a la mujer que había tenido aquella ocurrencia: una morena imponente que estaba de pie, junto a la puerta principal, vestida con un precioso abrigo de piel vuelta hasta el suelo.

Al igual que Valerie Lathem, había visto a doña Abrigazo unas cuantas veces, pero sin saber cómo se llamaba. Tucker le tomó nota cuando se acercó al mostrador.

—No me importa lo que digas —le dijo Esther a Tucker—. Sigo pensando que fue por amor.

—Te lo juro —asintió Joy—. A lo mejor alguien le rompió el corazón. —*Dios mío*. Mi hija por fin mencionaba el asunto de los corazones rotos—. Me acaba de dejar un tío —le explicó a Esther con bastante naturalidad. Ahora sí que me estaba poniendo tensa—. Si hubiera estado enamorada, creo que lo habría pasado fatal.

Suspiré con gran alivio al saber que Mario Forte no le había causado ningún dolor a mi niña.

Con su cara en forma de corazón, su melena castaña y enérgica y su personalidad aún más enérgica, mi hija había salido con mucha gente en el instituto, pero aún no se había enamorado, enamorado de verdad.

Como mujer, quería que Joy experimentara la emoción que Julieta sintió por Romeo. Pero, como madre y exesposa, era muy consciente de que ese personaje acababa bien jodido cuando se cerraba el telón, por eso disculparás que me alegrara enormemente cuando mi hija anunció que aún no había experimentado eso que llaman amor.

—¿Y si fue por falta de amor? —sugirió Tucker mientras vertía sirope de chocolate en el fondo de una taza para el café moca de doña Abrigazo.

—¿Qué insinúas? —le pregunté—. ¿Que Valerie Lathem estaba tan sola que prefirió arrojarse a las vías de la línea Broadway?

—Para muchas mujeres de esta ciudad, no tener pareja es un problema, eso hay que admitirlo —dijo Tucker. Añadió un golpe de expreso, vertió la leche hervida y luego removió el líquido para que subiera el sirope de chocolate.

Torcí el gesto.

—Este chico tiene razón —dijo doña Abrigazo—. Según las últimas cifras del censo, en Nueva York hay cuatrocientas mil mujeres solteras de entre treinta y cinco y cuarenta y cuatro años, frente a las trescientas mil que viven casadas. Y tres veces más divorciadas que divorciados.

—Y no solo eso —añadió Tucker—. *Désolé,* pero no todos esos hombres son heterosexuales.

Doña Abrigazo levantó una ceja oscurísima perfectamente perfilada.

—Tampoco lo son todas las mujeres.

Me fijé en ella y me pregunté si sería lesbiana. Tendría unos cuarenta y tantos años. Llevaba el pelo corto, de un negro intenso con reflejos rojizos, con un peinado moderno ahuecado que solo había visto en las modelos. Su maquillaje era impecable. Me moría por preguntarle de dónde había sacado ese pintalabios cobrizo de acabado mate que resaltaba a la perfección el tono de su tez, pero no me molesté. Por su abrigo y su pelo, lo más probable era que no pudiera permitírmelo.

—¿Y usted a qué se dedica? ¿Trabaja en el censo? —le preguntó Tucker a la mujer.

Doña Abrigazo sonrió y negó con la cabeza.

—Solo soy una abogada con buena memoria para las estadísticas... y recién divorciada.

Eso justificaba lo del dinero. Estaba claro que era una abogada prestigiosa. También explicaba que se hubiera mudado al barrio. Por la misma razón que yo: para empezar de nuevo, ya fuera con un hombre o con una mujer. Por mi parte, no tenía dudas. Los hombres eran mi debilidad..., siempre que fueran amantes del café.

—Soy Clare Cosi —dije mientras le tendía la mano—. Gracias por venir a nuestra cafetería.

—Me apellido Winslet —respondió la mujer—, pero puedes llamarme Winnie.

—¿Sabéis qué creo yo? —dijo Kira desde su mesa—. Que un buen café es mejor que cualquier hombre. Es calentito, satisfactorio y estimulante. Y no te engaña.

—Amén —dijo Winnie.

Tucker terminó de preparar el café moca con una cucharada de nata montada, chocolate rallado y cacao en polvo.

—Chicas —dijo mientras le servía el café a Winnie—. Lo habéis entendido todo mal. Un hombre bueno puede ser difícil de encontrar, pero un hombre difícil es sin duda el mejor de todos.

Sonreí. El detective Quinn no lo hizo.

—Clare —dijo indicándome que me acercara mientras continuaban las conversaciones.

—¿Otro? —le pregunté al ver que levantaba el vaso casi vacío.

—¿Tienes algo más fuerte?

Sonreí.

—¿Quieres un *speed ball*?

Quinn se atragantó con el último sorbo de café.

—¿Tenéis droga ahí detrás?

Me eché a reír.

—El *speed ball* es un café grande de la casa con dos golpes de expreso. Es como un *boilermaker* con café en vez de con cerveza y *whisky*.

—*Speed ball* —murmuró—. Y yo que creía haber conocido todos los nombres de drogas callejeras que existían cuando llevaba uniforme.

—¿Quieres uno? —insistí.

—Venga —aceptó.

—¿Sabes?, la misma mezcla se llama *red eye* en Los Ángeles —dije mientras preparaba los expresos—. También he oído que se llama *depth charge, shot in the dark* y café M. F.

—Gracias por la información sobre la jerga callejera, comandante.

—De nada, detective. Y no olvide... —le di el *speed ball*— que esta droga es legal.

Le dio un buen trago y puso los ojos como platos.

—Pues quizá no debería serlo.

—Te lo advierto, Quinn. Nada de meterte con mis dosis.

Sonrió por primera vez desde que había entrado y deseé que siguiera así.

—Seguro que no sabías que el rey Federico II el Grande de Prusia contrató una vez a un cuerpo especial de policía del café conocido como Kaffee Schnufflers —le conté.

—¿De policía del café?

Hice todo lo posible por imitar el acento afectado de la Gestapo:

—*Ja voll.* Para localizar a los tostadores de café ilegales. Creía que los soldados que tomaban café no eran dignos de confianza. Por suerte para los prusianos, el plan fracasó.

Quinn sacudió la cabeza, pero me alegró ver que mantenía la sonrisa.

—Entonces, señorita del censo —dijo Tucker, que aún conversaba con Winnie Winslet—. Por curiosidad... Ahora que está divorciada, ¿le cuesta encontrar hombres?

—¿A mí? —Se echó a reír—. Yo no encuentro a los hombres, querido, los hombres me encuentran a mí. Pero la verdad es que la firma de mi divorcio aún está reciente, así que no me interesa que den conmigo. De momento.

—Bueno, cuando esté lista, debería pasarse por nuestras noches de Conexión Capuchino —sugirió Tucker.

—¿Qué es eso?

—Algo que organiza una iglesia local dos veces al mes en el segundo piso. Solo hay que apuntarse y venir.

—¿Qué iglesia? —preguntó Winnie con escepticismo.

—Es aconfesional —explicó Tucker—. Es solo una excusa para que los heterosexuales solteros se reúnan. Hacen encuentros multitudinarios donde puede conocer a muchos hombres en una sola noche.

Winnie negó con la cabeza.

—No, gracias. Si buscara algo, supongo que me decantaría por las páginas de citas en internet.

—¡Dios! —gritó una voz nueva. Inga Berg se acercó al mostrador—. Antes de las páginas de citas, no sé cómo hacía para conocer hombres.

Inga era asistente de compras en Macy's y acababan de ascenderla, lo cual le había proporcionado los ingresos necesarios para dejar un piso de alquiler de la Séptima Avenida y comprar un apartamento en uno de esos edificios nuevos con vistas al río Hudson.

—Inga, no me dirás que alguna vez has tenido problemas para ligar —intervine.

Dado que era una mujer dicharachera y voluptuosa con el pelo rubio hasta casi la cintura y los ojos oscuros, me costaba imaginarlo, la verdad.

—Clare, no lo entiendes. Internet te abre un mundo nuevo. Quiero decir, te permite ojeaaaaaar.

Ahora sonaba como Catwoman.

—Inga —dije—, quien te oiga pensará que es como ir de compras.

—¡Exacto! ¡Y sabes que ir de compras es mi vida!

Vaaale.

—Bueno, ¿qué te pongo hoy?

Inga ya era clienta habitual, pero aún no tenía su «lo de siempre». Casi todos los días pedía algo diferente. Claro que, ahora que conocía su forma de entender las citas, comprendía mejor esa filosofía.

—Hummmm..., a ver..., qué me apetece... ¿Qué tal un café *nocciola*?

—Marchando.

El café *nocciola,* que en italiano significa «avellana», era a grandes rasgos un café con leche y sirope de avellana.

(No teníamos licencia para vender bebidas alcohólicas, pero detrás del mostrador guardaba una botella de Frangelico, un delicioso licor italiano de avellana, para algunos clientes muy especiales que nos lo pedían de vez en cuando. Cuando Matteo estaba por allí, prefería elaborar su propia versión atrevida, que él llamaba «cóctel café avellana», una mezcla de Kahlúa, Frangelico y vodka, sin expreso. Sobre todo, le gustaba preparárselo a los empleados los sábados por la noche después de cerrar).

—Sabéis, he pensado en probar las páginas de citas —dijo mi hija mientras se acercaba al mostrador. Se volvió hacia Winnie e Inga—. ¿Me recomendáis alguna?

Me puse tensa. Lo último que me apetecía oír era a mi hija, mi inocente Joy, preguntando si podía apuntarse a las páginas de citas de esta ciudad. No es que las conociera de primera mano, pero había oído bastantes batallitas desde el frente.

Aun así, ¿qué podía decirle? Lo último que a mi hija le apetecía oír era el consejo materno de parar antes incluso de haber empezado. *Cállate, Clare* —me dije a mí misma—. *Joy no quiere consejos tuyos... No quiere... No...*

—Joy, ¿no estás demasiado ocupada con tus clases de cocina? —solté—. Porque, a ver, no parece que te sobre mucho tiempo para páginas de citas.

Joy me lanzó una mirada que supongo que era la misma que les lanzaban a los herejes durante la Inquisición española.

—Me gustaría conocer alguna —le explicó mi hija a Winnie, haciéndome caso omiso por completo.

—Hummm... No sé —contestó Winnie mientras nos miraba primero a Joy y luego a mí.

—SolterosNY.com —sentenció Inga sin dudar—. Me paso el día entero allí..., para ver a los chicos nuevos, ya sabéis.

—Gracias —dijo Joy—. Me registraré esta tarde.

Dios, Joy, ¡a veces eres tan cabezota como tu puñetero padre!

—Pues... ¿sabéis lo que os digo? —pregunté—. Que yo también me voy a registrar esta tarde.

—¡Tú! —gritó Tucker.

—¿Tú? —gritó Esther.

Todos se quedaron mirándome.

—¿Por qué no? —pregunté.

—Porque... —explicó Tucker—, para empezar, nunca has asistido siquiera a la Conexión Capuchino.

—¡Y eso es justo aquí arriba! —añadió Esther.

—Cierto. Pero de repente me siento distinta. —Le lancé una mirada penetrante a Joy—. Como si mereciera la pena probar eso de las citas virtuales.

Joy puso los ojos en blanco.

—A ver, mamá, lo primero de todo: no son citas virtuales. Cualquiera diría que sigues usando esas tarjetas perforadas de la edad de piedra. Pero ¿sabes qué? Adelante. Regístrate tú también. De hecho, te ayudaré a crearte un perfil. Quizá así comprendas por fin que no hay nadie mejor que papá.

—Si te soy sincera, dudo que eso pase —repliqué.

También dudaba que fuera a conocer a alguien que mereciera la pena. Pero, por el bien de mi hija —o por mi propia tranquilidad en lo referente a ella—, iba a asegurarme de que cualquier servicio que utilizase fuera de fiar.

Al cabo de unos minutos, un equipo del hospital St. Vincent entró en busca de su dosis de cafeína. Tucker y yo estábamos desbordados.

—¿Viene ese con leche?

—¡Aquí está!

—¡Capu desna con alas!

Capuchino con leche desnatada y extra de espuma.

—¡Doble X!

Expreso doble

—¡Café caramel!

Café caramelo: café con leche, con sirope de caramelo, nata montada dulce y un chorrito de caramelo caliente por encima.

—¡Americano!

Expreso rebajado con agua caliente.

—¡Desna grande!

Café con leche desnatada grande.

—¡Triple X!

Expreso triple.

—¡Capu cagando leches!

Capuchino de descafeinado. Me estremecí: los consumidores de descafeinado me daban escalofríos.

—Clare —me llamó el detective Quinn, que se acercó desde detrás del mostrador—. Tengo que preguntarte una cosa antes de irme.

De nuevo con gesto sombrío, esperaba que me preguntara sobre Valerie Lathem... o, en todo caso, algo relacionado con la variedad de cafés que tanto parecía asombrarle. Pero, para mi sorpresa, no mencionó ninguna de esas dos cosas.

—¿Estás libre para cenar el jueves?

CAPÍTULO TRES

E *lla vivía en uno de esos edificios nuevos y caros que aca-*
baban de construir cerca del río con aparcamiento en la
azotea y vistas a las marismas de Jersey.
MIRADOR DE HUDSON, rezaba el letrero metálico blanco del
edificio de ladrillo rojo. «Pisos disponibles, pregunte dentro».
La construcción era nueva, las lámparas de acero baratas bri-
llaban como los cajones de circonitas cúbicas que aparecían el
canal de teletienda QVC, pero el edificio en sí no tenía estilo, ni ca-
rácter, ni historia. Un bloque rectangular casi anodino que, en opi-
nión de Genius, describía de manera sucinta a la mujer que vivía en
él... si le añadías unas tetas mediocres.
En el perfil de SolterosNY.com había mentido, por supuesto.
—Todas mienten —susurró Genius—. Todas...
Desde el edificio de enfrente, Genius observó a la mujer, que se
preparaba para su cita del jueves por la noche. Con las cortinas
abiertas de par en par, seguro que no se imaginaba que alguien la
espiaba. Un error lógico, ya que se encontraba a quince pisos de
altura y el edificio de oficinas situado justo enfrente estaba casi

vacío. Además, el espacio donde ahora se encontraba Genius parecía deshabitado y tenía la luz apagada.

Desde la ventana a oscuras, Genius observó cómo la mujer se quitaba la toalla blanca y se ponía unas bragas negras de encaje.

—Vaya, vaya, vaya, ya veo que en realidad no eres rubia...

Luego vino el sujetador, un push-up *de encaje a juego con las bragas negras.*

—Eso es, cielo, cúrratelo —susurró Genius, a quien disgustaba el intento de la mujer de disimular su pecho de segunda.

Luego se puso el vestidito negro, los zapatos, las joyas, el maquillaje. Y... ¿qué es eso? Genius miró por los prismáticos y vio que la mujer se acercaba a un portátil. Tras acceder a SolterosNY, miró la foto y releyó el perfil.

—Eso es, ¿qué te parece la cita de esta noche? Un buen partido, ¿eh?

En el apartamento, la mujer se acercó con paso firme al espejo para inspeccionarse. Luego, esbozando una sonrisa lasciva, se metió la mano por debajo de la falda y se quitó las bragas con lentitud.

—¿Sin bragas para la gran cita? Hummmm... Otra chica mala.

—Entonces, ¿qué te preocupa? —le pregunté a Mike Quinn aquel jueves por la noche.

—Hay algo que no me gusta —contestó—. Aparte de que la brigada móvil dejara que los buitres de la prensa hicieran fotos antes de limpiar la sangre, claro.

—Esas fotos en portada fueron... un despropósito —dije—. No quiero imaginarme cómo se habrá sentido la pobre abuela de Valerie Lathem al ver la sangre de su nieta en las vías, salpicada en todos los periódicos.

—Exacto —convino Quinn con un suspiro de disgusto—. Exacto.

Dejé el cuenco de ensalada de lechugas variadas, col lombarda y tomates cherry, aliñada con aceite de oliva, balsámico añejo y sal marina recién molida, y cubierta con pecorino romano rallado en cremosas ondas rizadas. Luego me senté junto al detective en el acogedor comedor de mi dúplex, situado encima de las dos plantas del Village Blend.

Me había esmerado al poner la antigua mesa chippendale con el mantel de encaje cosido a mano que Madame compró en Florencia y los candelabros de cristal soplado veneciano. Antes de que llegara Quinn, había atenuado la luz de la lámpara de araña y encendido las velas, para que su parpadeo se reflejara en el aparador de madera pulida y aportara calidez a la habitación.

Ese mismo día, Quinn se había ofrecido a llevarme a un restaurante cercano, pero le dije que me venía mejor preparar la cena en casa. Como no era idiota, entendió la razón. Quinn estaba casado. Mucha gente nos conocía en el barrio. Dado que yo no tenía nada lujurioso en mente —y, a decir verdad, dudaba que él lo tuviera—, pensé que lo mejor sería no arriesgarnos a dar una impresión equivocada si algún conocido pasaba por allí. O, peor aún, su mujer.

Es más, me pareció mejor que nuestra amistad privada siguiera siendo eso: privada.

—¿Vino? —le pregunté.

Él había llevado una botella de pinot grigio que yo había dejado reposar durante diez minutos sobre el mantel florentino de Madame.

—Yo me encargo —se ofreció, y sirvió para los dos.

Me alivió verlo beber porque, desde que había entrado en el apartamento, parecía tan tenso que dudé si la decisión de quedar con él a solas había sido correcta.

A lo mejor el vino lo relajaba.

—Entonces, ¿por eso estabas molesto con la brigada móvil? —pregunté—. ¿Por las fotos de los periódicos?

—Algo no me gusta —insistió.

Estudié la cara de Quinn: sus rasgos angulosos recién afeitados y sus ojeras aún presentes bajo los ojos azul invernal. Como de costumbre, su expresión era impenetrable.

Nos quedamos callados unos instantes.

Como la mayoría de los hombres, Quinn era de los que necesitaban veinte preguntas.

—¿Algo no te gusta... en el registro que hiciste de su apartamento? —indagué.

El detective asintió mientras bebía un sorbo de vino.

—Y en el suicidio.

Se me ocurría una decena de preguntas más, pero aquello no era asunto mío. Era asunto de la policía. Y de la familia de Valerie Lathem. Mío no. Así que serví la ensalada en los cuencos Spode Imperial modelo Blue Italian. (No era la mejor vajilla de Madame, pero sí mi favorita. Los paisajes azules del norte de Italia sobre la loza blanca me traían recuerdos de un verano especialmente despreocupado cuando yo tenía la edad de Joy).

—Clare, ¿recuerdas haber visto alguna vez a la señora Lathem entrar en el Blend acompañada?

—¿Acompañada?

—De algún amigo o amante, hombre o mujer.

Por un momento, traté de recordar sus visitas, pero me costaba incluso recordar su cara.

—Es difícil... Atendemos a cientos de personas al día. Intento conocer a los clientes habituales, pero cuando hay mucho trabajo..., bueno, ya has visto la locura que es a veces...

Quinn asintió.

—Solo la recuerdo con el ajetreo de las mañanas. Sola.

Comimos en silencio durante un rato.

—¿Dejó alguna nota? —pregunté. Sentía demasiada curiosidad como para aparcar el tema—. Ya sabes, alguna nota de suicidio donde explicara...

—No había nota. No había nada —dijo Quinn—. Ni drogas, ni alcohol, ni historial de inestabilidad mental, ni malas relaciones. Todo el mundo la quería. Eso es lo que no encaja. Por lo general hay indicios de que algo no va bien. Problemas. Pero, según he investigado y por las entrevistas que he hecho, se trataba de una joven que lo tenía todo para querer vivir.

—¿Es posible que no se suicidara? ¿Que solo..., no sé..., que se cayera desde el andén?

Quinn negó con la cabeza.

—El conductor dijo que salió volando delante de él. Voló. No se dejó caer. Salió proyectada hacia delante. Sin embargo...

—¿Qué?

—Acababa de comprar una bolsa de comestibles en el mercado agrícola. ¿Quién mierda compra comida diez minutos antes de matarse?

—¿Crees que pudieron empujarla?

El pulgar y el índice de Quinn acariciaron el tallo de la copa de cristal Waterford de Madame.

—No hay testigos. Ella estaba justo debajo de la cámara de seguridad del andén, así que tampoco hay imágenes. Y el conductor afirma que no vio a nadie, pero por la forma ligeramente curvada de la estación y el lugar donde esperaba la víctima, alguien podría haber permanecido oculto detrás de una escalera antes de empujarla.

—Entonces crees que alguien la empujó.

—No puedo demostrarlo.

Asentí. Ya había vivido eso con Quinn antes. Por experiencia, sabía que los detectives de Nueva York no solo investigaban tiroteos, apuñalamientos y estrangulamientos, sino también cualquier muerte sospechosa o accidente que pudiera haber sido provocado. Según Quinn, su departamento estaba siempre desbordado y sus superiores querían una «tasa de esclarecimiento elevada». Les desesperaba que Quinn dedicara tiempo a casos que no le aceleraban el pulso a ningún ayudante de fiscalía.

Quinn me explicó que las declaraciones de la brigada móvil ante la prensa le habían dado a entender a la opinión pública que se trataba de un suicidio. Por tanto, cualquier otra teoría que Quinn planteara se encontraría con una gran resistencia política dentro de su propio departamento, sobre todo si carecía de apoyo probatorio. Incluso su compañero quería archivar el caso como suicidio.

Cuando terminamos con la ensalada, dejé los cuencos en el aparador, fui a la cocina a por el plato principal y coloqué la fuente de pollo a la francesa en medio de los dos.

—Qué bien huele —dijo.

Lo serví y empezó a comer.

—Deja un poco de sitio —le recomendé—. El postre es para morirse.

Quinn cerró los ojos, como hacía todos los días cuando tomaba el primer sorbo del café con leche que le preparaba, solo que esta vez masticaba en lugar de beber.

—Clare —dijo por fin—, esto está increíble.

—Es tan fácil que parece un crimen —le dije entre bocado y bocado—. No es para tanto.

—No sé —dijo mientras abría los ojos—. Yo en tu lugar no confesaría delitos en mi presencia.

Sonreí.

—¿Y eso por qué?

Tomó otro sorbo de vino, esta vez más largo, y habría jurado que su mirada azul helada también me bebía a mí.

—Tengo esposas, nena. Y sé cómo usarlas.

Creo que me las arreglé para que no se me cayera el tenedor, pero no pude sujetarme la mandíbula.

—No me creo que hayas dicho eso.

Quinn levantó las cejas rubias oscuras y me lanzó una de esas miradas que los topógrafos reservan para los terrenos elegidos. Empezó por la parte superior de mi melena castaña, ondulada y larga hasta los hombros, pasó por mi cara en forma de corazón y mi jersey de pico lavanda y se detuvo en mi pecho de copa C el tiempo suficiente para hacerme sudar.

Luego levantó una ceja, inclinó un poco la cabeza, emitió un ligero suspiro y volvió a centrarse en la comida.

Hijo, qué triste eres.

No era la primera vez que tonteábamos y supuse que no sería la última. Pero sabía que no llegaríamos a nada. A diferencia de mi exmarido —impulsivo, sin pelos en la lengua, aventurero y desvergonzado—, yo nunca propiciaría una aventura extramatrimonial. Y dudaba mucho que Quinn fuera capaz.

Por mi parte, me habían educado en un catolicismo romano estricto. A pesar de que no era practicante, mi abuela inmigrante, que fue quien me crio, me había grabado a fuego el sentido del bien y del mal (y de la culpa).

Aun así, a diferencia de la medalla de san José que llevaba pegada en el salpicadero del coche, yo no era de plástico. La testosterona no iba a dejar de excitarme, ni tampoco el detective Michael Ryan Francis Quinn.

Estoy segura de que habría parecido mucho más sofisticada y misteriosa si me hubiera quedado allí callada, tan enigmática y silenciosa como él. Pero yo no era ninguna veterana con veinte años de experiencia poniendo cara de póquer en interrogatorios, y de pronto no pude evitar balbucear el texto completo de una de las viejas columnas de «En la cocina con Clare» que escribí cuando vivía en Jersey.

—¿Sabes?, mucha gente se ofusca al buscar la receta del pollo a la francesa en los libros de cocina italiana —expliqué—, y no saben que están buscando donde no es. La receta tiene antecedentes en la cocina napolitana, pero en realidad es un plato neoyorquino. Aunque se llame «a la francesa», consiste en un filete de pechuga rebozado en harina, huevo y otra vez harina, frito en aceite de oliva y aliñado con zumo de limón. Y como se prepara en porciones individuales, me pareció el plato perfecto para esta noche, ya que estaríamos los dos solos... —*¿Ya que estaríamos los dos solos? Madre mía, ¡eso me ha quedado fatal!*—. Lo que quiero decir es que seguro que tu mujer podría prepararlo igual pero para más gente. Lo único que tendría que hacer sería dejar la primera tanda poco hecha, para mantenerla caliente en el horno sin que el pollo se reseque demasiado mientras cocina las otras tandas. ¿Me explico?

—Clare. —Quinn soltó el tenedor y me miró a los ojos—. Estoy aquí por una razón personal.

—¿Qué razón personal?

—Quería pedirte consejo... sobre mi matrimonio.

CAPÍTULO CUATRO

*E*ntrar fue fácil.
Al ser un edificio nuevo, sus ocupantes apenas se conocían en persona —dadas las entradas y salidas a todas horas, propias de la vida en Manhattan—, y muy pocos se conocían por el nombre.

Genius se limitó a esperar. Al cabo de unos minutos, salieron un hombre y una mujer muy arreglados que discutían por la dirección de un club nocturno. Genius se detuvo justo delante de la puerta y se puso a hurgar en su cartera como si buscara la tarjeta de acceso. Cuando la pareja salió, el hombre, en un gesto cortés, le dejó la puerta abierta.

Así, sin más, Genius ya estaba dentro.

Las lámparas de acero baratas del interior del edificio eran igual de tediosas que en el exterior e iluminaban un espacio anodino compuesto por un pequeño vestíbulo y un pasillito que conducía a los ascensores. Genius pulsó el botón de subida y esperó.

—Otra zorra... —susurró Genius—. Como todas...

Genius había seguido a la mujer hasta el restaurante. La vio cenar con su nuevo ligue por internet. Comida cara. Una segunda botella de vino. Por último, postre. La mujer, con sus uñas de manicura, le había agarrado la mano a su acompañante para que la metiera por debajo de la mesa.

En la cara del hombre se vislumbró un gesto de sorpresa cuando ella le mostró lo que había debajo de su vestidito negro... y lo que no.

A los demás comensales no les llamó la atención. Pero Genius sabía lo que ocurría bajo el mantel y lo que vendría después. La cuenta solicitada con urgencia, la llamada al taxi. Un revolcón en el asiento trasero durante el trayecto de vuelta a su edificio..., acompañado de un apareamiento rápido y salvaje.

Por supuesto, después hubo una invitación a subir, pero el hombre la rechazó. Como era de esperar, se marchó en el taxi... Eso le indicó a Genius que era el momento de actuar.

Sonó el timbre del ascensor y las puertas se abrieron en el decimoquinto.

Con las manos enguantadas, Genius se sacó la nota del bolsillo, la abrió y echó un vistazo a las primeras líneas.

> Inga:
> Te he visto en el restaurante con él.
> Eso me ha vuelto loco.
> Reúnete conmigo junto a tu coche y trae esta nota.
> Te la cambiaré por una sorpresa especial [...].

Tras volver a doblar la nota, Genius la introdujo por debajo de la puerta del apartamento de Inga, llamó dos veces con los nudillos y se dirigió a toda prisa hacia el hueco de la escalera.

Cuando la leyera, acudiría a su encuentro. Genius lo sabía. Por él, la zorra haría cualquier cosa.

—¿Consejo sobre tu matrimonio? —pregunté repitiendo las palabras de Quinn más por asombro que por falta de audición. A mi lado, Quinn no dejaba de cambiar de postura en la silla chippendale. Los codos se le salieron de la mesa y volvió a apoyarlos; de repente, actuaba como si fuera demasiado grande para un comedor tan pequeño. Vale, iba en serio. Quinn nunca se había mostrado tan incómodo conmigo. Era más frío que el hielo ártico y su figura alta y de hombros anchos solía moverse con la soltura y confianza de un lobo en Alaska. Intenté adivinar lo que se avecinaba, pero no fui capaz. En los últimos meses, habíamos hablado sobre todo de su trabajo, de trivialidades neoyorquinas o de la cafetería. De vez en cuando, sacaba a colación a sus hijos —Molly, una niña de seis años, y Jeremy, un niño de ocho—, siempre en términos elogiosos. Rara vez mencionaba a su mujer y, cada vez que yo lo hacía, él cambiaba de tema, por lo general con un comentario negativo del tipo: «Dicen que el matrimonio es un reto, pero seguro que ascender el Everest cuesta menos» (cuando tenía un día bueno) o «Digamos que mi mujer es un plato que parecía prometedor en la carta, pero que llegó frío a la mesa» (cuando tenía un día malo).

—Puede que la cosa no haya salido bien —dijo Quinn frotándose la nuca—. Lo que quiero decir..., mejor dicho, preguntar, es... ¿cuándo supiste que era el momento de... tirar la toalla?

—Vaya... —Aquello no me lo esperaba. Respiré hondo, cogí la copa de vino y consideré que sería un logro no beberme de un trago la botella entera de pinot.

—Lo siento —se disculpó—. Te estoy poniendo en un aprieto...

—No, no. No pasa nada... Iba a decirte que sé por lo que estás pasando, pero la verdad es que no tengo ni idea. ¿Has oído eso que dice John Bradshaw de que todas las familias felices son felices de la misma forma, pero cada familia desgraciada es desgraciada a su manera?

—No.

—Bueno, él es experto en familias disfuncionales, pero seguro que esa misma idea se puede aplicar a la pareja.

—No sé si te sigo...

—Pues que todos los matrimonios tocan los mismos acordes, pero cada uno desafina en una parte concreta. ¿Ahora?

Quinn sacudió la cabeza.

—No estoy seguro.

—Bueno... Fíjate en mi caso. Matteo y yo no hemos dejado de querernos. Pero teníamos que dejar de hacernos daño. Puede que en tu caso pase lo mismo..., o que se trate de algo totalmente distinto. Por eso no sé si te servirá de algo mi experiencia. ¿Quieres hablarme más de tu matrimonio?

—No —respondió con rotundidad—. Mejor no.

—Ah.

Vaaale, dije para mis adentros.

—¿Qué tal los Jets? —pregunté con el suficiente entusiasmo forzado como para endulzar una tarta de bodas de la mafia.

Quinn levantó una ceja.

—¿Sigues el fútbol profesional?

—No desde que Terry Bradshaw era *quarterback* de los Steelers —dije. (Por aquel entonces seguía el fútbol americano porque mi querido padre tenía una casa de apuestas en la trastienda del negocio de mi abuela, en el oeste de Pensilvania)—. Pero si no quieres hablar de tus problemas matrimoniales, ahora que me has dicho que los tienes... —Me encogí de hombros—. Nos quedan los deportes, el tiempo... o, si lo prefieres, te cuento la historia culinaria de los macarrones al vodka. ¿Qué te parece?

Quinn suspiró y sonrió. Sonrió de verdad.

—Lo siento —se disculpó—. Esto de cerrarme de repente es una reacción instintiva, por si no te has dado cuenta...

¿Por si no me he dado cuenta? Me quedé mirándolo.

—Estás de broma, ¿no?

—No quiero ser grosero, Clare. Y menos contigo.

Sacudí la cabeza.

—No pasa nada. No tenemos que hablar del tema si has cambiado de opinión. Es asunto tuyo.

—Es que no se me da bien.

—¿Qué, exactamente?

Quinn empezó a moverse de nuevo, esta vez como un adolescente, a juguetear con los cubiertos y a rascarse con torpeza el mentón cuadrado y recién afeitado.

—Pedir consejo personal...

—No pasa nada. Lo entiendo.

—¿De verdad?

—Cuando Matteo me engañaba... —empecé a decir. Luego me detuve, miré fijamente y le di otro sorbo largo al vino.

De repente, me sentía un poco más indulgente con la reticencia de Quinn a hablar. Cuando pasas la mayor parte de tu vida adulta tratando de parecer formal, responsable y equilibrado, lo último que quieres es admitir ante nadie, y mucho menos ante ti mismo, que tu vida personal se ha ido a la mierda.

Solté la copa.

—Cuando descubrí que se acostaba con gente —continué—, me sentí muy avergonzada. No podía contárselo a nadie. Durante mucho tiempo, hice como si no pasara nada. Al principio, le eché la culpa al trabajo, a todos los viajes que se veía obligado a hacer..., y luego le eché la culpa a la cocaína. Intenté convencerme de que no era él..., de que la responsabilidad no era suya. La cosa es... que lo quería mucho, y sabía que él a mí también. Y había que tener en cuenta a Joy.

—Sí, eso es lo que más me preocupa... Molly y Jeremy.

—Claro.

—Entonces... —continuó Quinn, despacio—, ¿qué fue lo que te hizo dar el paso...?

—¿Darlo por perdido? —le dije.

—Eso.

—Bueno... —empecé—. No fue fácil. No solo lo quería, ¿sabes? Estaba enamorada de él. Tan enamorada que por un tiempo pensé que debía intentar que aquello funcionara como él quería. Una relación abierta, al menos para él, porque yo nunca podría haberle puesto los cuernos y seguir tan tranquila... Pero entonces, poco a poco, comencé a cerrarme emocionalmente. Y cuanto más me cerraba, más se alejaba él, hasta que por fin decidí que no podía vivir así.

—¿Pasó algo en concreto, o sencillamente...? —Quinn se encogió de hombros.

—Una mañana, yo estaba preparando una cafetera de nuestra mezcla especial para el desayuno del Blend y me derrumbé. Parece una tontería, pero estaba moliendo una hornada estupenda de café recién tostado y me di cuenta de que el matrimonio me estaba haciendo lo mismo que el molinillo a aquellos granos. Por fuera, me mantenía entera, pero por dentro me hacía pedazos. —Me encogí de hombros—. Fue entonces cuando me di cuenta de la realidad.

—¿De que querías el divorcio?

—No..., de que me era imposible meterme en un filtro, echarme agua hirviendo encima y servirme en tazas a los clientes.

Quinn se quedó mirándome por un instante.

—Era broma —le dije.

Los dos nos echamos a reír. Daba gusto oírlo reír.

Quinn exhaló y pareció abandonar por completo la tensión que arrastraba desde que había llegado. (¡Y yo que pensaba que estaba tenso por la carga de trabajo!).

Entonces cruzamos la mirada y se puso serio.

—Tiene amantes desde hace años, Clare. —Su voz era tan fría que resultaba inquietante. Sin emoción alguna. Muerta—. Hombres. Y, hace poco, una mujer. Ha pisoteado nuestro compromiso como si fuera un trapo viejo. He perdido la cuenta de las veces que me ha mentido.

Respiré hondo.

—Entonces, la cuestión es si has llegado al punto de poder vivir sin ella.

Quinn estiró el brazo para coger de nuevo la copa, pero solo rozó el pie. Ya no me miraba a los ojos, estaba concentrado en el delicado cristal Waterford, cuyas facetas reflejaban el parpadeo de la luz de las velas.

Esperé a que continuara, porque pensé que tendríamos toda la noche, que habría tiempo de sobra para oír más cosas sobre su matrimonio, sobre el asesoramiento que ya habría recibido y, en definitiva, para disfrutar de aquel momento de confianza tan poco frecuente. Pero entonces le sonó el móvil y, en cuanto Quinn oyó la voz al otro lado, volvió a caer el telón de cristal. Trabajo, por supuesto. Había surgido algo y necesitaban que fuera.

—¿Vas al escenario de un crimen? —le pregunté después de que cerrara el móvil y se lo metiera en el bolsillo de la chaqueta.

—Sí.

—Tucker está de turno esta noche —le informé—. Pásate y pídele una bandeja de cafés con leche para llevar. Invita la casa.

Me dio las gracias y lo acompañé hasta la puerta del apartamento. Entonces, en el rellano de la escalera de servicio, se detuvo.

—¿Necesitas algo más, Mike?

Se quedó allí de pie, mirando hacia abajo, como si se pensara la respuesta.

—Gracias —dijo, y sin una palabra más, se fue.

Escondiéndose entre la multitud de vecinos, Genius observó que el detective alto, ancho de hombros y con abrigo marrón oscuro inspeccionaba el escenario del crimen.

—Lo siento, Mike. Siento haberte molestado.

—No pasa nada. ¿Qué tenemos?

—Salto al vacío.

Los policías uniformados ya habían acordonado la zona alrededor del cadáver y estaban buscando pruebas. En vano. Enseguida llegaron a la misma conclusión que los polis del caso anterior: suicidio.

Supondrían que doña Inga Berg se había despedido de su cita antes de lo esperado..., porque, claro, el hecho de no llevar bragas puede proporcionarte sexo inmediato, pero no garantiza una larga noche de pasión, ni mucho menos. Después de retirarse, Inga habría decidido coger el ascensor hasta el aparcamiento de la azotea, asomarse y dar un salto mortal por encima de la barandilla.

Inga Berg, concluirían, se había quitado la vida.

—Objetivo cumplido —susurró Genius.

Escabullirse era la última tarea pendiente antes de que la policía comenzase a interrogar a los vecinos. Al tratarse de un edificio nuevo, pocos de ellos se conocían entre sí. Por supuesto, todos darían por hecho que Genius vivía allí o que estaba en casa de algún residente. Así que marcharse sería fácil.

Pero no podía irse aún. Era una sensación demasiado buena, la de ver por primera vez la valoración de su obra. Ver colocar la cinta, al fotógrafo de la policía que hacía fotos, los dibujos con tiza, al detective que miraba hacia el cielo nocturno, frío y oscuro para calibrar la trayectoria del cuerpo al caer antes de ponerse los guantes de látex para examinar con cuidado el cadáver destrozado.

En realidad, la mujer parecía dormida, salvo por las salpicaduras de sangre y masa encefálica.

Inga Berg había perdido los zapatos blancos en el descenso, pero aún llevaba el anorak blanco ribeteado de pelo y, por debajo, el picardías de seda color crema con adornos de encaje. La melena larga y teñida era un estropajo rubio sobre su cara.

Genius observó cómo el detective se agachaba y apartaba con delicadeza la larga cabellera para revelar unos ojos castaños fijos y una boca congelada y abierta para siempre. Era estupendo ver su logro de aquella manera.

Genius casi no se dio cuenta de que el detective se levantaba, se daba la vuelta y escudriñaba el vecindario.

Es hora de quitarse de en medio —*decidió*—. Quitarse de en medio..., quitarse de en medio..., quitarse de en medio.

Y eso fue justo lo que hizo después de deslizarse despacio hacia atrás entre la multitud.

CAPÍTULO CINCO

N o fue bonito. Tampoco un desastre, hay que reconocerlo. Pero, sin duda, nada del otro mundo.

Mi primera «cita» oficial de los dos últimos años había comenzado mal y después fue cuesta abajo.

Para ser sincera, lo último que esperaba, justo una semana después de «mi cena con Quinn» (como ahora la llamaba), era sentarme delante de un tipo que parecía recién salido de la portada de *La guía del metrosexual*.

Y allí estaba yo, en el Café de Union Square que, pese a su nombre, no era una cafetería, sino un restaurante moderno con la apariencia de un bar de los años sesenta, iluminación ambiental, música alta, un público elegante y una carta brasileño-americana.

Más tarde, encantada de haber vuelto al Blend, Tucker me informaría de que las camareras del Café de Union Square trabajaban para una importante agencia de modelos, que era la propietaria de ese restaurante y de otro llamado (de manera muy acertada) El Señuelo. Y yo me consideraría una arpía (en retrospectiva) por haber accedido a cenar en un sitio donde una modelo de veintidós años en ropa interior, flaca como un palo y con una larga melena rubia, le preguntó a mi acompañante: «¿Qué desea?».

Aquel hombre me había enviado un correo electrónico tras ver el perfil que Joy me había ayudado a crear en SolterosNY.com, aunque mi única intención al publicarlo había sido comprobar la seguridad del servicio de citas por internet que mi hija pretendía utilizar.

—¿Qué desea? —volvió a preguntar Paris Hilton.

Bien instalada en un banco corrido forrado de plástico, yo ya había pedido el *churrasquinho carioca;* sin embargo, mi acompañante, un cuarentón de pelo negro rizado, rasgos refinados, ojos acuosos de color avellana y un perfil de usuario en el que se presentaba como «director de recaudación», parecía tener problemas con la carta.

—Creía que tenían comida vegetariana —preguntó con malestar.

—Tenemos una hamburguesa vegetariana y un montón de platos de pescado —sugirió la camarera.

—Soy vegano. No como productos animales, y eso incluye los acuáticos.

¿Vegano? —pensé. Su perfil no lo mencionaba. Habría jurado que ponía amante de la comida *gourmet* y no fumador—. *Vaaale.*

—¿Hamburguesa vegetariana entonces? —preguntó esperanzada la modelo barra camarera.

Brooks Newman soltó un suspiro de mártir.

—Supongo que sí.

—¿Con queso?

—Sí.

—Sabes que el queso es un producto animal, ¿no? —señalé—. O sea, si eres vegano...

—Ah, sí —dijo Brooks—. Claro. Es que solo llevo tres días.

—¿Tres días siendo vegano? —pregunté—. ¿Eso es como llevar tres días sobrio?

A Brooks no le hizo gracia. Me miró de soslayo.

—Sin queso —le dijo a la camarera.

—¿Algo más, señor?

—Sí —contestó Brooks. Cerró la carta de golpe—. Otro martini. Pero seco. ¿Lo has apuntado? S-E-C-O.

—Sí, señor.

La doble de Hilton giró sobre los tacones de sus botas de gogó y se marchó.

—Odio que las chicas de esa edad me llamen «señor» —confesó Brooks con la mirada clavada en el culo cada vez más lejano de la camarera—. Me siento viejo.

—Bueno... —contesté. *No tienes por qué. Después de todo, estás actuando como un crío*—. No aparentas cuarenta años.

—Gracias. Lo sé. Es por los extractos naturales.

—¿Qué extractos naturales?

—Los de los productos faciales. Me he dado cuenta de que una visita semanal al *spa* es fundamental para la gente de nuestra edad. Deberías probarlo. En serio.

Dios mío, llévame pronto.

—*Spa* Renueva T —especificó mientras apuraba su martini no lo bastante seco—. En Park Avenue, junto al Hotel W.

—Renueva T, ¿eh? Qué gracia...

—¿Qué tiene de gracioso? —preguntó.

—¡Renuévate! ¡Renuévate! ¡Renuévate! —exclamé—. ¿No has visto *La fuga de Logan*? ¿También tienen un carrusel para los clientes de más de treinta años?

Brooks volvió a mirarme de reojo.

—¿Por qué iban a tener un tiovivo en un *spa*?

Sacudí la cabeza.

—No, un tiovivo no. Un carrusel. ¿No te acuerdas de la película? Aquella de ciencia ficción de los años setenta...

—Sí, claro que me acuerdo. Con Farrah Fawcett, ¿no?

—Exacto. Bueno, pues la trama se basa en que están en el siglo xxiii y el Gran Hermano se ocupa de todo. La gente solo se dedica a la búsqueda del placer, nada más. Lo único es que, cuando cumplen treinta años, el cristal rojo que llevan incrustado en la palma de la mano empieza a parpadear y tienen que someterse a un ritual que llaman «carrusel», donde se supone que los «renuevan». Pero lo que hacen en realidad es electrocutarlos con una descarga con tantos voltios como para iluminar Detroit.

—No sé de qué estás hablando.

—¡Corre, corredor! ¿No te suena?

—No.

—Da igual. —Suspiré y, sin darme cuenta, pensé: *Quinn se habría reído.*

Brooks se recolocó el jersey amarillo pastel de Armani y miro a su alrededor, clavando la mirada en la ropa ajustada de las modelos barra camareras con más frecuencia que las garras de mi gata Cafelito en el edredón de plumas de ganso.

—Bueno... —dijo Brooks—. ¿Y cómo llevas lo de ser gerente de estas..., quiero decir, de esto?

—¿Gerente de esto? Yo no soy gerente de esto —contesté.

Brooks puso cara de extrañeza.

—En el perfil de SolterosNY decías que eras gerente de un café...

—¡De una cafetería! Soy gerente de una cafetería. Por supuesto que no iba a poner el nombre del local en el perfil. Las normas de la página indican que no se debe dar ninguna información que revele tu identidad.

—Pero en tu perfil ponía que eras gerente de un café restaurante.

—No sé por qué pone eso. ¿La página cambia los perfiles de la gente o qué?

—No... Tiene un autocorrector que cambia algunas cosas. ¿No lo revisaste una vez publicado?

—Pues no.

—Ya veo. —Brooks hizo ademán de mirar a su alrededor—. Entonces, ¿no eres la jefa de estas chicas?

—No.

El ambiente se volvió aún más frío. Por ser amable, le pregunté por su trabajo y me contó que dirigía campañas de recaudación para diversas organizaciones benéficas.

—Hay infinidad de técnicas —me explicó—, que dependen de la historia de la ONG en cuestión. Los patrones para donar pueden estancarse con el tiempo. Así que puedo dirigir desde campañas telefónicas y de envío de cartas hasta galas benéficas.

—Qué interesante.

—Puede serlo, sí.

Para mí no lo era. En ese momento, no. No podía dejar de pensar en el detective Quinn. Desde la cena de pollo a la francesa de la semana anterior, no había vuelto a pasarse por el Blend. Ni para llevarse su habitual café con leche, ni para tomarse un expreso. Llevaba una semana entera evitando la cafetería. Intenté convencerme de que sería por el trabajo o por los problemas conyugales, que parecían tan endemoniados como fueron los míos con Matt.

Sin embargo, tenía la impresión de que me evitaba a propósito. Quizá se había arrepentido de aquel momento de sinceridad.

Tal vez se sentía avergonzado y le preocupaba que yo lo dejara en evidencia cuando lo viera. No tenía ni idea, pero me negaba a que me hiciera daño, que era otra de las razones por las que había accedido a salir esa noche después de recibir el mensaje de Brooks. Necesitaba quitarme al detective de la cabeza. Un detective que aún estaba casado.

Cuando sirvieron la comida, Brooks le dio un mordisco a su hamburguesa vegetariana. Masticó, tragó y volvió a poner cara rara.

—¿Qué has pedido tú? —preguntó mirando mi plato.

—El *churrasquinho carioca* —le dije.

—¿Y eso es...?

—Un bocadillo de carne a la parrilla de estilo brasileño.

—¿Carne?

—Sí. Un filete. De ternera. Vaca —dije, acercando la boca a un trozo de carne marinada deliciosa—. Oye, Brooks, en mi perfil nunca he dicho que no comiera carne. Y no creo que haya un corrector automático que cambie «vegetariano» por «amante de la comida *gourmet*».

—Ya, lo sé —admitió con un tono menos frío—. Pero he reparado en que todo el mundo miente en estos sitios. Había una chica que se las daba de dominatrix en su perfil, pero cuando salimos habló sobre todo de lo insoportables que eran sus padres, el sexo fue de lo más corrientito y después solo quería jugar al *Scrabble*.

—Brooks, voy a ser sincera contigo para que ambos disfrutemos de la cena. Para mí, la única razón de estar aquí es ver cómo funciona este tipo de citas. Mi hija insistió en registrarse en la página y yo quería comprobar su funcionamiento. En realidad no estoy interesada en... ligar... ni nada por el estilo.

—Ah. —El hombre se reclinó en el asiento—. Bueno.

—Sinceramente, tú tampoco estás interesado en mí, ¿verdad?

Le dio un sorbo a su martini y puso cara de asco.

—Suelo salir con mujeres mucho más jóvenes que tú. Pero para treinta y nueve años..., la verdad es que estás muy bien. No me gusta lo que llevas puesto, ese jersey te queda grande y no me gustan las mujeres con pantalones, pero tienes una cara muy bonita... De hecho... —me miró más de cerca—, eres bastante guapa.

—Gracias.

Asqueroso.

—Y me suenas de algo, no sé por qué.

—¿Has estado alguna vez en la cafetería Village Blend, en Hudson?

—¿Esa es la cafetería que diriges? Sí, claro que he estado. Los capuchinos son buenos.

—Gracias.

Vale, quizá no sea tan tan asqueroso.

—Para ser sincero, pensé que esto podría ser más una reunión de negocios que una cita —me explicó—. Le he dado un nuevo enfoque a la recaudación de fondos, algo relacionado con el tipo de mujeres jóvenes y guapas que trabajan aquí. Y pensé que, si tú eras la gerente, me ayudarías a conseguir que donaran sus servicios.

—¿Qué servicios?

Brooks asintió.

—Un desfile de lencería en el edificio Puck. Y, después del espectáculo, las chicas servirán bebidas.

—¿En ropa interior?

—Brillante, ¿no? —dijo Brooks con una sonrisa—. Soy un genio. A la gente con pasta le encantará, y seguro que también pesco algún pez gordo. En cuanto a las modelos, estoy seguro de que, si trabajan aquí, tendrán varios empleos y, además, sabrán servir copas.

—¿Y por qué lo iban a hacer gratis?

—Porque, por el tipo de clientes invitados al evento, medios de comunicación, ejecutivos y similares, obtendrán una buena visibilidad.

—Visibilidad. Ajá. —Servir copas ligeras de ropa seguro que les daría visibilidad.

—Y también es por una buena causa —añadió.

—¿Y qué causa sería?

—La organización NMC me ha encargado la recaudación de fondos nacionales para los próximos seis meses.

—¿NMC? Ah, claro, he oído hablar de ellos. No Más Carne, la organización activista vegana, ¿no? ¿Por eso eres vegano desde hace solo tres días?

Brooks se encogió de hombros.

—Digamos que, después de dos semanas de trabajo, me animaron a adoptar este estilo de vida. —Suspiró, abatido—. Solo pedí unas costillas chinas para que me las trajeran a sus oficinas, pero cualquiera habría dicho que maté al puñetero cerdo con mis propias manos.

Le di otro mordisco a mi delicioso bocata de filete brasileño. Miró con desdén su hamburguesa vegetariana. Luego miró a su alrededor y susurró:

—¿Me das la mitad?

Sonreí.

—Claro.

La carne pareció reanimarlo. De hecho, él también sonrió.

—Sabes, eres muy mona. No veo ninguna razón para que no nos enrollemos..., ya sabes, solo esta noche.

—Lo siento, pero... yo sí la veo.

Estuve a punto de añadir «no es nada personal», pero me contuve. Porque claro que era personal.

Frunció el ceño.

—Bueno, había que intentarlo. —Se encogió de hombros.

—Oye, ¿y qué te parece la página SolterosNY? Quiero decir, para mi hija...

—Tu hija, ¿eh? Qué idea tan interesante. —Bebió un trago de su martini y me lanzó una mirada lasciva—. ¿Es una versión más joven de ti? Y si es así, ¿qué hace esta noche?

Imaginé que Brooks venía a por un capuchino y yo le apuntaba a la cara con la válvula de vapor.

—Eres demasiado viejo para ella —contesté de buena gana.

Se encogió de hombros.

—No se puede juzgar a un hombre solo por probar.

Yo sí que puedo.

—Mira, SolterosNY es un sitio bastante movidito. La mayoría de la gente acude para ampliar su círculo sexual.

Casi me atraganto con la ternera marinada.

—¿Para ampliar qué?

—Su círculo sexual. ¿Cuántos años tiene tu hija?

—Diecinueve. Ya mismo cumplirá veinte.

Brooks asintió.

—Dile que no salga con nadie mayor de veinticinco. Eso reducirá las probabilidades de que el tipo esté casado. Y ahí va un consejo: que consiga su número de teléfono fijo, su dirección y su número de teléfono del trabajo. Porque si es reacio a dar alguno de esos datos, podría estar casado o tener novia.

Se me escapó un suspiro de dolor.

Mi ligue por internet se inclinó hacia delante.

—Mira... —Sacó su tarjeta de visita, la volteó y escribió algo—. Si fuera mi hija, preferiría que estuviera en una de estas dos páginas. Por lo que a mí respecta, son fiascos absolutos: gente que busca..., cómo diría..., «relaciones más serias» para hablar de cosas como «las aficiones de cada uno». Mucho más tranquilos que SolterosNY.

—Gracias —dije, y lo dije de corazón.

Terminamos de cenar y miramos la carta de postres. Ambos elegimos el flan y después le pedí a la camarera un capuchino.

—Otro para mí —pidió Brooks.

Estaba a punto de decidir que el chico no estaba tan mal, cuando de repente volvió a abrir la boca y dijo lo único que podía acabar con la remota posibilidad de entablar una relación conmigo:

—Pero el mío que sea descafeinado.

CAPÍTULO SEIS

*C*asi era la hora.

Esa noche el aire era fresco, solo contaminado de tanto en tanto por el humo punzante que llegaba de las chimeneas del casco histórico, pero la brisa del río cercano era suave y Genius decidió que aquella misión sería casi tolerable.

Por un lado, a Genius le hacía cierta gracia aquel lamentable desfile de hombres y mujeres solteros. Los sábados por la noche siempre eran ruidosos y concurridos en el barrio del Village, pero los solteros parecían desfilar por aquella calle oscura con un patetismo particular. Todos tenían un aire meditabundo y un poco desesperado mientras sorteaban a las parejas que iban agarradas y a los juerguistas estridentes. Las manos en los bolsillos, la mirada gacha.

De pie, en el oscuro recoveco de un callejón al otro lado de la concurrida calle, Genius encontró un punto de observación perfecto desde donde verlos pasar junto a la falsa lámpara de gas hacia el interior de la cafetería.

Los estudió a través de los altos y luminosos ventanales del Blend: se abrían paso a trompicones entre las mesas abarrotadas y se alisaban la ropa justo antes de subir la escalera de caracol de hierro forjado que conducía al segundo piso, ya imbuidos de un falso coraje, con las manos fuera de los bolsillos, la mirada elevada, la sonrisa de plástico aplicada como un pintalabios recién puesto.

Había un tipo calvo de unos cincuenta años con una ligera cojera.

Dos mujeres de unos treinta y tantos con una risa demasiado estridente.

Un cuarentón muy arreglado con tanta gomina en el pelo como para ser un capo de la mafia.

Una morena con ropa ajustada y exceso de maquillaje.

Un veinteañero friki.

Un treintañero friki.

Tres chicas góticas.

Una mujer de cuarenta y muchos años con botas de tacón de aguja y un abrigo de cuero moderno confeccionado para alguien veinte años más joven.

Y seguían llegando...

La Conexión Capuchino atraía sin duda a los pringados. Había algunas mujeres algo atractivas en el grupo, pero nada especial.

A Genius le sorprendía haber llegado a ese punto. Pero SolterosNY.com se había convertido en un auténtico desastre.

El último encuentro había tenido lugar en un restaurante cercano. Ella era demasiado mayor para él, lo cual no habría importado, pero no hubo química. Nada en la mujer parecía excitarle. Una tía muy pesada.

Como de costumbre, el perfil de SolterosNY no se correspondía con la realidad. Todo, desde su foto hasta su ocupación, le había parecido mejor en la página web que en persona. Un muermo.

A Genius no le extrañó demasiado. La única pregunta fue: «Y ahora, ¿qué?».

Buscar más perfiles en SolterosNY era una posibilidad. Rendirse era otra. Pero, por supuesto, también estaba eso...

Genius salió de las sombras y cruzó la calle en dirección al Blend.

—En fin —murmuró—, al menos esta noche me tomaré un capuchino en condiciones.

—Clare, te lo diré con una sola palabra —susurró Tucker mientras me ofrecía un capuchino con café francés de la bandeja medio vacía con fondo de corcho.

Mientras envolvía la taza con las manos frías, sorbí la espuma caliente y miré por encima del borde para observar con aprensión la multitud de personas que llenaba el segundo piso del Blend.

—¿Una sola palabra? —le pregunté a Tucker.

—Cazarrenacuajos.

—¿Cómo dices?

—Así llaman a las mujeres mayores que salen con chicos jóvenes.

—Cazarrenacuajos. Muy bien. Lo pillo. Gracias por la aclaración, Tuck. Yo pensaba que habías tenido un *flashback* de cuando vivías junto al pantano.

—No, en serio, cariño. Sé que no mirarías dos veces a un tío que fuera diez o doce años más joven que tú.

—Tucker...

—Pero la caza del renacuajo está de moda.

—¿Mujeres mayores con hombres jóvenes? —pregunté—. ¿En qué universo?

—Ay, cielo, ¿no lo sabes? Están por todas partes. ¿Demi Moore y Ashton Kutcher? ¿Hugh Jackman y su mujer? Cher, Madonna... La lista es infinita. ¿No te acuerdas de aquella película con Diane Keaton y Jack Nicholson en la que el guaperas de Keanu Reeves se queda pillado de la posmenopáusica Diane? Hasta la nominaron al Óscar por ese papel.

—Eso es Hollywood, Tucker. Todos tus ejemplos son del mundo del cine. Estoy segura de que si yo fuera una estrella millonaria con casas en los Hamptons y Malibú, la caza del renacuajo sería una maravillosa ocupación, pero esto es el mundo real.

—¡Pues eso es lo que te estoy diciendo! El mundo real no hace más que obsesionarse con Hollywood: las modas van de arriba abajo, Clare, recuérdalo. De arriba abajo.

—¡Familia! Es hora de empezar —dijo Nan Tulley, la anfitriona de la Conexión Capuchino.

Aunque las sesiones eran aconfesionales e incluso aparecía en los anuncios clasificados la revista *New York,* aquellas veladas formaban parte del comité de recaudación de fondos y divulgación de la iglesia de Gracia, situada en la calle Diez con Broadway (uno de los ejemplos más significativos de la arquitectura neogótica del país, con su fachada ornamentada y sus preciosas vidrieras. Los neoyorquinos siempre se quedan boquiabiertos cuando pasan por delante de ella, pero pocos saben que la construyó en 1845 el mismo arquitecto que más tarde erigiría la monumental catedral de San Patricio).

—¡Venid todos! Acercaos... —Nan volvió a llamarnos dando varias palmadas.

El trabajo habitual de Nan era dirigir la guardería Wee Ones de la calle Doce; tal vez por eso me dio la sensación de haber entrado en un grupo de juegos infantiles.

—Déjame, Tucker —susurré—. De todos modos, no he venido a conocer a nadie. Ya lo sabes.

—Si tú lo dices, cariño...

Tucker puso los ojos en blanco y se fue a servir más cafés.

Me acerqué a Nan, tratando de mantener las distancias con mi hija Joy, como le había prometido.

Justo después de mi cita con Brooks Newman dos días antes, telefoneé a Joy y le hice prometer que se daría de baja de la página SolterosNY. Accedió a probar las otras páginas más tranquilas (también conocidas como «fiascos») que Brooks me había garabateado en el reverso de su tarjeta de visita, pero Joy me informó de que había decidido apuntarse a la sesión de Conexión Capuchino en el Blend.

Dejé que pasaran veinticuatro horas antes de apuntarme yo también.

Joy estaba furiosa.

—¡Mamá, es increíble que estés haciendo esto! —me dijo cuando se lo conté.

—No tiene nada que ver contigo —mentí—. Se reúnen en mi cafetería dos veces al mes desde hace muchísimo tiempo y lo único que he hecho hasta ahora es enviar a mis empleados a la planta de arriba con bandejas de capuchinos. Ya es hora de que compruebe de primera mano cómo funciona, ¿no te parece?

Joy no se lo tragó, pero le prometí que no la molestaría y al final reconoció que a lo mejor me venía bien asistir.

Mi hija aún albergaba la esperanza de que por fin descubriera que ningún hombre estaba a la altura de su padre, un tipo extraordinario, había que admitirlo, que, a pesar de su incapacidad para ser monógamo, quería a Joy de manera incondicional y con todo su corazón. Según eso, a ojos de Joy, no podía hacer nada mal. Por exasperante que fuera para mí, no veía razón alguna para quitarle a mi hija esa imagen de su padre, aunque había momentos en los que Matteo me cabreaba lo suficiente como para fantasear con verterle por los pantalones unos cuantos *speed balls* bien calientes.

Nan dio una última palmada que me hizo sospechar que tendría que levantar la mano antes de usar el baño de las niñas.

—¡Silencio, silencio! Vale, ¡muy bien! Ahora quiero que prestéis mucha atención. La primera regla de la noche es que todo el mundo debe establecer al menos tres conexiones. Incluso si crees que ya has conocido a alguien con quien tienes química, debes quedar con otras dos personas más. Esta regla garantiza que muchos de vosotros tengáis más de una oportunidad. ¿No es genial?

Nan tenía el tipo de voz entusiasta que imaginé muy efectiva con un grupo de niños de cuatro años hasta arriba de azúcar. Sin embargo, aquel público no parecía muy receptivo y murmuraba con recelo.

—Vale, vale, ¡sé lo que estáis pensando! —continuó Nan—. ¿Y eso por qué? ¿Por qué tengo que invitar a salir a gente con la que no siento una conexión especial? Bueno, os lo voy a explicar: muchas parejas felizmente casadas tuvieron primeras citas pésimas y muchos primeros encuentros fantásticos acabaron en separaciones amargas. ¡Nunca se sabe lo que va a pasar cuando le das a alguien la oportunidad de crecer en tu interior!

—¿Como los hongos? —dijo algún bromista.

—La hostilidad no te va a servir de nada —espetó Nan—. Recordad, una primera impresión mala puede conducirte a una persona idónea... Quizá no sea perfecta, pero sí idónea...

Me moría de ganas de echar un vistazo a la gente allí reunida, pero no quería que Joy pensara que la estaba espiando. Además, la sala estaba abarrotada, lo cual dificultaba una visión completa. Así que me limité a dar un sorbo a mi capuchino y mantuve la vista fija en Nan.

—¡Empecemos entonces!

La segunda planta del Blend era bastante espaciosa, con mesas y sillas revestidas de mármol y una ecléctica mezcla de muebles desparejados. Las sillas acolchadas y los sofás franceses de mercadillo, junto con las lámparas de pie y de sobremesa, daban la sensación de esparcimiento de un salón bohemio.

(Y para muchos clientes era justo eso, ya que gran parte de los apartamentos del Village no son más que estudios diminutos y habitáculos de un solo dormitorio). Además, aquella noche la sala estaba iluminada con el toque romántico del fuego que crepitaba en la chimenea de ladrillo situada en la parte frontal.

Para comenzar la sesión denominada «Encuentro poderoso», nuestra alegre anfitriona nos dijo que iba a distribuir a todas las mujeres por la sala en diferentes zonas. Luego, seleccionaría a los hombres al azar y los emparejaría con ellas.

Pero antes de que Nan empezara a sentarnos, reparé en que discutía con Tucker por algo. Parecían bastante tensos. Le hice señas a Tucker para que se acercara.

—¿Va todo bien? —le pregunté mientras Nan se ocupaba de colocar a las mujeres en sus asientos.

—Nan está molesta —susurró—. No te lo vas a creer, pero falta una mujer, alguien que no ha llamado para cancelar.

—¿Se acaba de dar cuenta?

—Sí, y me ha pedido que encuentre a alguien abajo que quiera participar gratis.

La tarifa habitual era de cuarenta dólares por participante, que incluía tres capuchinos. Al Blend le venía bien así: como los capuchinos nos los pagaban con antelación, teníamos garantizada la venta de ciento veinte cafés, además de las consumiciones que pidieran las parejas que después se quedaban hablando durante otro rato en la planta de abajo. En definitiva, aquellas sesiones para solteros eran una bendición para el Blend.

—¿Se te ocurre alguien? —le pregunté.

Tucker negó con la cabeza.

—Voy a investigar. Latitia está ahí abajo, pero ya sale con un chico de la sinfónica. Kira Kirk está haciendo crucigramas, pero actúa como si odiara a todos los hombres. Martha Buck está en una mesa corrigiendo un manuscrito, pero creo que ha quedado con alguien. Y Winnie Winslet se ha pasado por aquí, pero ya nos dijo que no le va este rollo.

Me lo pensé un momento.

—¿Inga?

Tucker palideció un poco.

—¿Te refieres a Inga Berg?

—Exacto. A lo mejor así nuestra aficionada a las compras conoce a alguien que merezca la pena...

—Clare, Inga ha muerto.

—¡¿Ha muerto?! —Alcé un poco la voz. Varias cabezas se volvieron—. ¿Ha muerto? —susurré—. ¿Cómo? ¿Cuándo?

—Se ha suicidado. Saltó de la azotea de su edificio la noche del jueves. Me enteré por un periodista de *Voice* que estaba haciendo un reportaje. Al principio la policía lo mantuvo en secreto y, como era nueva en el edificio, los vecinos ni siquiera sabían cómo se llamaba...

—Por eso no nos han llegado rumores hasta ahora —deduje.

—Es una desgracia —dijo Tucker—. Pero será mejor que me vaya. Nan viene hacia acá.

Después de que Tucker se marchara y Nan me guiara hasta un sillón junto a la chimenea de ladrillo, la cabeza aún me daba vueltas.

Inga Berg y Valerie Lathem. Ambas clientas del Blend. Ambas jóvenes y atractivas. Parecían tenerlo todo y, sin embargo, se habían suicidado en un intervalo de pocas semanas. ¿Casualidad?

Una vez oí a Mike Quinn decir: «En mi oficio no hay casualidades». Y al pensar en él, recordé que, la noche en que cenamos, lo llamaron para que acudiera a la escena de un crimen, la misma noche en que Inga se suicidó.

Mientras Nan repartía pequeños blocs de notas y lápices de Hello Kitty a los asistentes, me pregunté si eso explicaría el que no hubiera vuelto a ver a Mike. ¿Le habrían asignado la investigación del suicidio de Inga?

Cuando Nan terminó, Tucker ya estaba de vuelta acompañado de la vigésima mujer: Kira Kirk. Parecía un poco inquieta y aún tenía el libro de crucigramas en la mano. Como de costumbre, llevaba el pelo recogido en una larga trenza gris, pero imaginé que venía de una cita de trabajo, porque vestía mucho mejor que de costumbre, con un traje pantalón negro entallado en lugar de los habituales jerséis con vaqueros. Y también iba maquillada. Estaba bastante guapa, la verdad, y me alegré de verla allí.

Levanté las cejas hacia Tucker y él se limitó a encoger los hombros. Mientras Nan acompañaba a Kira al otro lado de la sala, le hice otro gesto para que se acercara.

—¿Cómo la has convencido? —susurré.

—¿Cómo? Pues con capuchinos gratis e ilimitados durante dos semanas.

—Tenéis cinco minutos para conoceros —anunció Nan. Emparejó a los hombres al azar con las mujeres ya sentadas—. Cuando oigáis el timbre, os daréis un apretón de manos y los caballeros se trasladarán al sitio de la derecha. A continuación, dispondréis de otros cinco minutos para conocer a la siguiente persona. Hay veinte hombres y veinte mujeres en esta sala, lo que significa que la sesión durará dos horas. A lo largo de la noche, os servirán capuchinos recién hechos; y no os preocupéis,

¡haremos descansos para que podáis ir a los baños de las niñas y de los niños!

Sabía que no acabaría la noche sin que oyéramos las reglas de Nan para ir al baño de las niñas y de los niños.

—¡Bien! Recordad: ¡cinco minutos! —gritó Nan con entusiasmo, ajustando un temporizador de cocina anticuado—. ¡Preparados..., listos..., ya!

CAPÍTULO SIETE

D on Engominado.
Don Deportes.
Don Grupo Sanguíneo A.
Don Gorrón.
Don Artistoide.
Don Viejales.
Don Libro Divertido.
Don Taxista/Músico.
Don Niño de Mamá.
Don Información Telefónica.
Don Wall Street.
Don Trastornado con depresión diagnosticada.

Vale. Sé que es degradante reducir a la gente a descripciones de una sola frase, pero ¿qué quieres que te diga? Me habían obligado a mantener veinte «McReuniones» de cinco minutos con veinte hombres diferentes y la anfitriona me había dado un bloc de notas y un lápiz de Hello Kitty. ¿De qué otra manera iba a llevar la cuenta si no?

Además, llevaba en la sangre eso de etiquetar. Lo había hecho durante años cuando, de pequeña en Pensilvania, ayudaba a mi abuela inmigrante italiana a envasar tomates y melocotones todos los meses de agosto. Y dada la uniformidad del proceso, la selección de ligues potenciales no tenía por qué ser más complicada que la elaboración de conservas. Imaginaba la cara de cada hombre en un tarro de cristal con un breve resumen de sus principales rasgos identificativos.

En cualquier caso, aún no me había recuperado de la noticia de que dos de mis clientas, jóvenes, atractivas e inteligentes, se habían suicidado con pocas semanas de diferencia. Y de que mi única hija estaba sentada al otro lado de la sala, lista para ofrecerse a uno de esos potenciales rompecorazones.

Los miré uno a uno con el ojo crítico de una madre y la pregunta subyacente: «De acuerdo, ¿a quién de vosotros, pedazo de idiotas, se le ha pasado por la imaginación que es lo bastante bueno para jugar con el cariño de mi hija?». Con mi planilla de anotaciones en ristre, fui implacable.

En ese momento, tenía delante a un rubio atractivo, bien peinado y bien vestido, de unos veinte años, con el nombre de «Percy» escrito en su tarjeta identificativa. Diseñador gráfico. Culto. Un buen partido para mi Joy.

—Bien, Percy, ¿tomas alguna droga o medicación? —pregunté.

Abrió los ojos verdes grisáceos de par en par.

—No... Bueno, solo un antihistamínico para la alergia.

—¿Alguna vez te han detenido?

—Uh. —Parpadeó—. No.

—¿Seguro? He visto que has parpadeado.

—Bueno —admitió—, cuando tenía diecisiete años. Me pillaron en una redada en un club que vendía alcohol a menores. Pero eso fue todo. De verdad.

Asentí. Sonaba bastante inocente. Siguiente pregunta:

—¿Por qué has venido aquí esta noche?

El joven cruzó y descruzó las piernas, y luego comenzó a dar golpecitos con el pie.

—Bueno, he conocido a gente por internet, ya sabes. Sobre todo en LoungeLife.com y SolterosNY, pero nunca me salió nada serio, así que decidí probar esto. Mi última relación larga duró poco más de dos años.

—¿Por qué terminasteis?

—Oh, no había comunicación, nada más. Sobre todo porque él era celosísimo y yo no lo soportaba. Uno de esos tipos de alto coeficiente intelectual. ¿Me entiendes?

—¿Dónde te ves dentro de cinco años? —Me detuve un momento y levanté la vista del cuaderno rosa—. Espera. Te refieres a una mujer, ¿no? Que era celosísima...

—No.

—¿Me estás diciendo que salías con un hombre?

—Sí.

Fruncí el ceño.

—Pero ¿esta noche buscas a una mujer?

—Sí.

«Don Ambidiestro», escribí.

—¿No conoces el concepto bisexual? —preguntó.

—¿No conoces la película *Lejos del cielo*? —le respondí.

—Jolín, ahora te pareces a mi ex, siempre pidiéndome que elija un equipo.

—Bueno, tal vez deberías.

—Es mi vida.

—No del todo —objeté—. Si implicas a otra persona y luego cambias de opinión, no es solo tu vida.

—Qué borde.

—No, cariño, es el punto de vista de una madre... Lo cierto es que os estoy seleccionando para mi hija, no para mí.

—Ah —dijo el joven. Su mirada se desplazó de mi mano izquierda, desprovista de anillo, a mi ropa.

Como no quería desentonar, me había puesto lo que consideré más apropiado para esa noche: botas negras de tacón alto, medias negras y un vestido ajustado de terciopelo verde oscuro con escote corazón. Ni demasiado fino ni demasiado vulgar.

—Pero no estás casada, ¿verdad? —dijo Percy, y señaló mi mano izquierda—. Y estás bastante buena, perdona que te lo diga. ¿Por qué no buscas a alguien para ti, ya que estás? —Me lanzó una sonrisita coqueta.

—Gracias. De verdad. Pero soy demasiado mayor para esto. Y para ti —añadí con delicadeza.

—Qué tontería. ¿No has oído hablar de la caza del renacuajo?

¡Piii! Sonó el temporizador de cocina.

—¡TIEMPO! —gritó Nan—. ¡Terminamos de hablar y nos estrechamos la mano!

Le tendí la mano.

—Deberías presentarte a mi ayudante, Tucker. Está abajo. Algo me dice que os llevaríais bien.

Don Ambidiestro me estrechó la mano y se encogió de hombros.

—Lo que tú digas.

—Muy bien, caballeros —gritó Nan, con varias palmadas—. ¡Vayamos junto a la siguiente doña Perfecta en potencia!

Pasé a una nueva página rosa del bloc de Hello Kitty. El siguiente: un chico musculoso de unos veinticinco años, barbilla fuerte, pelo negro corto y perilla negra recortada. Llevaba unas gafas modernas de montura negra, vaqueros negros y una chaqueta de cuero desgastada. En su etiqueta ponía «Marte».

Se sentó delante de mí y me miró fijamente.

—Marte, qué nombre tan interesante —dije para romper el hielo negro.

—Es un apodo —respondió, sin cambiar de expresión. Sin parpadear.

«Don Intenso», escribí mientras esperaba a que añadiera algo más. No lo hizo.

—No tenemos por qué hablar —le comenté—. Quiero decir que a lo mejor ya has hecho suficientes conexiones esta noche.

—Conexión —dijo—. Una. Lo has adivinado. Ya he hecho una conexión. —Miró al otro lado de la sala en dirección a mi Joy, lo cual me puso de los nervios.

—¿Por qué no me hablas de ti de todos modos? —le sugerí, tratando de mantener la calma. *Por si acaso mi hija no me escucha cuando le suplique que destruya tu número de teléfono y pese a todo decide salir contigo.*

—Como quieras —dijo, y volvió a encogerse de hombros.

Esperé. Nada. Se limitó a mirar hacia el otro lado de la sala.

—¿Tomas alguna droga? —le pregunté.

Eso captó su atención. Volvió la mirada oscura e intensa hacia mí.

—¿Y tú? —me preguntó.

—Sí. Cafeína —contesté, sin rodeos.

Levantó las cejas y curvó levemente la comisura de los labios. La versión minimalista de una sonrisa, supuse.

—De acuerdo —dijo—. Voy a jugar. No tomo ninguna droga. De momento.

—¿Te han detenido alguna vez?

—Sí, me han detenido.

¿Por qué no me sorprendió?

—¿Qué hiciste?

En ese momento la sonrisa era algo más pronunciada. Entrelazó los dedos sobre el pecho.

—Creo que no te gustaría oírlo.

Estupendo.

—Prueba a ver —sugerí.

Pero no hubo respuesta. Se limitó a apartar la mirada hacia el otro extremo de la sala, de nuevo hacia mi Joy.

—¿A qué te dedicas? —le pregunté.

—Pinto. Soy pintor. Y un genio.

¡Piii!

—¡TIEMPO! —gritó Nan.

Marte se levantó, se metió las manos en los bolsillos de la chaqueta de cuero y me lanzó una mirada intensa.

—Encantado —dijo, y se marchó.

Me estremecí. Crucé las piernas, apoyé el bloc de notas en el muslo y taché «don Intenso» para poner «don Pintor Intenso e Inquietante».

Bajo ningún concepto podía dejar que Joy se acercara a ese tipo. Ni de coña. Si había alguna «conexión» que en potencia resultara más peligrosa que Marte, aún no la había conocido.

—Bueno, bueno, bueno —dijo una voz familiar—. Juntos otra vez.

Levanté la vista y me encontré con las facciones refinadas y el pelo negro y rizado de Brooks Newman. Llevaba un jersey de cuello redondo color crema y unos pantalones de color carbón hechos a medida. Brooks parecía estar al acecho porque, al mirarme, sus ojos avellana parecían mucho más alerta que la otra noche.

—¿Qué haces aquí? —le pregunté—. Creía que SolterosNY era tu territorio.

Brooks se encogió de hombros. Se acercó al sillón de enfrente, se sentó y cruzó las piernas.

—Ya te dije que me gustan vuestros capuchinos.

—Descafeinados.

—Esta noche no. —Una leve sonrisa asomó en sus labios finos—. Esta noche me apetece algo más estimulante. ¿Y a ti?

—Ya me he tomado el mío —dije sin rodeos, y levanté mi taza vacía de café francés.

—Sí —repuso, inclinándose hacia delante y bajando la voz—, pero en una noche tan fría como esta..., ¿no te gustaría algo más para entrar en calor?

—No.

—Estás muy guapa hoy —me piropeó mientras volvía a alejarse para observar mi vestido de terciopelo verde. Al instante me arrepentí de haberme puesto un escote tan marcado, ya que no le quitaba ojo de encima.

—Ese color te resalta los ojos.

Ah, ¿sí? A lo mejor eso explica por qué me miras el escote.

Miré hacia Nan, tratando de calcular durante cuántos minutos más tendría que soportar aquello.

—No me creo que esto te divierta —le dije—. Este tipo de cosas no parecen ser lo tuyo.

—Tampoco lo tuyo, Clare. Creía que no te interesaba ligar con hombres. Que solo hacías de filtro para tu hija.

—De hecho, eso es justo lo que estoy haciendo.

Cogí el lápiz y garabateé en el bloc de notas. Brooks Newman: don Ni Por Asomo.

Levantó las cejas.

—Ya he conocido a tu hija en este grupito. Joy Allegro. No pensé que tuvierais apellidos diferentes, pero bueno, estás divorciada, así que supongo que Cosi es tu apellido de soltera. En cualquier caso, es bastante atractiva. Muy fresca. Llena de energía. Veo que os parecéis.

Torcí el gesto y cambié de tema.

—¿Y cómo vas con la recaudación de fondos para veganos con modelos de lencería?

Mi tono sarcástico no pareció afectarle. Ensanchó la sonrisa.

—Las mujeres más jóvenes suponen una amenaza para ti, ¿verdad?

No era la primera vez que me imaginaba apuntándole a la cara con la boquilla de vapor de la cafetera exprés con la válvula abierta al máximo.

—Mira, bonito, yo no soy quien visita el *spa* Renueva T todos los fines de semana para luchar contra las arrugas.

—Clare, sé lo que necesitan las mujeres como tú —dijo en voz baja—. Y no es un chute de cafeína.

—Ah, ¿no?

—No. Es una buena dosis de sexo. —Se inclinó hacia mis piernas cruzadas y, con la punta del dedo, dibujó un pequeño círculo en mi rodilla, cubierta por la media—. ¿Qué te parece si tú y yo... nos enrollamos esta noche?

Me recorrió un escalofrío de repulsión y le aparté la mano.

—No soy tu tipo, Brooks.

Se echó a reír.

—A decir verdad, las jóvenes no siempre son tan enérgicas como tu hija. Ni fuera de la cama ni, muchas veces, dentro. Y seguro que una mujer madura como tú hace que las cosas se pongan interesantes... entre las sábanas.

Aunque no mostraba sus intenciones a las claras, juraría que en realidad pensaba en acostarse conmigo y con mi hija a la vez. Si las miradas mataran, la que le lancé lo habría mandado, como mínimo, a la sala de urgencias del St. Vincent.

—Brooks, por si no te has dado cuenta, no estoy nada receptiva.

—Donde hay chispas, hay fuego. —Se movió más hacia delante, y antes de que pudiera detenerlo, sus dedos estaban en mi rodilla de nuevo y subían por el muslo.

¡Piii! Salvada por el temporizador de la cocina.

—Quita esa mano —siseé, y lo empujé una segunda vez—. Vete. Te lo digo en serio.

Joder, menudo cerdo, pensé con un escalofrío. Solo Brooks Newman podía convertir el inocente grupito de juegos de Nan en un corro de magreo.

—Muy bien, caballeros —gritó Nan—. ¡Nos trasladamos hasta la siguiente doña Perfecta en potencia!

Todavía inquieta, pasé una nueva página rosa del bloc de Hello Kitty.

—Querrás decir doña Hasta Las Narices —murmuré.

—Encantada de conocerla, señora Narices.

Levanté la vista y me encontré con el siguiente participante, un hombre de unos cuarenta años con las facciones marcadas y una espesa cabellera castaña. Sus ojos color caramelo parecían curiosos y ligeramente divertidos por mi comentario. Me tendió la mano y sonrió.

Se la estreché. Un apretón cálido y firme.

—Soy Bruce —dijo—. Por si no alcanzas a leer la etiqueta «Hola, me llamo...» que me tapa la mitad del pecho.

Me tocó sonreír a mí.

—Yo soy Clare.

Lo miré con discreción. De los hombros anchos le colgaba con elegancia una preciosa chaqueta de ante. Debajo llevaba una camisa blanca con el cuello abierto que se estrechaba hasta unos vaqueros desgastados.

—Te he visto aquí otras veces —dijo—. Pero en la planta de abajo.

Se sentó, se reclinó contra el respaldo y colocó el pie, calzado con botas de trabajo, sobre la rodilla. Parecía totalmente relajado. «Encantado de conocerse», como decía Madame con una de sus frases favoritas. Según ella, demasiados estadounidenses urbanos —con exceso de educación, de estrés y de ansiedad— en realidad no estaban tan bien como aparentaban.

Volví a mirar a Bruce. Me resultaba familiar.

—¿Eres cliente del Blend?

—Vengo cuando puedo. Tenéis los mejores capuchinos de la ciudad.

Oh, me gusta este chico —pensé—. *Pero no para Joy. Demasiado viejo para ella.* Me relajé con esa idea, sabiendo que no tendría que interrogarlo con mi cuestionario «Filtro de Psicópatas».

—Gracias —le dije—. ¿Eres de Nueva York?

—Nací en San Francisco.

—Esa ciudad sí que es cafetera.

Asintió y sus ojos color caramelo se iluminaron.

—Sin duda. Nunca había probado unos expresos como los vuestros. Son el cruce perfecto entre los de North Beach que tomaba en mi casa y los que he probado en Milán.

Me quedé boquiabierta.

—Es imposible que sepas eso. Lo saben como diez personas en el mundo.

Se encogió de hombros.

—Soy incapaz de preparar un expreso aceptable. Y no sé por qué los vuestros saben así. Pero lo sé.

Asentí.

—Es por el grano y el proceso de tostado. A los milaneses les gusta el expreso más sutil y dulce. A los italianos de North Beach les gusta el expreso más picante y áspero. Madame siempre dice que estamos geográfica y gastronómicamente a medio camino entre ambos.

—Fascinante. —Sonrió mientras me recorría sutilmente con la mirada—. ¿Y cómo se obtienen los diferentes sabores?

—De muchas maneras. Para obtener esa versión más picante y áspera, se tuesta más el grano y se utilizan variedades de café con elementos intensos y ácidos, como el kenia AA o el sidamo. Para obtener el sabor de Milán, es mejor usar granos de arábica, de perfil más suave, como el santos brasileño. Y no añadir a la mezcla ningún grano con elementos ácidos. Se podría poner incluso un robusta lavado de cultivo indio para darle dulzor, aunque los robusta suelen ser granos inferiores, malos, de crecimiento bajo, como los que se encuentran en las latas de café molido, y es mejor evitarlos. Los mejores granos son los arábica, que se cultivan a mucha altitud; una regla general es que, cuanto mayor sea la altitud, mayor será la acidez y mejor será el café.

Bruce levantó las cejas.

—Espera, pero ¿queremos que el café sepa ácido?

Más puntos para él, que escucha de verdad.

—La acidez es un término técnico. Cuando hablamos de café, eso no significa que esté agrio ni amargo. Significa intensidad, una nitidez agradable. Básicamente, cuando preparas una mezcla debes prestar atención a tres elementos principales: acidez, aroma y cuerpo. Los granos que aportan acidez son las notas altas, los que aportan cuerpo son las notas bajas. En medio, necesitas granos que aporten el aroma, que puede ser desde afrutado hasta herbáceo.

—Como un acorde musical. Lo has explicado bien, Clare.

Su sonrisa era genuina y me gustó cómo dijo mi nombre.

—Gracias. Muy amable.

—Dame un ejemplo de una de tus mezclas.

—Una básica: kenia AA para la acidez, sulawesi para el aroma y colombiano para el cuerpo. Pero no solo son importantes los tipos de café. Para obtener la mezcla perfecta, es imprescindible conseguir un grano de la mejor calidad posible, tostarlo y preparar el café con maestría, además de disfrutarlo recién hecho.

—Ya lo voy entendiendo... y, según veo, gran parte del proceso se hace aquí mismo.

Me encogí de hombros.

—Aquí tostamos el grano verde, en el sótano. Es un negocio familiar centenario y el grano cambia todos los años en función de las cosechas mundiales y de los gustos de nuestros clientes. Así que, como esto no te guste mucho y no cuides los detalles, es mejor que te dediques a otra cosa, ¿sabes? Pero a mí me encanta.

—Sí, a mí me gusta mi trabajo por esa misma razón: es un reto constante y requiere creatividad.

Miré sus botas de trabajo.

—¿A qué te dedicas?

—Empecé en la construcción, luego me hice arquitecto para especializarme en restauración histórica y, desde que me trasladé al este, no he hecho otra cosa que ampliar el negocio. Llevo en la región unos diez años y acabo de mudarme desde Westchester hace un par de meses. Estoy divorciado. Sin hijos.

—¿En qué trabajas ahora?

A Bruce le hizo gracia mi pregunta.

—Tengo equipos por toda la ciudad. Decenas de proyectos, interiores y exteriores. A título personal, estoy entusiasmado con la restauración del interior de una casa adosada de estilo federal en Leroy. La fachada es más arquetípica que la de este edificio, tiene incluso una entrada para los caballos. Vuestro edificio es precioso y ha mantenido su integridad bastante bien, pero según veo se han tomado algunas licencias con ciertas alteraciones, supongo que por el bien del negocio. Por ejemplo, en la hilera de puertas y ventanas del primer piso.

—Las pusieron hace décadas, entre 1910 y 1920, cuando el Blend pasó de ser solo un tostadero al por mayor a convertirse también en cafetería. Supongo que estás rehabilitando la casa de Leroy para un propietario particular...

—Para mí. La compré nada más verla.

Puse los ojos como platos. El tipo era multimillonario. Sin duda.

—¿Y tú? ¿Cuál es la historia de Clare... en menos de cinco minutos?

Volvió a sonreír con calidez y traté de hacer caso omiso del ridículo latido de la sangre que corría por mis estúpidas venas. Así que ese hombre era guapísimo, un millonario hecho a sí mismo, encantador a más no poder y encima le emocionaba una taza de café perfecta. ¿Y qué? En el fondo, seguro que sería tan zalamero como Brooks Newman y que pretendería lucir un envoltorio bonito durante el tiempo suficiente para ligarse a todas las mujeres que estuvieran a su alcance. Usar y tirar. Machacarlas y escupirlas...

Aun así..., no había razón para no ser amable.

—Pues, a ver... —empecé—, yo al principio fui la encargada del Blend entre los veinte y los veintinueve años. Luego me divorcié, dejé esta vida y me marché a la Nueva Jersey profunda, donde me pasé diez años criando a mi hija, luchando contra la maleza y escribiendo a tiempo parcial para revistas especializadas.

—¿Qué revistas?

—*Tazas, En reserva* y otras del sector del café y la restauración. Muy de vez en cuando me topo con algún asunto interesante y se lo propongo a alguna publicación más generalista. No hace mucho, por ejemplo, escribí un artículo para la *New York Times Magazine* sobre las tendencias en el consumo de café.

—Impresionante.

—Gracias, pero mi prioridad ahora es este lugar. Hace solo unos meses, mi hija se mudó a Manhattan para asistir a la escuela de cocina, así que cuando Madame, la propietaria del Blend, me hizo una oferta que no pude rechazar, volví como gerente.

—¿Una oferta que no pudiste rechazar? A ver si lo adivino..., ¿capital en el negocio?

—Me dejas de piedra. Sí, capital en el negocio y el uso gratuito del dúplex de arriba. ¿También lees las hojas de té?

—Las hojas de té no, los posos del café.

—Me tomas el pelo.

Se encogió de hombros.

—Mi abuela me enseñó taseografía cuando era pequeño.

—La mía también.

—No puede ser —dijo con tono escéptico.

—Pues es.

Los dos sonreímos con la cara de incredulidad de dos personas que comparten algo especial, algo que tiene tan poca gente que parece unirte con el otro, al menos por un momento.

¡Piii! El temporizador de la cocina de Nan.

Mierda —pensé—. *Mierda. Mierda. Mierda.*

Era la primera vez en toda la noche que no quería que sonara aquel trasto.

—¡Vamos terminando...! —gritó Nan—. Despedíos...

Me encogí de hombros.

—La líder de nuestra guardería ha hablado.

—Guardería —repitió mientras reía. Me gustaba su risa. Era profunda y genuina, y le hacía brillar los ojos con su energía—. Sí, tienes razón. Todo esto es como un arenero gigante, ¿no?

—O un cuadro de Hopper —bromeé.

Miró a su alrededor.

—Sí, lo veo. Un escenario abarrotado y a la vez solitario de parejas que no conectan bajo las luces y sombras austeras de la chimenea moribunda.

—Estudio urbano en óleo sobre lienzo —añadí—. Muy *Habitación en Nueva York*.

—O *Excursión a la filosofía* —añadió, con un arqueo de ceja.

Una elección extraña, pensé al recordar la desolada pareja de Hopper: el hombre, completamente vestido, sentado en un camastro, indiferente a la hermosa mujer semidesnuda tumbada detrás, de cara a la pared, con el pelo rojizo sobre la almohada blanca, el trasero redondo y desnudo bañado por el sol y el aspecto de una fruta madura lista para que alguien la disfrute. A su lado, el rostro del hombre permanece sombrío, lleno de angustia. Desdeña la fruta que tiene a su alcance y mira el suelo, perdido en sí mismo, tal vez pensando en el libro abierto que reposa a su lado.

¿Representaba el aislamiento de la vida moderna? ¿La locura depresiva del intelectual, que cavila en vez de vivir? Me pregunté si Hopper reiría mientras lo pintaba.

—Siempre vi ese cuadro como el final de una etapa —dije—. Cuando ya no eres capaz de conectar. Ya sabes, años después de casarte. Cuando se instala la desilusión.

—Yo no lo veo así —repuso Bruce—. Para mí es la mañana siguiente a una aventura de una noche, cuando te despiertas con la mujer equivocada. Él ha probado la fruta y, de repente, se siente abatido, tal vez incluso desplumado, porque ella no es lo que parecía y ya no le interesa.

—Has visto la colección del Whitney, supongo...

—Unas veinte veces.

—Pues no te lo creerás, pero en mi apartamento hay dos bocetos originales de Hopper a carboncillo. También se hicieron aquí mismo. Es increíble, una de las ventajas de vivir encima de la cafetería.

—No me imagino una ventaja mejor.

Volvimos a sonreír con incredulidad como si hubiéramos encontrado un diamante de tres quilates en una caja de palomitas Cracker Jack.

—¡Muy bien, caballeros! ¡Esto va por todos! —dijo Nan en nuestra dirección—. Por favor, pasen a la siguiente doña Perfecta. El reloj empezará a correr pronto.

—Corre, corredor —murmuré.

Bruce se echó a reír.

—Espero no estar listo todavía para el carrusel.

Dios mío —pensé—. *Ha entendido la broma sobre* La fuga de Logan.

Un veinteañero gótico con los labios pintados de negro y un tatuaje se acercó a nosotros, y entonces Bruce se levantó de la silla. Contuve la respiración cuando me tendió la mano.

—¿Te apetecería cenar conmigo mañana, Clare? —me preguntó.

OH, SÍ.

—Eh..., mañana..., sí, claro. Estaría bien.

Acerqué mi pequeña mano a la suya grande. Para mi sorpresa, no se limitó a estrecharla y soltarla, sino que la retuvo unos instantes.

—Mi apellido es Bowman.

—Y el mío es Cosi. Clare Cosi.

—Tienes una sonrisa bonita, Clare Cosi —dijo en voz baja.

—Gracias. Tú también.

—Hasta mañana, entonces.

CAPÍTULO OCHO

—¡**M**amá! No me puedo creer que hayas anotado estas cosas. Son una ida de olla.

Mientras Joy ojeaba las notas de mi bloc, me colgué del cuello un delantal azul del Village Blend y me até las cintas en la parte delantera de la cintura con un lazo apretado.

Después de que la Conexión Capuchino terminara de manera oficial y la mayoría de los clientes se marcharan, intenté hablar con mi hija, como quien no quiere la cosa, de las McReuniones de la noche, aunque solo podía pensar en Bruce Bowman.

Bruce Bowman. Bruce Bowman. Bruce Bowman.

Después de estrechar su mano cálida, fuerte y ligeramente callosa, me sumí en lo que pareció un supersubidón de cafeína y recité su nombre como un cántico *new age* hasta que reparé en que todas las mujeres presentes aquella noche en la segunda planta del Blend observaban atentas los movimientos de Bruce en el círculo de la Conexión Capuchino.

Por supuesto, Bruce era el gran *kahuna,* el mirlo blanco de la noche, y Nan Tulley, la bruja malvada, había insistido en que todos estableciéramos tres conexiones como mínimo. Así que no debería haberme sorprendido cuando Bruce se marchó del Blend con otra «conexión» en el brazo. Una mujer alta, muy bien vestida y pelirroja. La habría estrangulado. Y a él también.

Por supuesto, mi fugaz llamarada de emoción se extinguió con rapidez y recuperé la compostura mientras decidía, con toda la madurez posible, que me olvidaría de él para siempre. Fácil, ¿verdad? Pues no. Pasó una hora y aún no había dejado de pensar en él.

Estúpida, tonta de mí, no podía quitarme de encima la sensación de que habíamos conectado en un nivel especial y empecé a obsesionarme con la duda de si mantendría nuestra cita del día siguiente... y con el puesto que ocuparía yo en su lista de candidatas. ¿Estaba justo por debajo de la amazona pelirroja? ¿O más abajo aún? ¿Quién más en la sala había hecho «conexión capuchino» con él?

En ese estado me hallaba cuando Joy se abalanzó sobre mí para empezar a hablar de los hombres de la noche (aunque yo no me acordaba con claridad de ninguno, salvo de Bruce). Loca por asegurarme de que mi chica no terminara con ningún zumbado, me lancé a leer las notas.

Joy aguantó el avance y retroceso de páginas durante unos dos minutos antes de arrebatarme el bloc de Hello Kitty.

—Déjame verlo —gritó.

Ahora estaba apoyada en el mostrador de mármol azul del Blend y hojeaba las páginas rosas con los ojos como platos.

—Tucker, no te lo vas a creer. Mi madre les ha preguntado si consumen droga, si tienen antecedentes penales y cuál es la razón de su última ruptura. Y después los ha etiquetado. ¡Como si fueran mezclas de café o algo por el estilo!

—¡Joy, no grites! —le advertí desde detrás del mostrador.

Era casi medianoche y la mayoría de los clientes se había ido ya, pero aún quedaban varias parejas que hablaban en voz baja cerca de la chimenea. Reacia a echarlos, decidí concederles una última hora de luz romántica mientras Tucker y yo limpiábamos y reponíamos.

—La analogía con el café no es mala del todo —le dijo Tucker a Joy—. Si lo piensas, los hombres son como los cafés. Una mezcla muy sutil de elementos capaz de generar los sabores más interesantes. Algunos son más atrevidos, otros más ásperos, otros más dulces...

—Algunos tienen matices quejumbrosos... —bromeé.

Mi ayudante frunció el ceño ante mi comentario cáustico. Hizo una pausa en su tarea de apilar las tazas, se limpió las manos en el delantal y dijo:

—Déjame ver ese bloc de notas.

Joy se lo entregó y él pasó las páginas. Con un suspiro de preocupación, empezó a leer en voz alta:

—Don Engominado. Don Deportes. Don Grupo Sanguíneo A. Don Gorrón. Don Artistoide. Don Viejales. Don Libro Divertido. Don Taxista/Músico. Don Niño de Mamá. Don Moviefone... —Tucker levantó la vista y arrugó la nariz—. ¿Don Moviefone?

Me encogí de hombros.

—Tenía la misma voz.

—¿La misma voz que sale cuando pides información telefónica sobre cines?

—Sí. Y me desconcentraba mucho.

—¡Me acuerdo de ese! —dijo Joy—. Tenía bigote y su colonia olía a ositos de goma. ¿Sabes que Kira se fue con él?

—¿En serio?

—Sí. Y parecían muy amigos.

Asentí mientras lo recordaba.

—Mencionó que le apasionaban los crucigramas. Quizá tendría que haberlo llamado don Pasatiempos.

—Clare, sabes, estoy alucinado —dijo Tucker mientras agitaba un dedo—. Estas evaluaciones cínicas y maliciosas no son propias de ti.

—No son maliciosas, son prácticas.

—¿Prácticas? Muy bien, eso me lo tienes que explicar —dijo Tucker.

—Con solo una primera impresión, lo más práctico es reducir la persona a lo básico. No difiere mucho del método que usaba mi abuela para preparar conservas. Muy sensato. Reducir la sustancia y etiquetarla.

—Ya —dijo Tucker—. Así que para ti la única diferencia entre envasar y ligar es que al tipo en cuestión no lo cuelas ni lo recubres con una capita de cera.

—Técnicamente, sí —respondí—. Aunque tengo la impresión de que algunos de esos tíos son tan raros que considerarían esa práctica como una especie de juego erótico preliminar.

—¡Mamá!

—Lo siento, cariño. Olvida que oíste a tu mamá decir «juego erótico preliminar». Pero no olvides esto: hay unos cuantos tipos en mi bloc de notas con los que bajo ninguna circunstancia debes salir si te llaman, empezando por un hombre llamado Brooks Newman.

Joy puso los ojos en blanco.

—Brooks Newman..., ¡menudo personaje! Creo que apuntó el número de prácticamente todas las mujeres con las que se sentó. ¿No es el tipo que te aconsejó otras páginas de citas para que yo las probara? ¿Las que dijiste que eran más apropiadas que SolterosNY?

—Sí, aunque...

(De acuerdo, Brooks las había llamado «fiascos» y fui yo quien le dijo a Joy que eran más «apropiadas» para una chica de su edad. ¿Qué otra cosa podía hacer? No le iba a decir a mi hija que probara en dos páginas que en realidad eran «fiascos», ¿no?).

—Mamá, ya no estoy en el instituto. Puedo tomar decisiones sobre mi vida personal. ¿O es que no confías en mí?

No encontré la manera de responder a eso con sinceridad sin provocar la Tercera Guerra Mundial, así que preferí no contestar. No de manera directa.

—Vale, entonces, ¿por qué no nos cuentas a mí y a Tucker quiénes te gustaron?

—No, porque los criticarás.

—No lo haré —repliqué.

—¿Me lo prometes? —preguntó Joy.

Mi sonrisa tranquilizadora pareció languidecer hasta convertirse en una mueca de ansiedad.

—Haré todo lo posible.

—Vale, mamá, te voy a decir con quién he conectado, pero solo si me dices con quién has conectado tú.

—Yo no he conectado con nadie. Te toca.

Joy entrecerró los ojos.

—No te creo.

—Créeme.

—Pero Nan dijo que debíamos establecer tres conexiones. Eran las reglas.

—Lo sé, cariño, pero decidí no seguirlas.

Joy hojeó el bloc de notas.

—¿Y don Wall Street?

Cerré los ojos para intentar recordar ese encuentro.

—Un chico agradable. Cabeza bien amueblada, guapo, simpático, sentido del humor. Veintimuchos. Me gustó... para ti.

—A mí también me gustó —reconoció Joy—. Y me propuso que quedáramos para comer.

Sonreí.

—¿Ves cómo he acertado?

—Vale, entonces estamos de acuerdo en uno.

Joy pasó más hojas del bloc.

—No sé lo que pensaste de este. —Señaló—. Don Pintor Intenso e Inquietante.

—¿Marte? —*Oh, Dios, no*—. ¿Sabías que reconoció que lo habían detenido?

—Era bastante intenso, ¿eh?

—¿Bastante intenso? Ese tío ganaría en una batalla de miradas contra Charles Manson.

—¿Contra quién?

—Da igual, cielo. Pero no te gustó Marte, ¿verdad? —Apreté los dientes.

—Y si me hubiera gustado, daría igual. Dijo que ya había hecho una conexión.

Exhalé con un alivio extremo.

—Sí, eso me dijo.

—Ya, pero lo más raro no fue su intensidad; de hecho, eso me pareció atractivo. Lo más raro fue que dijo que ya había hecho su conexión antes de empezar a hablar conmigo.

—Pero, Joy, conmigo hizo lo mismo. No te sientas mal.

—No, mamá, no me has entendido. No me siento mal. Es que no tiene sentido. Quiero decir: todos pagamos cuarenta dólares por cabeza para conocer a tanta gente como fuera posible en dos horas, ¿no? Pero yo solo fui la segunda chica con la que habló.

—Qué raro —dijo Tucker—. ¿Quién fue la primera? Tenía que ser una mujer muy especial.

—La primera mujer con la que se sentó fue una pelirroja alta llamada Sahara McNeil —comentó Joy—. Estaba sentada en una mesa a mi izquierda y Marte no dejaba de mirarla. La verdad es que daba un poco de miedo.

Solo había una pelirroja alta en la sala, la mujer con la que Bruce se había ido y a la que yo habría querido estrangular.

—¿Cómo sabes su nombre completo? —pregunté—. ¿Hablaste con ella?

—No, uno de los chicos mencionó su nombre —dijo Joy.

—¿Cuál?

—A ver... —dijo Joy sonriendo con picardía. Le arrebató mi bloc de notas a Tucker y lo hojeó—. No era don Gomina... ni don Taxista Músico. —Hizo una pausa en esa página—. Me gustó el taxista músico. Me invitó a ver a su banda en el CBGB el miércoles por la noche.

Tucker resopló.

—¿Por qué resoplas? —preguntó Joy.

—Cariño, cuando lleves en Manhattan un poco más de tiempo, aprenderás que uno de cada tres o cuatro niñatos menores de treinta años con complejo de estrella del *rock* consigue que su apestosa banda toque en el CBGB. Pero míralo por el lado bueno: seguro que así conoces a sus colegas, amigos y familiares, porque es la única forma que tienen de llenar esa sala del Bowery.

—Ahora eres tú quien está siendo malicioso —dijo Joy.

—Bueno, tú llévate tapones para los oídos —aconsejó Tucker.

Con un suspiro de fastidio, Joy volvió al bloc de notas y siguió pasando páginas.

—Aquí está. El que me dijo el nombre de la pelirroja. Era un tío encantador llamado Bruce.

Se me cayó el alma a los pies. Por completo.

—Necesito un expreso —dije.

Me volví para moler el café en el molinillo. Era divertido ver que los granos más duros no suponían obstáculo alguno para las cuchillas, pequeñas y afiladas. Cuando zumbaban y giraban, todos los granos se convertían en trozos irreconocibles, justo lo que sentía que me sucedía a mí en ese momento.

—¿Mamá? ¿Qué te pasa?

—Nada.

—Cielos. Mira lo que escribiste aquí sobre Bruce.

—Dame eso —dije estirando el brazo.

Joy se apartó.

—Mamá..., ¿qué significa esto?

—Cariño, solo son unas notas. Dame eso.

Me abalancé sobre ella, pero el mostrador me detuvo.

—¿Qué dice, Joy? —preguntó Tucker—. ¿Qué etiqueta le puso a Bruce?

—Don Estupendo.

CAPÍTULO NUEVE

—Solo me causó buena impresión, eso es todo —traté de explicarle a Joy.

—¿Don Estupendo? —preguntó Tucker—. Yo diría que eso es más significativo que una simple «buena impresión».

—¿Has quedado con él? —me preguntó Joy.

Analicé la cara bonita y pensativa de mi hija, con miedo a su reacción. Sabía muy bien que una parte de Joy nunca había perdido la esperanza de que su padre y yo volviéramos algún día a estar juntos.

Su abuela (mi exsuegra) pensaba lo mismo. La oferta de Madame de dejarme en el futuro una parte del Blend y del dúplex no había sido en exclusiva. Había firmado el mismo trato con su hijo, Matteo, de modo que ambos seríamos copropietarios algún día del edificio y del negocio. Y si la fortuna nos sonreía, Joy los heredaría.

Con aquel pequeño trato estratégico, había quedado bien patente que mi exsuegra albergaba las mismas esperanzas que mi hija: que algún día me volvería a casar con Matt. Sin embargo, yo no podía vivir en función de las expectativas de los demás. Ya no.

Volver con mi exmarido era algo impensable. Fuera de toda discusión. Por supuesto, yo aún era amable con Matt, a veces incluso más que amable. En ocasiones disfrutaba de su compañía, pero como amiga. Nada más.

Había estado demasiado enamorada de él. Obsesionada con su personalidad desbordante. Había permitido que me hiciera daño. Y si parte del proceso de dejar todo eso atrás implicaba mantener una relación romántica con otro hombre —u otros hombres—, así sería. Ya era hora de avanzar.

De todos modos, detestaba la posibilidad de herir a Joy. Se suponía que el objetivo de la noche era que evitar que le hicieran daño.

Me crucé con los ojos verdes de mi hija.

—Te voy a decir la verdad, ¿vale? Bruce Bowman y yo tuvimos un encuentro muy agradable, pero eso fue todo. Me invitó a salir, pero no creo que me llame. Se fue con esa tal Sahara McNeil y es obvio que está mucho más interesado en ella que en mí.

—De eso nada.

Parpadeé. Eso era lo último que esperaba que Joy dijera.

—Por supuesto que sí, cariño. Así que olvídalo. —Me volví hacia mi ayudante—. Tucker, necesitamos más fundas protectoras de cartón. ¿Puedes traer unas cuantas del almacén?

—Claro, Clare.

Dejé los granos de café y me volví para seguir comprobando el inventario, pero Joy no captó la indirecta de que había terminado la discusión. Rodeó el mostrador y comenzó a seguirme mientras yo revisaba los estantes y armarios.

—Escúchame, mamá, Bruce me dijo que Sahara McNeil es una vieja amiga de la universidad. Se alegró de verla porque esperaba reencontrarse con otros compañeros de clase a quienes ambos conocían.

—Cariño, tiene pinta de que esta tal McNeil sea un viejo amor y de que él quiera volver a salir con ella.

—No. Óyeme. Cuando Bruce se sentó conmigo, me dijo de entrada que yo era demasiado joven para él; fue muy amable, pero me contó que hacía un año había intentado salir con una veinteañera que trabajaba en su oficina y que había sido un desastre, así que yo ni siquiera era una candidata. Nos pusimos a charlar y mencionó que se había llevado una sorpresa al ver a su antigua compañera de clase sentada en la mesa contigua. Le pregunté si estaba interesado en ella y negó con la cabeza. Me dijo que era demasiado exagerada para él. Demasiado atrevida. Dijo que su verdadero nombre era Sally, pero que en la universidad se lo cambió por Sahara porque sonaba más artístico. Por la forma en que lo dijo, me di cuenta de que le parecía boba y falsa. Dijo que le gustaban las mujeres con los pies en la tierra. Así que le hablé de ti.

—¿Que qué? —Dejé de comprobar el inventario y le lancé una mirada estupefacta a mi hija.

—Le dije que estuviera atento, que había alguien especial en el círculo, una mujer con un vestido de terciopelo verde llamada Clare, que sería la mejor conexión que haría jamás.

—¿Le dijiste eso?

—Sí, mamá. Quiero que seas feliz, ¿sabes? Y Bruce me gustó. Así que me alegro de que conectarais.

—No estoy segura de que hayamos conectado, cariño. Pero yo... Me alegro mucho de que te alegres.

—¿Por qué pareces tan sorprendida?

—Porque pensaba... —Sacudí la cabeza y dejé de revisar el inventario. Volví al molinillo y molí más granos, suficientes para tres expresos.

—¿Qué pensabas? —preguntó Joy—. Venga, cuéntamelo.

—Pensaba que esperabas que algún día volviera con tu padre.

Joy se encogió de hombros.

—Bueno, sí..., pero...

—Pero ¿qué?

—Pues que quiero que seas feliz. Y... para ser sincera..., en fin... ¿Te acuerdas de Mario?

—Claro.

—¿Recuerdas que le dije a Esther que en realidad no había significado nada para mí?

—Sí.

—Pues mentí. Me gustaba de verdad, mamá, y me dolió mucho que rompiera conmigo.

—Ay, cariño, lo siento. ¿Por qué no me lo dijiste?

—Era algo personal y yo estaba..., no sé..., avergonzada, supongo. Pensé que sería más fácil fingir que no me importaba. Y, bueno, después de que me hiciera daño, estaba tan enfadada con él, mamá, que lo habría matado.

Suspiré.

—Cariño, créeme, sé por lo que has pasado.

—Exacto... Mira, ¿recuerdas cuando dijiste que querías volver a salir con alguien? Al principio, la idea no me emocionó mucho y quería que volvieras con papá, pero luego pensé en cómo me sentiría si te empeñaras en que volviera con Mario, incluso después de que me hubiera roto el corazón y de que me causara tanto enfado..., y bueno, yo no estaría muy contenta si pretendieras que siguiéramos juntos, ¿sabes?

—Pero eso es diferente, Joy. Mario y yo no tenemos relación. Tú y tu padre sí. Por eso es natural que quieras que vuelva con él. Pero pase lo que pase entre tu padre y yo, él siempre te va a querer. Y yo también. Eso no va a cambiar.

—Claro, mamá. Me lo has dicho un millón de veces. Aun así, durante mucho tiempo no pude evitar sentir que el mundo entero encajaría de nuevo si papá y tú volvíais juntos, aunque empiezo a pensar que tal vez eso no sea realista. Así que... si tú y papá no vais a volver..., entonces no hay razón para que no seas feliz. Si alguna madre merece ser feliz eres tú.

Metí la mano por debajo del mostrador, muy por debajo, por detrás de los siropes sin abrir y las cajas de agitadores de madera.

—¿Sabes qué pide a gritos este momento? —anuncié, y le hice señas a Tucker para que se acercara y se uniera a nosotras.

—¿Qué?

—Unos *lattes* de Frangelico.

Vertí el líquido traslúcido y dorado en tres tazas, añadí sendas pulsaciones de café expreso, agregué un tsunami de leche hervida y lo cubrí todo con una nube esponjosa de espuma.

—Es menor, ¿lo sabes? —se burló Tucker mientras les pasaba las tazas.

—Si es mayor para votar, para conducir, para tener un bebé y para enamorarse, también lo es para beberse cinco centilitros de licor de avellana. Joy, tú haz como si estuviéramos en Milán.

—Vale, mami —aceptó Joy. Levantó su taza—. *Cent'anni, mamma mia.*

—*Cent'anni, mia figlia.*

—Salud —dijo Tucker.

Y bebimos todos. Suspiré, paladeando el dulce sabor a avellana del Frangelico, el calor resplandeciente del alcohol, la terrosidad del expreso y la espuma suave y cremosa de la leche hervida.

Me odiaba a mí misma por especular, pero no dejaba de preguntarme si Bruce Bowman sabría así de bien.

—Uf... —dijo Tucker.

Al levantar la vista de mi ensoñación, penosa e inalcanzable, vi el motivo de las quejas de Tucker. Aún no habíamos cerrado la puerta y acababa de entrar un nuevo cliente, un joven con un abrigo gris largo.

—¿Le digo que hemos cerrado? —preguntó Tucker.

—No, le prepararé lo que pida, pero le diré que tiene que ser para llevar. Coge las llaves y cierra cuando se vaya.

—¿Y los tortolitos? —preguntó Tucker.

Las tres últimas parejas que quedaban de la Conexión Capuchino seguían tomando café cerca de la chimenea, con las cabezas juntas, hablando con esa intensidad íntima de «cuéntamelo todo sobre ti» que siempre surge durante la primera exaltación del deseo. No tenía valor para echar el cierre.

—Podemos abrirles la puerta a medida que se vayan levantando —dije—. Por lo menos me queda media hora más de trabajo: cuando acabe, los echamos.

—Me parece bien —convino Tucker.

Se dio la vuelta y se dirigió hacia la despensa trasera, donde estaba colgado el grueso manojo de llaves del negocio. Tomé otro sorbo de mi *latte* de Frangelico mientras esperaba a que el nuevo cliente se acercara al mostrador para hacer su pedido. Pero no lo hizo.

Como un fantasma, el joven se acercó vacilante a las tres últimas parejas que quedaban. Primero, a una de las mesas, con las manos en los bolsillos de su largo abrigo gris. Se quedó junto a ellos, esperando a que lo miraran. Cuando lo hicieron, les habló entre dientes. Ellos negaron con la cabeza y apartaron la vista, y entonces el hombre se dirigió a la siguiente pareja.

—Joy, a ese tío le pasa algo —susurré—. Ve a buscar a Tucker.

En menos de treinta segundos, Joy y Tucker estaban de vuelta.

Para entonces, el cliente solitario se había dirigido hacia la segunda pareja, con el mismo resultado. El hombre de la mesa, un tipo delgado, con abrigo deportivo azul marino y gafas, y la joven morena negaron con la cabeza. Entonces el desconocido continuó.

—Tucker, no le quites ojo —susurré—. Algo no va bien.

El desconocido se dirigió a la tercera pareja, les habló y de nuevo les dio la espalda. Por fin, el hombre del abrigo se acercó a la barra. No era mayor, tal vez veintiséis o veintisiete años. Tenía la piel clara, el pelo castaño corto y una expresión muy triste en el rostro.

—¿Podemos ayudarlo? —le preguntó Tucker mientras se situaba delante del mostrador para plantarle cara.

—Sí —respondió el desconocido. Aún llevaba subido el cuello del largo abrigo gris. Sacó las manos de los bolsillos, se quitó los guantes de cuero negro y se bajó el cuello—. Busco a una persona.

Si el joven hubiera sonado relajado, no me habría preocupado. Pero su tono era viperino, lleno de hostilidad.

—Tucker... —dije, para que retrocediera.

—No pasa nada, Clare —contestó él mirándome de refilón.

—¿Te llamas Tucker? —preguntó el joven.

—Sí —respondió Tucker.

El joven miró a Tucker de arriba abajo.

—¿Y has hablado esta noche con Percy?

¿*Percy*? —pensé—. *¿Quién diablos es Percy?* Al cabo de un momento, caí en la cuenta. Percy era don Ambidiestro. El guapo diseñador gráfico que me había aconsejado la posibilidad de «cazar renacuajos», a quien le sugerí que quedara con Tucker cuando terminara la noche de Conexión Capuchino. El del exnovio «celosísimo». *Dios mío.*

Antes de que me diera tiempo a advertirle, Tucker le estaba diciendo al joven:

—Sí, Percy y yo hemos congeniado. Pero no es asunto tuyo.

—Ah, sí que lo es —espetó el joven.

El puñetazo fue tan rápido y fuerte que me quedé aturdida por un instante.

—¡Llama a la policía! —le dije a Joy y corrí para ayudar a Tucker.

Pero uno de los hombres de las mesas, el tipo delgado con gafas y chaqueta deportiva azul marino, llegó antes que yo. Cuando el atacante se disponía a golpear de nuevo, el tipo delgado le propinó un puñetazo que lo hizo saltar por los aires y volcar unas sillas en la caída. Con un chirrido ensordecedor, el desconocido arrastró por el suelo la pesada mesa de mármol a la que se había agarrado el joven para tratar de levantarse.

Para entonces, yo ya me dirigía hacia él con un bate de béisbol levantado, el que guardaba detrás del mostrador desde el fatídico encuentro con otro asaltante unos meses antes. El desconocido no se demoró, corrió hacia la puerta y salió a la fría negrura de la noche.

Solté el bate y corrí hacia Tucker.

—¡Ay, mierda, mierda, mierda! —gritó, con la cara llena de sangre—. ¡Tengo una audición dentro de tres días! ¿Crees que me la ha roto, Clare?

—Tranquilo, Tuck. Siéntate.

Lo acompañé hasta una silla y le pedí a Joy una bolsa de hielo. Teníamos un botiquín de primeros auxilios atrás, por supuesto, y siempre guardaba bolsas de hielo en el congelador para las quemaduras o heridas del personal.

—Cariño, ponte esto en la nariz —le dije.

Al cabo de un minuto, le hice retirar la bolsa y eché un vistazo.

—No está torcida ni deformada. ¿Sientes hormigueo o entumecimiento?

—No, pero me duele una barbaridad.

—Eso es bueno, Tuck. Probablemente no esté rota, solo muy magullada.

—¡Bueno, gracias a Dios! Y gracias a Dios que Percy no salía con el puñetero Mike Tyson, o de lo contrario mi carrera habría terminado para siempre.

A los pocos minutos, se oyó una sirena por Hudson. Las luces rojas tiñeron las ventanas delanteras de la cafetería mientras el coche de policía se acercaba a la acera.

El agente Langley, un policía irlandés joven y larguirucho, se precipitó hacia la puerta con la porra en la mano. Su compañero, un policía griego más bajo y musculoso apellidado Demetrios, estaba justo detrás con la mano sobre la culata de su pistola enfundada.

Me acerqué a ellos y les conté que el agresor había huido. Entonces Langley guardó la porra y sacó un cuaderno, y Demetrios transmitió por radio mi descripción del atacante.

—Las patrullas cercanas lo buscarán, señora Cosi —dijo Demetrios. Langley y él eran clientes habituales del Blend desde que, hacía unos meses, nos ayudaron a Madame y a mí a resolver ciertos escollos.

—¿Quiere una ambulancia? —le preguntó Langley a Tucker.

—No, por Dios. Soy una reina del drama, pero solo en el escenario.

Le puse la mano en el hombro.

—Necesitas que te vea un médico. Insisto en que al menos te echen un vistazo en las urgencias del St. Vincent.

—De acuerdo —accedió—. Pero no voy a ir en ambulancia, gracias. Pídeme un taxi mejor.

—Ya lo llevamos nosotros —se ofreció Demetrios.

—Gracias —dije.

Joy me tiró de la manga.

—Mamá, ve con Tucker si quieres. Yo puedo cerrar y ocuparme de esto.

¿Hay un sentimiento más gratificante para una madre que ver a una hija a la altura de las circunstancias?

—¿Estás segura, cariño? —pregunté.

—Sí. No hay problema —dijo—. Vete. Tómate el tiempo que necesites. Puedo quedarme a dormir, si te parece bien.

—Claro que sí, Joy, puedes quedarte a dormir siempre que quieras. Ya lo sabes.

Joy fue a por nuestros abrigos y luego despidió a los otros clientes. Agarré a Tucker del brazo para asegurarme de que caminara con paso firme y lo acompañé hasta la parte trasera del coche de policía.

—Dios, qué frío hace aquí fuera —se quejó con voz nasal—. Y esta bolsa de hielo del demonio no ayuda nada.

—No te la quites —insistí—. Me lo agradecerás dentro de unos días cuando la nariz no se te haya puesto como un globo.

Demetrios abrió la puerta trasera del coche. Subí y me deslicé por el frío asiento de vinilo negro. A continuación, el agente ayudó a Tucker a acomodarse a mi lado.

Al cerrarse la puerta del coche, Tucker suspiró.

—Sabes, Clare, iba a darte las gracias por enviarme a Percy. Pero la verdad es que ahora tengo sentimientos encontrados.

—Lo siento mucho, Tucker.

—No tanto como yo... Sabes, esto escuece un huevo.

Entre el asiento trasero y el delantero había una rejilla metálica. Por los agujeros diminutos vi que Demetrios se sentaba en el asiento del conductor y Langley se acomodaba a su lado.

El ambiente era tan frío en la oscuridad del coche que nuestro aliento se condensaba en pequeñas nubes. En el asiento delantero, las luces de la radio parpadeaban y una voz hablaba con otra unidad, por encima del ruido estático, sobre la ubicación de una alarma antirrobo que se había activado.

—Gracias a Dios que un buen samaritano golpeó a ese imbécil —le dije en voz baja a Tucker mientras nos alejábamos del bordillo.

—¿Quién era? ¿Te has enterado de su nombre?

—Langley lo hizo. Vi que le tomaba declaración. Yo solo lo recordaba por la etiqueta de la Conexión Capuchino.

—¿Cuál era?

—Don Niño de Mamá.

—¿Estás de coña?

—No.

—Bueno, querida, pues me parece a mí que estabas muy equivocada.

—No, no lo estaba, Tucker. Vive con su madre.

—Clare, vivir con tu madre no significa nada hoy en día; menos aún en esta ciudad donde los alquileres son lo que son. Repite conmigo: un tipo que golpea a un agresor violento no es un niño de mamá.

Odiaba equivocarme con la gente. Pero Tucker tenía razón. Sin duda, había juzgado y etiquetado mal a un empleado de banca educado.

—Deberíamos decirles que hablen con Percy —sugerí mientras apuntaba con la barbilla hacia el asiento delantero—. Así, si no atrapan a ese imbécil esta noche, pueden ir a buscarlo mañana a su casa. Percy sabrá cómo se llama y puede que también conozca su dirección actual.

Tucker suspiró.

—Supongo.

Sacudí la cabeza.

—Es que me parece increíble que haya pasado esto.

—Crímenes pasionales, Clare. Crímenes pasionales.

Llegamos al hospital en unos seis minutos. Mientras el médico de urgencias examinaba a Tucker, charlé con Langley y Demetrios bajo la fluorescencia demasiado radiante de la sala de espera.

—Su ayudante tiene suerte de que ese tipo no tuviera acceso a un arma —dijo Langley apoyándose en la cadera.

Me estremecí.

—No digas eso.

—Lo siento, señora Cosi —dijo Demetrios cruzando los brazos sobre el pecho—, pero es la verdad. Usted dijo que ese imbécil estaba dispuesto a seguir golpeándolo y, la verdad, una herida en la cabeza puede ser mortal. Era obvio que estaba dispuesto a llegar hasta donde hiciera falta.

—No... No fue un ataque tan serio —insistí—. El muy idiota solo estaba celoso.

Langley y Demetrios se miraron.

—¿Qué? —pregunté dejándome caer en uno de los fríos asientos de plástico.

De repente, me sentí totalmente agotada. Obviamente, ellos no lo estaban. *Ah, la juventud.*

Mientras me miraba, Demetrios se encogió de hombros.

—Los celos son un motivo letal, señora Cosi.

—Sí —dijo Langley—. ¿No ha oído hablar de O. J. Simpson?

—Lo absolvieron —señalé mirándolos.

Los dos agentes cruzaron otra mirada. Cambié de tema.

—¿Habéis visto al detective Quinn de un tiempo a esta parte? Yo no.

—Hasta donde yo sé, ha estado enterrado bajo su montaña de casos pendientes —dijo Demetrios.

—Sí, el peor ha sido ese suicidio junto al río. Una mujer cayó desde la azotea de su edificio, pero Quinn no cree que se tirara. Demetrios asintió.

—¿Y qué cree? —pregunté.

—Homicidio —respondió Langley con un encogimiento de hombros.

—Que alguien la empujó —aclaró Demetrios—. Y lo que es peor: cree que el asesino ya ha atacado antes... y que podría volver a hacerlo.

CAPÍTULO DIEZ

*D*ios, Dios... *Genius no daba crédito. Sahara McNeil era camaleónica. La noche anterior, vestida de Marc Jacobs; esa mañana, de Frederick's of Hollywood. Con semejante transformación, Genius casi no la reconoció. Casi.*

El pelo rojo fuego había sido la señal de alarma, un color escarlata tan encendido que ni siquiera necesitaba teñírselo para satisfacer las exigencias modernas de sus extravagantes compañeros. Fue, recordó Genius, lo primero que le llamó la atención al verla.

Mientras paseaba con aire despreocupado por la acera de enfrente, Genius vio que Sahara cruzaba las puertas de cristal donde le dio las buenas noches la otra noche a él.

Pareció un encuentro amistoso. Hablaron de los viejos tiempos, de amigos y conocidos, salieron de la cafetería, fueron a un bar y, finalmente, caminaron juntos hasta un edificio de apartamentos en la calle Diez oeste. Y allí se despidieron.

Pero Genius sabía que Sahara no lo dejaría así. Había cogido su tarjeta. Volvería a ponerse en contacto con él... y sería pronto.

Por eso, a la mañana siguiente Genius esperó durante más de una hora en la acera de enfrente del apartamento de Sahara mientras escudriñaba los rostros de la gente que se dirigía al centro a trabajar y los de quienes se quedaban en el barrio paseando a sus perros.

Si hubiera prestado menos atención, Genius no la habría visto salir. De no ser por la cabellera llameante, la mujer de pantalones de sastre y maquillaje elegante de la noche anterior no se habría parecido en nada a la cosa barata que acababa de salir por las puertas acristaladas del edificio de apartamentos de la Décima oeste.

Una falda demasiado corta e infantil. Medias de rejilla. Botas negras relucientes de dominatrix y chaqueta de estampado animal que le daban una apariencia de bailarina exótica más que de marchante de arte legal.

Sin embargo, Sahara McNeil era marchante de arte, como bien sabía Genius. Y aparecía como agente en una importante subasta de seis cifras de la casa Sotheby's que había tenido lugar el mes anterior.

Bonita. Triunfadora. Y, sin embargo, oh, qué triste y sola. Genius conocía bien a las de su calaña. La ciudad de Nueva York estaba llena de Saharas McNeil.

Genius la siguió —a una distancia prudencial— mientras emprendía la larga caminata hasta la galería de arte del Soho donde trabajaba. Lo más probable era que siguiera ese recorrido a diario, si el tiempo se lo permitía. Cuando lloviera o nevara, cogería un taxi. Pero ese día iba a pie, dispuesta a recibir con gusto, a buen seguro, toda atención masculina provocada con su atuendo de golfa.

Sí, el tiempo era perfecto en ese momento. Seguía despejado. Por desgracia, se preveían precipitaciones para la semana siguiente, con posibilidad de lluvias gélidas e incluso de nevadas. Si Sahara tomaba un taxi debido al mal tiempo, sería un problema. Además, un paraguas podría convertirse en un arma, y Genius no podía correr ese riesgo.

En su camino al trabajo, Sahara cruzaba varios bulevares concurridos, como la avenida de las Américas y Houston. Y pasaba por algunas calles sinuosas y estrechas del Village con coches aparcados, un lugar perfecto para esperar la llegada de un conductor distraído y veloz. Había tantas oportunidades para un accidente...

Sería un reto, pero Genius estaba deseándolo. Solo había que pensar con creatividad. El asesinato era un arte como cualquier otro. Nadie lo sabía mejor que Sahara McNeil...

—No estarás obsesionado con el nivel de colesterol, ¿verdad? —pregunté mientras me acercaba a Bruce Bowman con dos vasos de Campari y soda.

Prefiero descubrir ahora su opinión sobre la mantequilla —pensé—, *antes que verme obligada a cambiar de receta a mitad de camino.*

—El colesterol y yo somos viejos amigos —respondió Bruce, agachado frente a la chimenea de mi salón. Se había ofrecido a encender el fuego y el resultado era admirable. Las llamas crepitaban y el calor empezó a llenar la estancia helada—. Hay formas mucho peores de morir que comiendo.

Estupendo, pensé, dispuesta a seguir con mi menú original, rebosante de colesterol y rico en mantequilla.

Era domingo por la tarde, el día después de la noche de Conexión Capuchino. Fiel a su palabra, Bruce me había llamado a mediodía para decirme que había reservado mesa en Babbo, un maravilloso restaurante *gourmet* de Washington Square cuyo copropietario era el famoso chef Mario Batali y donde conseguir una reserva de última hora parecía un truco de magia propio de David Copperfield.

Por desgracia, Tucker descansaría los días siguientes para cuidarse la nariz (magullada pero no rota, menos mal) y me preocupaba dejar el Blend en manos de mis empleados a tiempo parcial durante demasiado tiempo. Todavía tenía que ascender a alguno de ellos o contratar a un segundo ayudante, así que le sugerí a Bruce que viniera mejor a mi casa; de ese modo, estaría literalmente a dos pisos de distancia en caso de que surgiera algún imprevisto en la cafetería. Y como Joy había accedido a vigilar al personal, si ellos no me llamaban, lo haría ella.

—En serio, Clare —dijo Bruce recuperando su más de metro ochenta de altura—. Eres muy amable al tomarte tantas molestias.

—¿Qué molestias? —dije mientras le pasaba el Campari con soda—. No va a ser más que una cena de carne con patatas.

Bruce negó con la cabeza.

—Las mujeres nunca cocinan para mí. Al menos, las neoyorquinas. Nunca. Y menos después de haberlas invitado a ir a un restaurante carísimo.

Me encogí de hombros.

—Me gusta cocinar.

También era un placer mostrarle el dúplex de Madame a alguien que lo apreciaba tanto como yo: las antigüedades, los cuadros y el mobiliario eran excepcionales, al igual que el trabajo de restauración de la chimenea y las ventanas, y Bruce Bowman lo apreció enseguida. Mi exmarido siempre se había mostrado indiferente ante esas cosas, creo que porque se crio con ellas, y también porque eran «cosas de madre».

—He visto esto en alguna parte —dijo Bruce pensativo mientras apartaba con suavidad una silla con respaldo de lira de la pared y le echaba un vistazo con ojo experto—. Tengo un libro sobre restauración de iglesias donde aparece una foto de esta silla.

—Esa no será —repliqué—, pero podría ser una de sus primas.

Es una de las treinta que quedan. Las tallaron para...

—¡La iglesia de St. Luke in the Field! Lo sé —dijo Bruce—. Un compañero está trabajando en un proyecto de restauración para ellos. Le encantaría verla.

El salón era cómodo, sobre todo con las llamas de la chimenea que disipaban el frío otoñal, pero nunca cenaríamos si yo no me ponía manos a la obra.

—Acompáñame a la cocina —le dije mientras pasaba por la puerta batiente.

—Qué bonito —comentó Bruce.

Me pregunté qué le había llamado la atención: los accesorios de latón, el fregadero de granito, la carpintería, los electrodomésticos de calidad industrial...

—¿Tienes tres sartenes Griswold?

Sonreí al ver las tres sartenes de hierro colgadas sobre la encimera.

—En realidad tenemos cinco. Las otras dos las usamos para cocinar, no como decoración.

—Lámparas Tiffany, alfombras persas, un comedor chippendale, esa silla con respaldo de lira... Ya veo por qué te encanta esto. Es un auténtico tesoro.

—Un tesoro acogedor —añadí mientras me colgaba un delantal blanco del cuello para proteger mi jersey de mezcla de cachemira color crema y me ataba los cordones a la cintura sobre los pantalones negros de pinzas. Levanté el brazo con la intención de alcanzar una olla con el fondo de cobre.

—Deja, yo la cojo —dijo Bruce. Me sonrió mientras estiraba con facilidad el brazo y bajaba la olla.

—Gracias. Es uno de los inconvenientes de medir uno cincuenta y siete.

—No hay de qué. A mi ego le viene bien ser útil.

Me eché a reír. En realidad era un poco raro tener a un hombre en la cocina. Bueno, a un hombre que no fuera mi exmarido. A veces, Matteo y yo teníamos que compartir la cocina durante sus infrecuentes —por suerte— escalas en Nueva York, pero la relación no era del todo cordial. Incluso mientras estuvimos casados y nos llevábamos más o menos bien, la cocina nunca fue un lugar donde nos sintiéramos cómodos juntos; era lo más parecido a un barco estrecho con dos capitanes que no dejaban de discutir sobre navegación.

—¿Qué hago, Clare? —preguntó Bruce. Colocó la americana de pelo de camello sobre una silla y se remangó.

—Bueno... —Parpadeé, tratando de no admirar con descaro sus antebrazos musculados—. ¿Qué tal si abres ese vino tan increíble que has traído?

—Claro, pero no es para tanto.

No será para tanto cuando eres millonario, pero un Romanée-Conti de 1995 no es algo que se vea todos los días.

—Estás de broma, ¿no? —dije—. La última vez que vi un Grand Cru de Borgoña fue en un acto de Madame donde estaba presente la realeza.

Bruce se echó a reír mientras giraba el sacacorchos sobre la mesita de la cocina con una bonita flexión de los músculos del antebrazo, todo sea dicho.

—Tengo una caja en casa.

—Ah, bueno —dije desde el fregadero—. Si tienes una caja entera, entonces una sola botella de un vino de precio exorbitante no es nada..., ¡claro que sí!

Volvió a reírse.

—Dame una copa.

Lo hice y me sirvió una pizca.

—Prueba —ordenó mientras me la tendía.

Lo hice y casi me desmayo.

—Vaya, qué vino tan bueno.

—Es un Echezeaux. Es un vino complejo, con muchas facetas. Cierra los ojos y bebe otro sorbo. —Lo hice—. Dime a qué sabe.

—¿Moras?

—Sí —dijo—. ¿Qué más?

—Violetas..., cierto sabor a roble... y a algo más... ¡Dios mío! ¡A café!

—Sí.

—Es increíble, Bruce.

—Me alegro de que te guste. —Se acercó al fregadero por detrás de mí—. Vale, el vino ya está abierto... y probado. ¿Y ahora qué?

Se encontraba tan cerca de mí que el calor de su cuerpo me desconcentraba. Sentí que me sudaban las manos, que el cuchillo de pelar se me resbalaba.

—No creo que sea peligroso darte un cuchillo —dije mientras me aclaraba la garganta, que de pronto se me había secado—. ¿Qué te parece, marinero? ¿Pelamos estas patatas?

—A sus órdenes.

Le entregué cinco yukon gold bien gordas. Las peló mientras yo arrancaba cinco dientes de ajo de una cabeza grande y les quitaba la piel blanca y seca. Luego ayudé a Bruce a cortar las patatas peladas en dados de un tamaño mediano.

—Hablé con tu hija antes de subir —mencionó de pasada—. Es buena niña.

—Muy buena. De hecho, está vigilando a los trabajadores a tiempo parcial mientras cenamos.

—Ah, ¿así que recibirá el indulto en cuanto yo me vaya?

—Más o menos.

—¿Y si no me voy... tan pronto?

—Esa es una pregunta capciosa, señor Bowman. Concéntrese en la cocina, haga el favor.

Se echó a reír.

—Se parece mucho a ti.

—Es testaruda como su padre.

—Tiene tus rasgos... El pelo castaño, los ojos verdes. Os parecéis mucho.

Dejé de cortar y lo miré.

—No digas «como hermanas». No soy tan ingenua.

Sosteniéndome la mirada, sonrió.

—No, ya sé que no lo eres.

Cuando terminamos de cortar las patatas, las echamos en agua hirviendo, y añadimos un diente de ajo machacado por cada tubérculo. Luego saqué un recipiente del frigorífico de acero inoxidable y quité el papel de aluminio que cubría la carne marinada. Un fuerte aroma impregnó la cocina.

—¿Qué es ese olor? ¿Café? —preguntó Bruce, sorprendido—. ¿Has marinado la carne en café?

Asentí.

—Un bocado y se disiparán todas tus dudas.

—Vale, habrá que probarlo. Supongo.

—Más te vale, tu vino también tiene notas de café.

—Cierto. —Miró más de cerca—. Entonces, ¿qué es exactamente eso?

—Cuatro bistecs gruesos, con unas vetas estupendas, cortesía de Ron, el carnicero del barrio. Llevan toda la noche sumergidos en café frío.

—¿Y nada más? —Bruce levantó una ceja.

—Ay, hombre de poca fe.

Se echó a reír.

—Es que es la primera vez que lo veo.

—En realidad, un chef especializado en cocina del sudoeste de Estados Unidos me dijo que el café era un ingrediente bastante común en la cocina fronteriza. En las llanuras, la cantidad de especias disponibles es limitada y algunas de las carnes de caza, como el caballo y el jabalí, necesitaban condimento y maceración.

—He oído que utilizan la cerveza para ablandar.

—Sí, con la ternera kobe. En Japón atiborran a diario al ganado con licor de malta. El resultado es una carne grasa de textura marmórea. Pero esto es diferente.

—Vale, pero recuerdo haber oído que los japoneses hacen algo raro con el café también.

—Hay un ritual de belleza japonés que utiliza los posos del café fermentados con pulpa de piña. El ácido cítrico de la piña limpia, y la cafeína reafirma y tensa la piel... y alisa las arrugas.

—Ah, ya veo... —Me clavó su mirada de ojos marrones. Con el dorso de los dedos ligeramente callosos me acarició la mejilla.

—¿Ese es tu secreto?

Me sonrojé.

—¿Qué se supone que debo contestar?

—Eres muy guapa.

—Estoy cocinando —dije, decidida a mantener la calma.

Apenas nos conocíamos y, aunque su cercanía provocaba en mí un efecto anímico embarazoso y desconcertante, decidí mantener el control de la situación. Un restaurante público habría sido lo más sensato, pero ya era demasiado tarde.

Haciendo caso omiso de su irresistible sonrisa, seguí con lo mío. Con un tono frío y profesional propio de la presentadora culinaria Martha Stewart, le expliqué que un café fuerte escogido con cuidado no solo confiere un sabor a nuez y a tierra, sino que también ablanda la carne.

—Hay que elegir un grano ácido, porque lo que ablanda es la acidez. Por lo general, la mayoría de los granos latinoamericanos son lo bastante ácidos para esta receta, pero yo prefiero un kenia AA.

Bruce alzó una ceja.

—Todavía no estoy convencido —bromeó.

—La única forma de que estos bistecs salieran mejor sería cocinándolos a la brasa con madera de mezquite, que me encantan con huevos para desayunar. Pero para despertarse no hay nada mejor que un bistec marinado en café. Ya verás.

Una lenta sonrisa se dibujó en su rostro.

—¿Es una invitación para mañana por la mañana?

Oh, Dios. ¿Qué creía que había insinuado?

Bruce captó mi expresión y se echó a reír.

—Es broma.

—Ya.

Me apresuré a concentrarme de nuevo en dorar la carne en la sartén de hierro para intentar, por todos los medios, olvidarme del hombre encantador que se apoyaba con aire despreocupado en el fregadero, a poca distancia de mí, y que observaba cada uno de mis movimientos.

—¿Lo hueles? —le pregunté. El aroma a café tostado y carne a la plancha impregnó el apartamento.

—Hummmm. Ya sé a qué te refieres. Una buena combinación...

Cuando los gruesos bistecs estuvieron bien dorados por ambos lados, los coloqué sobre una rejilla y, para preparar la salsa, añadí un chorrito de consomé de ternera a la grasa que había quedado en la sartén.

—En realidad hay otra forma de que el aroma del café penetre en la carne. Escribí un artículo al respecto el año pasado. En los restaurantes de Seattle, San Francisco y Colorado rebozan la pieza de carne con café molido grueso. Pero yo no soy muy fan de lo crujiente, ¿sabes? Por eso prefiero obtener el sabor mediante el marinado que, en cualquier caso, también es más intenso.

—¿Intenso? Hummmm. Me gusta la intensidad.

—Tú machaca las patatas mientras yo preparo la salsa —le ordené al tiempo que le daba el triturador.

—¿Le has puesto suficiente mantequilla? —preguntó Bruce, que echó un vistazo a mi cacerola de fondo de cobre.

—Creo recordar que te gusta el tema del colesterol.

Una vez derretida la mantequilla, añadí la harina y, a continuación, los jugos de la sartén del filete, un poco más de consomé de ternera y café.

—¿Más café? Estás de broma —dijo Bruce mientras seguía machacando las patatas con ajo.

—Nunca bromeo con el café ni con las salsas.

La mesa del comedor ya estaba puesta, las velas encendidas, los panecillos de mantequilla caseros en la panera lacada, la vajilla Spode Imperial de Madame colocada, la ensalada de tomate y aguacate en el cajón del frigorífico. Las chuletas marinadas chisporroteaban en la rejilla, aún poco hechas, pero cada vez más doradas.

—¿Cómo te gusta la carne? —pregunté mientras me daba la vuelta y me topaba con los brazos de Bruce Bowman. ¿Cómo había sucedido aquello?

—Caliente —respondió Bruce en voz baja.

Y entonces se inclinó hacia mí, me rodeó con los brazos y me acercó a él. Con el cucharón en la mano, cerré los ojos y dejé que su boca cubriera la mía. Todos mis pobres intentos de mantener la calma se esfumaron por completo.

Era rudo y dulce al mismo tiempo, como ese sabor peculiar que habíamos conseguido en la cafetería, a medio camino entre los expresos de North Beach y los de Milán. Cálido, intenso y tierno...

—Qué agradable —dijo con suavidad contra mis labios.

—Mucho. —Sentía los párpados pesados y las extremidades más pesadas aún—. Pero apenas nos conocemos.

—Lo sé. Solo quería ver cómo sabes.

Oh, Dios.

Sonrió.

—Oye, todavía tengo que ver esos supuestos bocetos de Hopper que me dijiste que tenías.

Me reí.

—Todo era una mentira para atraerte a mi apartamento.

—Pues tengo que darte una noticia, Clare. Habría venido de todos modos.

—Están arriba, en el dormitorio.

—Me lo imaginaba.

Levantó una mano de mi cintura para masajearme la nuca.

—¿Quizá podrías enseñármelos... después de cenar?

—No creo que sea buena idea —respondí, casi sin aliento—. Como ya te he dicho, apenas nos conocemos.

Se echó a reír.

—¿Necesitas conocerme mejor para enseñarme tus... Hopper? ¿Es eso?

—Sí. Exacto.

Sentí que su mano ascendía aún más y se enredaba en mi pelo, lo cual incitaba a una vocecita que en mi cabeza razonaba: *Ha pasado mucho tiempo, Clare... Deja que te acaricie un poco...*

No pasa nada... Solo un poco... Mientras me sujetaba la nuca, volvió a besarme. Cálido, intenso y tierno... Ah, sí..., Dios mío, quería más. Por desgracia, una voz atronadora no me lo iba a permitir.

—¡No hay mejor recibimiento que un filete con café y salsa!

Cielos, no.

Era Matteo. Mi inoportunísimo exmarido, recién llegado (¡sin avisar!) de su expedición a África Oriental. Se había servido de su llave para irrumpir en el dúplex y en mi vida.

Huelga decir que, a partir de ese momento, la velada fue claramente a peor. Como es lógico, hubo un momento incómodo o, más bien, unos cuantos. Intercambios de miradas reprobatorias, silencios incómodos y una tensión comprensible que se hizo aún más intensa con la presencia de los cuchillos de carne afilados y el hecho de que casi toda la comida —incluido el postre— estuviera mezclada con cafeína.

Recordé con cierta inquietud las siniestras palabras de un filósofo hindú anónimo que advertía contra la influencia perniciosa de «ese grano negro procedente de África» y comparaba a los pacíficos consumidores de té asiáticos con las belicosas naciones europeas consumidoras de café.

Pero entonces recordé *Mon journal,* del crítico social e historiador francés Jules Michelet, que a grandes rasgos relacionaba la aparición de la Ilustración con la conversión de Europa en una sociedad consumidora de café.

Por eso, contra toda lógica, mantuve la compostura cuando Bruce invitó a Matteo a sentarse a cenar con nosotros. En realidad, no era algo tan descabellado, dada la cantidad de horas que llevaba viajando. Era lo más decoroso, de hecho, y no me opuse, pensando que, si el café podía iluminar a los europeos, también podría hacer milagros. Y un milagro era lo que yo necesitaba en ese momento.

Después de cocinar a toda prisa otro bistec, poner otro juego de cubiertos y servir la magnífica botella de Borgoña de doscientos dólares que Bruce había traído, me senté a cenar entre mi exmarido y mi ligue de esa noche. Como habría dicho Madame, ¡tan civilizados que casi parecíamos franceses!

—Me sorprende que no me dejaras un mensaje para avisar de que necesitabas el apartamento —le dije a Matteo, quien no parecía sorprendido lo más mínimo.

—Llamé desde el aeropuerto de Roma —replicó mi ex—. Deberías revisar el contestador de vez en cuando.

—Qué buen color, Matt. Sobre todo para el otoño neoyorquino —dijo Bruce con la intención de interrumpir nuestra discusión encubierta.

Matteo sonrió. Sus dientes lucían blancos sobre su piel, en ese momento morenísima. Tenía las mangas remangadas quince centímetros más arriba que Bruce y mostraba los bíceps además de los musculosos antebrazos, más oscuros que una avellana y casi igual de duros.

—Es lo que tiene el sol africano. —Pinchó un trozo de chuleta con el tenedor y lo masticó con fruición. La carne bañada en café era sin duda el chute que necesitaba para zafarse del desfase horario—. Qué maravilla volver a tomar carne fresca —dijo Matteo antes del siguiente bocado—. El *doro wat* acaba por cansar.

—*Doro...*

—Un plato etíope —explicó Matt—. Un pollo viejo y fibroso guisado con mantequilla rancia. Algo así como el *csirke paprikás* húngaro, pero muchísimo más picante.

—Suena rico —dije titubeante.

—Las especias fuertes tapan multitud de defectos —repuso Matt.

—¿Incluida la intoxicación alimentaria? —pregunté.

Matteo me lanzó una de esas miradas piadosas que a menudo usaba durante nuestro matrimonio. Una mirada que significa cosas del tipo: «¿Cómo que no harás *puenting* conmigo?» o: «¿Por qué no podemos comprarnos dos Harleys gemelas y recorrer México en moto?» o incluso: «¿De verdad eres tan estrecha que no quieres probar una noche con Tiffany y conmigo?».

—Clare me ha contado que te dedicas a comprar café —comentó Bruce—. ¿Por eso estabas en Etiopía?

—¿Quién te ha dicho que estaba en Etiopía? —dijo Matteo con una hostilidad apenas disimulada, hasta el punto de que deseé haber marinado los bistecs en Prozac en lugar de hacerlo en café.

Bruce hizo una pausa, con el tenedor a medio camino de la boca.

—Bueno... Yo... creí que acababas de...

Matteo soltó el tenedor y se apoyó en el respaldo con una sonrisa de satisfacción.

—Sí, he estado en Etiopía buscando café. Y tal vez lo haya encontrado. Las bayas de esta temporada son bastante buenas, pero las del año que viene serán aún mejores. Estoy mirando los futuros del mercado C.

—¿Y por qué Etiopía? —preguntó Bruce—. Hay lugares más seguros para comprar café, ¿no?

—Etiopía es la madre patria. Allí ya tomaban café cuando los europeos empezaban con la cerveza y el hidromiel. —A continuación, Matt levantó la copa del Romanée-Conti Echezeaux de Bruce y bebió un largo trago. La apuró casi al instante y cogió la botella para rellenarla—. Joder, qué vino tan bueno.

Miré a Bruce a los ojos e intenté no soltar una carcajada. Sonrió y volvió a intentar entablar una conversación amable.

—He oído que las cosas iban regular por allí, por Etiopía.

Matt se encogió de hombros y volvió a atacar su bistec marinado en café como un depredador de África Oriental.

—Están mejorando. El comercio del café en Harrar está resucitando y el mercado alcista de Jima nunca llegó a detenerse. Las nuevas plantaciones próximas a la frontera somalí aún no están produciendo, pero me las arreglé para hacer un viaje en todoterreno a Jiga-Jiga sin que me mataran.

—Suena peligroso —observó Bruce.

Miré a Matteo como para demostrarle que sabía que exageraba, aunque era muy posible que no fuera así.

Matt me guiñó un ojo mientras le decía a Bruce:

—Recuérdalo la próxima vez que te tomes un café por la mañana.

—Hablando de café, voy a por la prensa francesa —dije mientras me levantaba de la mesa.

Matteo y Bruce se pusieron de pie para ayudarme, tan rápido que casi se chocan.

—Yo me encargo —dije, y les hice un gesto para que volvieran a sentarse.

—Bueno... —oí murmurar a Matteo mientras me apresuraba a preparar el café—. ¿Y a qué te dedicas, Bruce?

Cuando entré en la cocina, olí a gas y me pregunté si se habría quedado algún quemador abierto, pero comprobé los fogones y no encontré nada fuera de lo normal.

Para el postre había preparado mi nueva receta de pudin de tres chocolates y moca. Era el segundo intento que hacía, ya que el detective Quinn se marchó antes de probarlo cuando preparé la cena para él.

Saqué mi cafetera de prensa francesa favorita y tres de las tazas y platillos Spode Imperial. Antes de que llegara Bruce, había cogido un poco de *blue mountain* jamaicano de la reserva especial del Blend (a más de setenta dólares el kilo), que ahora estaba sellado en un recipiente oscuro y hermético a la espera de que lo moliera y preparase.

Noté algo de polvo en las tazas de café y me acerqué al fregadero de granito tallado para enjuagarlas. El grifo de latón se negó a girar. Hacía un par de semanas que me daba problemas y me había prometido arreglarlo. Probé de nuevo con las dos manos. Esta vez el grifo cedió, seguido de un potente chorro de agua fría que me mojó de pies a cabeza. Grité mientras el chorro del agua lo inundaba todo.

La puerta se abrió de golpe y Bruce y Matteo entraron corriendo. Matt me miró de arriba abajo y se echó a reír mientras Bruce se apresuraba a socorrerme.

—¿Estás bien?

Asentí, preocupada por el agua que no paraba de salir.

—¿Dónde está la llave de paso? —gritó Bruce por encima del ruido del agua.

Lo miré sin comprender. En los meses que llevaba allí, nunca había necesitado saber nada sobre fontanería. Me encogí de hombros. Bruce se volvió hacia Matteo, que dejó de reír y también se quedó en blanco.

—No importa —dijo Bruce escudriñando la cocina—. Seguramente esté detrás de esta placa.

Señaló la plancha metálica que había debajo del fregadero. Ya la había visto antes, pero pensé que era decorativa. Bruce no compartía ese parecer. Se sentó de inmediato en el suelo cada vez más anegado, sacó sus llaves y abrió un pequeño destornillador que llevaba enganchado al llavero.

En un santiamén, desatornilló la placa. Cuando la retiró, un fuerte olor a gas natural impregnó la cocina.

—¡Abre la ventana! —gritó Bruce. Matteo obedeció y el aire frío del otoño disipó el olor.

Por detrás de la placa, vi un agujero lleno de tuberías. Bruce metió la mano y giró una válvula. El flujo de agua disminuyó y al fin se detuvo.

Tras el ruido y el caos llegó un momento de calma inquietante. Por fin, Matteo habló.

—Bueno, Bruce. Supongo que eres fontanero.

Ya con ropa seca —me puse a toda prisa unos vaqueros y una camiseta ancha— acompañé a Bruce Bowman hasta la puerta. Matteo nos siguió como quien no quería la cosa y se quedó merodeando por el vestíbulo.

—No me creo lo que ha pasado —dije por décima vez.

—Me alegro de haber estado aquí —respondió Bruce—. Esas tuberías de gas no deberían haberse quedado detrás de la pared. Conducen el gas desde hace más de un siglo. Por suerte, la fuga de agua por detrás del grifo oxidó la tubería lo suficiente como para liberar la presión. De lo contrario, podría haber estallado.

—No sé qué habría hecho si hubiera estado sola —dije.

—No estabas sola —espetó Matt a mis espaldas—. Yo estaba aquí.

—Matt, si ni siquiera sabías dónde estaba la llave de paso —le recordé—. Mañana a primera hora haré que arreglen las tuberías —le dije a Bruce.

—Buenas noches, Matt —dijo Bruce mientras le tendía la mano. Matt vaciló, pero se la estrechó.

—Sí, lo mismo digo.

—¿Un poco de intimidad? —le susurré a mi exmarido por encima del hombro.

Matt frunció el ceño, pero no discutió. Se volvió hacia el comedor.

—Bruce, yo...

—No vuelvas a decir que lo sientes. No es culpa tuya.

—Debí haber escuchado el contestador. Podríamos haber ido a un restaurante.

—No pasa nada. Así hemos roto el hielo, ¿no?

No me lo podía creer. Nuestra primera cita romántica había sido un absoluto desastre y Bruce intentaba verle el lado positivo.

—Oye, míralo de esta manera —agregó—. Así Joy vuelve a casa temprano. Le preguntaré si quiere que la acompañe, ¿te parece bien?

Asentí, agradecida.

—¿Puedo compensarte de algún modo? —pregunté.

—Ah... Se me ocurre una manera. —Sonrió y me acarició la mejilla. Luego se inclinó para darme un beso de buenas noches largo y dulce.

—Te llamaré —prometió, y se dio la vuelta para bajar por la escalera de servicio trasera y salir por la cafetería.

Cuando cerré la puerta, me volví y encontré a Matt apoyado en el marco de la puerta del comedor, con los antebrazos color avellana cruzados sobre el pecho.

Sacudió la cabeza.

—¿Desde cuándo sales con fontaneros?

CAPÍTULO ONCE

*C*omo un viento del desierto, Sahara McNeil salió del edificio de apartamentos y se dirigió con paso rápido hacia la galería del Soho donde trabajaba. *Su ardiente melena pelirroja se aferró a una ráfaga de aire helado mientras recorría la acera sobre unas botas de cuero rojas con diez centímetros de tacón. Lo mejor de todo era que iba toqueteando su reproductor portátil de CD, ajena a un entorno que le resultaba completamente familiar. De hecho, iba tan distraída que Genius adoptó su misma velocidad, justo detrás de ella, sin que se diera cuenta.*

Se suponía que la misión de aquella mañana era un simulacro del suceso real, que tendría lugar cuando todos los detalles estuvieran planeados. Pero el tiempo se estaba volviendo impredecible y aquel momento parecía demasiado perfecto.

Toda la planificación del mundo no serviría de nada sin la audacia necesaria para llevarla a cabo, y Genius creía que cualquier objetivo era inalcanzable si no se asumían ciertos riesgos. Hasta Napoleón dijo que prefería tener un general con suerte antes que uno brillante.

Como si de una señal se tratara, un camión blanco y sucio del Departamento de Saneamiento de Nueva York bajó a toda velocidad por la calle Diez oeste. Los dos hombres que iban sentados en la cabina hablaban sin mirar la carretera, pese a que el vehículo se acercaba a un cruce.

Nadie más caminaba por la zona, que era sobre todo residencial; el único negocio era un bar retro llamado Blue Lounge que estaba cerrado a esa hora.

Ningún testigo, *pensó Genius.*

Despistada, Sahara se detuvo al final de la manzana para esperar a que pasara el camión antes de cruzar. En vez de alzar la vista, abrió el reproductor de CD y buscó un disco nuevo en el bolso.

El camión siguió adelante. Los trabajadores seguían charlando sin prestar atención.

Un empujoncito. En el momento justo. Un simple empujoncito.

Y Sahara nunca más volvería a molestarlo.

—Dios, ¿qué le pasa a este sitio con la muerte?

Esther Best lanzaba su típico exabrupto existencial antes de lo habitual, y lo bastante alto como para que todo el Blend lo oyera. Era un poco más tarde del mediodía del viernes, una hora de mucho de ajetreo para nosotros. Los clientes levantaron la nariz de los libros y miraron por encima de los ordenadores portátiles y los periódicos. Esther estaba de pie junto a la puerta abierta de la cafetería con la mano enguantada sobre el viejo picaporte metálico y una ráfaga de llovizna helada de noviembre se coló por detrás de su abrigo negro.

—Cierra esa puerta, Esther —le dije—. Estás dejando que entre el frío.

Me hizo caso y se acercó a la barra con paso cansado.

La mayoría de los clientes volvieron a lo suyo. Todos menos Kira Kirk, que estaba sentada cerca del mostrador con la vista levantada de su crucigrama.

—¿A qué te refieres con «este sitio»? —le preguntó a Esther por encima de sus gafas de lectura con montura de marfil—. ¿A esta cafetería? ¿Al West Village? ¿A Nueva York? ¿O estamos hablando del propio universo? Tienes que ser más concreta.

Esther miró de reojo a Kira a través de sus propias gafas de montura negra. Luego se quitó los guantes. Yo estaba trabajando detrás de la vitrina de los pasteles, rellenando las cestas vacías con magdalenas de arándanos, manzana con especias, calabaza y plátano con nueces. Se acercó para hablar conmigo.

—Siento llegar tarde —me dijo en un tono que no era precisamente de disculpa—. Ha muerto una mujer justo enfrente de mi nuevo apartamento. Atropellada por el camión de la basura. Había policía por todas partes.

Tucker puso una cara no muy diferente de la que ponía mi supersticiosa abuela cuando oía que alguien les faltaba el respeto a los muertos, antes de persignarse a toda prisa.

En una mesa cercana a la de Kira, Winnie, la abogada alta de pelo negrísimo (doña Abrigazo), que había llegado una hora antes, levantó la vista de su libro con mucho interés. Martha, una joven editora de Berk and Lee, también levantó la vista de un manuscrito.

Esther se llevó el abrigo al almacén trasero, salió de nuevo, se colgó un delantal azul y se lo ató.

—Me quedaré hasta más tarde para recuperar el tiempo perdido —me informó, sin mirarme. Después, se atusó el pelo oscuro y alborotado, cogió un trapo y empezó a quitar el polvo de las bolsas de medio kilo del café de la casa hasta que las etiquetas amenazaron con despegarse.

Era obvio que el accidente la había alterado. No la culpaba. Morir bajo las ruedas de un camión de la basura no era la mejor manera de morir. Tampoco es que hubiera una manera buena...

—¿La víctima vivía en tu edificio? —preguntó Tucker.

En Nueva York, esa pregunta equivalía a «¿La víctima vivía en tu barrio?», ya que la mayoría de los edificios albergaban una población semejante a la de toda una calle o incluso una manzana en una ciudad pequeña. Según eso, tu comunidad de propietarios (si la tenías) podía equivaler a una asociación de vecinos y se encargaba de establecer ciertas normas, como la eliminación de la basura, las correas de los animales domésticos y las horas para celebrar fiestas.

Esther dejó de quitar el polvo.

—No le vi la cara. Solo las piernas. Asomaban por debajo del camión, ¿sabes? —Se estremeció—. Una pareja de policías se acercó al edificio grande de la esquina. Uno de ellos llevaba su bolso. Un bolso caro. De Coach.

—¿Cómo se cae alguien delante de un camión de la basura? —preguntó Tucker.

—Cuando te toca, te toca —dijo Winnie.

—Se resbalaría —aventuró Kira—. La gente se resbala y se cae todo el tiempo. Hay quien muere incluso en su casa.

Por mi parte, pensé: *la empujaron,* tal vez porque el último resbalón con el que me había encontrado (el de mi difunta ayudante Anabelle) resultó ser un asesinato premeditado. O tal vez fuese por la influencia de Quinn. La visión oscura del universo que tenía ese hombre competía a veces con la de Schopenhauer.

—Es probable que se suicidara —declaró Esther.

También competía con la de Esther Best, seguí pensando.

En ese momento Esther estaba frente a nosotros y sus ojos brillaban a la espera de nuestra reacción.

Esa era la Esther que yo conocía. Le tenía cariño, no me malinterpretes, y me sentía mal por lo que había tenido que presenciar esa mañana, pero por lo general Esther no era la alegría de la huerta. En palabras de Tucker, mientras algunos veían el lado luminoso de la nube negra, Esther buscaba de manera compulsiva el relámpago. Y luego se regodeaba en la dolorosa decepción de su descubrimiento mediante versos libres en algún recital de poesía de la calle St. Mark.

—A ver, Esther, ¿y por qué crees que ha sido un suicidio? —preguntó Kira.

—Supongo que me acordé de la chica esa del metro, Valerie, y de Inga Berg. Es como si hubiera una epidemia de suicidios en Nueva York, o algo por el estilo. Como si esas mujeres se hubieran levantado una mañana de la cama y se hubieran quitado la vida sin razón alguna..., por capricho, aunque lo tuvieran todo.

—El suicidio no es un acto que se lleve a cabo por capricho, ni es contagioso —intervino Tucker.

—Pero puede ser una moda pasajera, Tucker —observó Kira con animación mientras apuraba el resto de su capuchino.

Kira estaba de muy buen humor desde la última sesión de Conexión Capuchino. Me había dado cuenta de que había vuelto a maquillarse con regularidad, y supuse que don Moviefone (alias don Pasatiempos) sería el motivo. Aun así, no pude obviar un comentario tan morboso.

—¿Cómo que el suicidio puede ser una moda? —solté—. ¿Como el *hula-hoop* o las corbatas estrechas?

—¿O como el masoquismo masivo del baile de la Macarena? —bromeó Winnie lanzándome una miradita.

Sacudí la cabeza.

—Una moda literaria —aclaró Kira—. La epidemia de Werther es un buen ejemplo.

—No sé qué es —contestó Esther.

—Me suena... —apuntó Winnie.

—Cuando Goethe publicó su novela *Las penas del joven Werther*, se convirtió en un éxito repentino. Napoleón le dijo a Goethe que la había leído siete veces. Pero en quienes más influyó fue en los jóvenes de clase media y alta. Algunos se sintieron tan identificados con la trágica historia de amor de Werther y Lotte que emularon al héroe y se suicidaron. En Alemania, Francia, Holanda y Escandinavia se puso de moda que los amantes no correspondidos se suicidaran vestidos como Werther, con un ejemplar de la novela cerca abierta por su página o pasaje favorito. La historia llegó a tal extremo que los clérigos denunciaron la novela desde los púlpitos.

—No puede ser verdad. —Miré a Kira con recelo.

—¿Cómo te has enterado de eso? —preguntó Tucker—. Y... ¿por qué?

Kira se echó a reír.

—Ya os lo dije, soy un genio.

Tucker y yo intercambiamos una mirada que decía: otra más. Con arreglo a nuestra experiencia, una proporción considerable de las personas que se sentaban en las cafeterías de Nueva York se creían prodigios, más que nada porque sus madres se lo habían dicho.

—En realidad, leí la edición de Penguin de la novela de Goethe —admitió Kira—. En cuanto al porqué... Hace unos años, en un crucigrama del *Times* preguntaban por un «protagonista que se suicidó antes de que Fausto fuera condenado». La respuesta correcta era «Werther», pero no la supe. Cuando me pasa eso, leo todo lo que puedo sobre el tema, para que no me vuelva a ocurrir.

—¿Lo veis? —dijo Esther—. La tragedia y la muerte están bajo la superficie de todo. Forma parte de nuestro entretenimiento, de nuestra cultura popular. O sea: películas violentas, música violenta, suicidios en los crucigramas... ¡Y fijaos en nosotros! Todos obsesionados con el suicidio. Alguien menciona el tema y ya no se habla de otra cosa.

Tucker torció el gesto.

—Pero, Esther, tú has sido quien ha mencionado...

Le puse la mano en el brazo para que se callara.

—La gente que lo tiene todo no se suicida —le dije a Esther—. Y, a pesar de la epidemia de Werther, dudo que un ser humano influya tanto en otros como para conducirlos al suicidio.

—Te olvidas de Jim Jones y sus seguidores, tan aficionados a los polvos para preparar bebidas —señaló Winnie.

—Y de los hombres bomba —añadió Tucker—. Alguien les mete en la cabeza la idea de atarse explosivos antes de ir a las versiones orientales de los centros comerciales.

—Vale, pero eso son excepciones. La mayoría de la gente que pone fin a su vida lo hace por razones personales mucho más profundas. Razones que no tienen nada que ver con el fanatismo, ya sea religioso o de cualquier otro tipo.

—Les tiene que faltar un tornillo —dijo Winnie—. La gente sana y realizada agrede hacia fuera, no hacia dentro.

—Yo pensaba que una persona sana no agrede —objetó Kira.

Winnie la miró como diciendo: «No seas ingenua».

—Me cuesta creer que Inga Berg se suicidara —dijo Esther—. Se comía la vida. Sobre todo en esta ciudad. Al menos, todos teníamos esa impresión.

—La culpa fue de los puñeteros descafeinados —intervino Tucker—. Hace un par de semanas, Inga Berg empezó a pedir café descafeinado por las tardes. Dijo que tenía problemas para dormir. Creo que, si hubiera seguido con el café normal, se habría salvado.

—Tal vez fue la falta de sueño. Tal vez no estaba en su sano juicio porque se encontraba agotada —aventuró Esther.

—No. No me has entendido. Las personas que toman café son menos propensas a suicidarse. Salió en las noticias hace unos años.

Esther puso los ojos en blanco con aire escéptico, pero yo intervine.

—Tucker tiene razón. Escribí un artículo sobre ese tema para una revista especializada. Un estudio de Harvard concluyó que las mujeres que tomaban más de tres tazas de café al día tenían un tercio menos de riesgo de suicidio que las que no.

—¿Y los hombres? —preguntó Tucker.

—El estudio no se hizo con hombres. Se realizó durante un periodo de diez años con mujeres enfermeras. Creo que porque coincidían más o menos con la población general en cuanto a índices de depresión, tabaquismo, obesidad, drogadicción y otros vicios. Lo siento.

—Lo que es bueno para la gallina es bueno para el gallo —dijo Tucker rellenando su taza vacía con nuestra mezcla de desayuno recién hecha.

—Prepáreme otro, señor barista —pidió Kira, y agitó su taza vacía—. Está bien saber que esta adicción evitará que me corte las venas.

Esther seguía sin tenerlas todas consigo.

—Tanto Valerie como Inga tomaban café y se suicidaron.

—El estudio aseguraba que tenían menos probabilidades de suicidio, no que el riesgo se redujera al cien por cien —señaló Winnie—. Nada en la vida es al cien por cien. Lo único seguro es que más de la mitad de las mujeres que vienen a esta ciudad para realizarse mediante un hombre o una carrera acabarán decepcionadas.

Winnie empezaba a parecerse a Esther, cuya filosofía podía resumirse en una frase: espera lo peor y no te decepcionarás.

Como la conversación en el Blend era cada vez más desalentadora, agradecí la ráfaga de aire frío que anunciaba la llegada de un nuevo cliente. Alcé la vista y vi a Mike Quinn junto al mostrador. Me alegré. Había pasado tanto tiempo que empezaba a perder la esperanza de volver a hablar con él.

Era evidente que el detective llevaba muchas horas de servicio. Tenía un aspecto demacrado, su mandíbula férrea mostraba una barba rubia oscura bastante más que incipiente. Las angulosas mejillas parecían quemadas por el viento y su abrigo necesitaba una buena limpieza.

—¿Puedo hablar contigo? —preguntó Quinn con voz gélida.

—Claro —contesté mientras me daba la vuelta para prepararle su habitual café con leche, pensando que podríamos charlar mientras tanto.

Cuando dijo «AHORA», me quedé de piedra.

Quinn no era el tipo más encantador del mundo, pero solía ser educado y, como mínimo, respetuoso. Era obvio que estaba nerviosísimo.

Me volví para mirarlo.

—Vale. Dime —espeté.

Miró a Esther y a Tucker, cuyas miradas estaban ahora clavadas en él.

—Tenemos que hablar en un lugar más privado —dijo, con la voz algo más calmada.

Asentí con la cabeza.

—En mi despacho. Dame un minuto.

Me acerqué a la cafetera y llené dos tazas grandes de café con la mezcla de desayuno bien caliente.

Noté los ojos de Esther y Tucker en mi espalda, y también los de Kira y Winnie. Por suerte, los demás clientes estaban demasiado lejos como para haber oído el comentario de Quinn, o tal vez no les interesó.

—Sígueme —le dije al detective, y me dirigí en línea recta hacia la escalera de servicio trasera para subir a mi despacho en la segunda planta. Los pesados zapatos de Quinn me pisaron los talones.

CAPÍTULO DOCE

Cuando entramos en mi despacho, pequeño y funcional, le puse a Quinn una taza en la mano.

—Siéntate y tómate esto —le dije.

La caja fuerte de la tienda estaba en ese cuarto, junto con un escritorio de madera un tanto maltrecho, un ordenador y el archivo con los papeles de los empleados y del negocio en general. Se dejó caer en la butaca que había junto a mi mesa y se tapó la nariz con la taza. El aroma alivió un poco su expresión sombría y, después del primer sorbo, comprendí que aquel brebaje con cuerpo le había borrado parte de la tensión de su rostro quemado por el viento.

—Qué bueno —observó.

—Es un tueste medio al estilo de la Costa Oeste, pero utilizamos una mezcla de café indonesio y costarricense. —Coloqué mi taza sobre el escritorio, me desaté el delantal azul y lo colgué de un gancho detrás de la puerta—. El indonesio aporta una complejidad afrutada, y el grano latinoamericano, menos sutil, una agradable resonancia y la cantidad justa de acidez. En mi opinión, la mayoría de las mezclas para el desayuno son amargas y secas. Pero la nuestra no.

—Bien.

Cerré la puerta, me alisé los pantalones caqui, me estiré el jersey rosa de manga larga y me senté en la silla del escritorio.

—¿Demasiada información?

Arqueó una ceja.

—En mi opinión, un detective nunca recibe demasiada información.

Yo también levanté la ceja.

—Entonces también deberías saber que cambiamos la mezcla todos los años, más que nada porque los granos de Indonesia tienden a variar de una temporada a otra debido a su procesamiento obsoleto.

Quinn tomó otro sorbo y se reclinó en el asiento.

—Ah, los caprichos de la agricultura internacional.

Probé mi café y nos quedamos en silencio un momento.

—No pretendía ser borde contigo abajo —dijo.

—No pasa nada. Tienes un aspecto horrible. Deduzco que estuviste cerca del accidente de la Décima oeste esta mañana.

La cara de Quinn se congeló en medio de un bostezo.

—¿Cómo sabes tú eso?

—Esther Best, una de mis empleadas a tiempo parcial, vive en esa calle. Ha llegado hace un rato y nos ha contado lo sucedido.

—Me gustaría hablar con ella —dijo Quinn— para saber si vio u oyó algo.

—No vio nada —respondí—. Solo el resultado sangriento, que, por cierto, le ha impresionado bastante.

—Sí. A mí también. —Quinn suspiró mientras se frotaba el cogote.

—No sabía que investigabas accidentes de tráfico.

—Y no lo hago. Lo de esta mañana ha sido un homicidio.

Me enviaré. La idea de que alguien muriera aplastado bajo las ruedas de un camión de diez toneladas ya era bastante horrible, pero oír que no había sido un accidente me produjo un escalofrío antinatural.

—¿Estás seguro? —pregunté.

Quinn asintió.

—Tenemos dos testigos. El subencargado de un bar cercano llegó temprano para limpiar y oyó a una mujer gritar la palabra «no». Al mirar por la ventana, vio a la señora McNeil caer bajo las ruedas del camión.

—Un momento —interrumpí—. ¿Has dicho McNeil?

Quinn se metió la mano en el bolsillo y sacó un bloc de notas rectangular forrado de cuero con las esquinas dobladas.

—Sally McNeil, alias Sahara McNeil. Calle Diez oeste, apartamento número...

—Conozco ese nombre —lo corté.

Quinn cerró el bloc.

—¿Quieres decir que la conoces? ¿Era clienta del Blend?

—Sí, la he visto aquí antes, pero no solo eso. Vino aquí el sábado por la noche a la sesión de Conexión Capuchino.

—¿Sola?

—Sí.

—¿Y la viste irse sola?

—No. Se fue con... alguien a quien las dos conocíamos.

Quinn se enderezó.

—¿Hombre o mujer?

—Hombre —respondí—. Un antiguo amigo suyo de la universidad..., creo.

—¿Cómo se llama?

—Bruce Bowman. Pero no creo...

Esta vez le tocó a Quinn poner cara de asombro.

—¿Conoces a Bruce Bowman? —Su tono no cambió, pero endureció la mirada. De repente me sentí como uno de sus detenidos en una sala de interrogatorios.

—Lo conocí hace poco..., durante la última sesión de Conexión Capuchino —balbuceé mientras me alisaba los pantalones caqui de forma compulsiva.

—¿Conociste a Bowman en el ámbito profesional, como gerente de la cafetería, o...?

—Bueno, en realidad yo también estuve en la Conexión Capuchino... Ya sabes, Joy quería participar y quise examinar a los hombres que se habían apuntado... Lo hice por ella, claro, pero luego...

—¿Quedaste después con Bowman?

Aunque Quinn seguía metido en su papel de detective, sus preguntas se volvían cada vez más personales.

—La Conexión Capuchino es solo un grupo de presentación social —le dije poniéndome a la defensiva—. Lo dirige una iglesia local. Bruce Bowman estaba allí, Joy también. Y todo el mundo se conoce durante un par de minutos. Es una actividad inocente...

Quinn me echó la misma mirada que supuse que les lanzaba a los carteristas que afirmaban no tener «ni la más remota idea» de cómo habían llegado hasta su abrigo la cartera y las tarjetas de crédito de una señora.

—Te lo pregunto por una razón concreta —dijo al cabo—: el nombre de Bowman ha aparecido al investigar el entorno de dos mujeres fallecidas: Valerie Lathem e Inga Berg.

—¿Qué relación tiene Bruce con ellas?

—Bruce... —Quinn vaciló, y se inclinó ligeramente hacia delante.

Me encogí en mi asiento; de repente, me sentía como Alicia después de haberse comido la seta.

Quinn continuó:

—El señor Bowman salió con Valerie Lathem... durante unas tres semanas, en octubre. Se conocieron a través del trabajo de ella en una agencia de viajes para ejecutivos.

—¿Y con Inga Berg?

Quinn hizo una pausa y tomó otro sorbo de café, uno largo. Dejó la taza y me observó durante un rato tan largo que me empezaron a sudar las palmas de las manos.

—Lo que voy a contarte es confidencial. Pero si tú o tu hija estáis planteándoos quedar con el señor Bowman, tenéis que saber que también salió con Inga Berg durante un corto periodo de tiempo. Comenzó a finales de octubre y terminó a principios de noviembre, justo antes de la muerte de la señora Berg. Su relación fue sexual. Y sabemos que ella no siempre ha sido discreta en lo relativo a sus encuentros.

—No sé muy bien a qué te refieres con eso de discreta —dije, sin estar segura de querer saberlo.

—Uno de los vecinos de la señora Berg la vio teniendo relaciones sexuales en su coche todoterreno nuevo, en el aparcamiento de la azotea, unos días antes de morir. La razón de que prefiriera revolcarse en el coche cuando tenía una bonita y acogedora cama en su apartamento cinco pisos más abajo es un misterio para mí..., a no ser que las aficiones de la señora Berg fueran un tanto particulares.

No me lo creía.

—¿Me estás diciendo que era Bruce quien estaba en el coche con ella?

—Eso no lo sabemos —respondió Quinn—. El vecino no le vio la cara al hombre. Pero es posible que fuera él si a ella le gustaba este tipo de actividad y en ese momento estaban liados. Tengo los registros telefónicos de la señora Berg; ella lo llamó por teléfono el día antes del suceso. Por desgracia, nuestro testigo no recuerda más que unos cuerpos desnudos que se sacudían.

—Bueno, entonces no sabes si fue Bruce... —dije.

—También encontramos una nota hecha pedazos, dirigida a Inga, en el cubo de basura de la azotea —añadió Quinn—. Sabemos que la tiraron allí la noche de la muerte de la señora Berg porque habían recogido la basura pocas horas antes. La nota era una invitación a subir a la azotea y encontrarse con alguien junto a su coche para una «sorpresa especial». Teniendo en cuenta lo que hemos descubierto, no es difícil adivinar lo que la señora Berg esperaba recibir, muy diferente de lo que en realidad recibió. O tal vez lo mismo, dependiendo de la palabra que usemos.

Fruncí el ceño. ¿Por qué el humor negro de Quinn siempre aparecía cuando menos ganas tenía de reírme?

—¿Has analizado la caligrafía de la nota? —pregunté.

—No estaba escrita a mano..., aunque eso habría sido lo propio en una nota casual y personal. La persona que escribió la nota utilizó una Hewlett Packard DeskJet, una pequeña impresora modelo... —Quinn consultó su cuaderno—. Modelo 840C. Ahora mismo, el laboratorio trata de identificar más detalles de la composición del papel.

—¿Y estás seguro de que la muerte de Inga no fue un suicidio... y que la de Valerie Lathem tampoco?

—Nunca estuve convencido de que la muerte de la señora Lathem fuera un suicidio. Por desgracia, no pude presentarle pruebas suficientes a mi superior para convencerlo, pero en el caso de Inga Berg sí hay suficientes pruebas físicas y circunstanciales como para justificar una investigación más a fondo.

—Pero Inga salía con muchos hombres, ¿no? Ella misma me lo contó. Era casi un motivo de orgullo. ¿Por qué sospechamos de Bruce?

—¿Cuánto conoces a Bruce?

—He pasado mucho tiempo con él desde que nos conocimos la semana pasada, y creo que lo conozco lo suficiente como para pensar que te estás equivocando de sospechoso.

Quinn me miró con su exasperante mirada de policía.

Menos mal que yo no era culpable de nada; es decir, estaba allí sentada, inocente como un cordero de Pascua, y aun así temblaba como si Quinn me acusara de aquellos supuestos asesinatos. De repente, me sentí como si estuviera encerrada en un confesionario con el cura más duro de la diócesis.

—Clare, la nota estaba firmada.

—¿Cómo?

—Con una B.

Sacudí la cabeza.

—Pero eso sigue sin vincular a Bruce de manera fehaciente, y lo sabes. ¿Y el segundo testigo de la muerte de Sahara McNeil? ¿Qué vio esa persona?

—Nada, como el camarero. Una dentista que se preparaba para ir a trabajar. Oyó el grito desde un apartamento del primer piso. Y también oyó que alguien corría por la acera, pero cuando abrió la ventana, asomó la cabeza y miró hacia la calle, la persona que corría ya había doblado la esquina.

Quinn tragó más café hasta vaciar la taza.

—Hay un tercer testigo, pero menos convincente. El conductor del camión de la basura también oyó gritar a la víctima y afirmó que esta salió volando delante del camión como si la hubieran empujado. Pero cualquier juez diría que con esa afirmación se está cubriendo las espaldas.

Quinn se levantó. Yo también.

—Voy a hablar con tu empleada... ¿Best, se llamaba?

—Esther.

—Esther Best. Te lo agradezco. Me has dado más información de lo que esperaba.

Crucé la oficina y me detuve frente a él.

—¿Por qué has venido justo hoy, Mike? —le pregunté—. Hace dos semanas que no pasas por aquí. ¿Por qué hoy?

—He estado ocupado —dijo Quinn—. En realidad, he venido por unas anotaciones en la agenda de la señora McNeil. Anotó la dirección del Village Blend junto con la fecha y la hora del sábado pasado. Era difícil averiguar algo, pero tú me has dado la explicación, lo del grupo de solteros, y una pista aún más importante.

—Bruce.

Quinn asintió.

—Con tu ayuda, he relacionado al señor Bowman con tres muertes sospechosas. Una podría ser fortuita. Dos podrían interpretarse como una casualidad..., aunque ya sabes lo que digo siempre sobre las casualidades.

—Lo sé, que no crees que en tu trabajo las haya. Pero, Mike, te estás pasando y lo sabes.

—¿Tres muertes, Clare? Para mí eso no es pasarse. Y si estoy en lo cierto, la violencia va a ir a más.

—¿Por qué?

—Mira, el asesino parece actuar con mucha ira. Podría haber asesinado a esas mujeres tras sufrir una decepción o una traición. Tal vez actúe a consecuencia de un detonante. Pero en el caso de Inga, la nota que dejó no concuerda con nada de eso.

—¿No concuerda con el supuesto de la ira?

—No, porque indica premeditación. Aunque el asesino pudo usar la nota para atraer a Inga a la azotea con intención sexual y luego tirar la nota a la basura después de que el encuentro saliera mal.

—¿Que el encuentro saliera mal? ¿Te refieres a que el asesino pudo estallar, montar en cólera por algo y empujarla? ¿Y que luego cogió la nota, la tiró y huyó?

—Tal vez. O tal vez el asesino tuviera planeado matar a Inga desde el principio, la atrajo hasta la azotea con la promesa de sexo y luego la lanzó al vacío. En todo caso, el asesino huyó del escenario del crimen y se deshizo de toda prueba tan pronto como le fue posible, en concreto de esa nota. Mejor tirarla antes de que lo sorprendieran con ella en la mano, en caso de que algún vecino lo viera bajar y la policía lo detuviera, lo interrogara y lo registrara. También es probable que el asesino pensara que la muerte de Inga se tomaría por un suicidio, igual que la de Valerie Lathem, y que no pensara que íbamos a registrar cada centímetro de la azotea y a encontrar esa prueba. Pero la encontramos, lo cual supone un punto de inflexión para nosotros. Y hace unas horas es probable que el mismo asesino cometiera un crimen a plena luz del día frente a testigos, lo que supone otro avance en la investigación. Aunque los testigos no nos hayan aclarado mucho, basta para considerar la muerte de Sahara McNeil un homicidio en vez de un accidente, y estoy seguro que el asesino nunca pensó que eso pasaría... Es descuidado, es imprudente, y creo que se está viniendo abajo. La próxima vez, no se preocupará por los testigos o las pruebas... La próxima vez, puede que primero mate y luego se preocupe de las consecuencias. Y será entonces cuando atrape a ese hijo de puta...

—Pero antes tiene que morir otra mujer.

La mirada de Quinn se encontró con la mía.

—Aléjate de él, Clare. Aunque admito que no puedo demostrar nada aún, al menos nada que se sostenga ante un tribunal, hay un hecho indiscutible: las mujeres que se acercan a Bruce Bowman acaban muertas.

—Pero, Mike, no tiene sentido. Bruce es un arquitecto consumado, con éxito, en apariencia equilibrado. ¿Qué diablos lo motivaría a asesinar a estas mujeres?

—¿Quieres una hipótesis? Yo diría que está buscando a la mujer perfecta. Y cuando se convierte en imperfecta, él se lo toma muy mal.

Quinn se dio la vuelta y agarró el pomo de la puerta.

—Gracias por el café —dijo sin volverse.

Y se marchó.

Me cago en ti, Quinn —pensé—. Me cago en ti y en tu matrimonio ruinoso.

No bajé de inmediato. Me pasé la siguiente media hora dando vueltas por el despacho e intentando procesar todo lo que Quinn acababa de contarme, mis sentimientos al respecto, mis sentimientos por Bruce... y por el propio Quinn.

Mike Quinn me caía bien, lo respetaba, pero no podía creerme ni por un segundo lo que decía de Bruce. De lo que estaba segura, sin embargo, era de que Quinn se había convertido en un manojo de nervios y que estaba al límite. Era obvio que la ruptura de su matrimonio le afectaba tanto como su incapacidad para encontrar pruebas que demostraran la vinculación de todos aquellos supuestos asesinatos de mujeres «empujadas».

Por un breve instante llegué a plantearme que, tal vez, en un plano muy remoto, esa recomendación de «aléjate de Bruce» fuera una consecuencia retorcida de los sentimientos de Quinn por mí.

Él y yo nunca habíamos salido, pero sin duda habíamos tonteado. Ahora que su matrimonio se iba al garete, podría causarle cierto conflicto que yo saliera con alguien en lugar de esperarlo a que decidiera si romper con su mujer o arreglar las cosas con ella.

Es cierto que Quinn había considerado a Bruce como sospechoso incluso antes de saber que yo lo conocía y antes de enterarse de que estaba conectado con Sahara McNeil. Según dijo, el nombre de Bruce había aparecido en las comprobaciones de antecedentes de Valerie Lathem e Inga Berg. Pero me dio la impresión de que su categoría de sospechoso había cobrado importancia en cuanto Quinn se enteró de que me veía con él.

No creía que Quinn fuera un policía deshonesto. De hecho, Mike Quinn tenía los principios morales de un puñetero caballero artúrico. (A pesar de que mi exmarido siempre asegurara que ningún policía era digno de confianza, como triste consecuencia de sus numerosas experiencias con funcionarios corruptos en varias repúblicas bananeras).

En cualquier caso, quería pensar que Quinn sería el último policía del mundo en inculpar a un hombre inocente, aunque solo fuera porque sabría que el verdadero criminal seguiría en la calle.

Por otra parte, si Bruce Bowman era un asesino, el proceso con el que había seleccionado las citas de mi hija quedaría en muy mal lugar. ¿Estaba juzgando mal a los hombres? Primero, al etiquetar de forma incorrecta a don Niño de Mamá y, ahora, al averiguar que don Estupendo aparecía en la lista de Quinn como «don Crimen Perfecto».

No. ¡No, no, no, no, no!

Desde el domingo por la noche, me había reído mucho con él. Nos habíamos besado. Y había pasado muchas horas conociéndolo. En mi interior, sabía que Bruce Bowman no era un asesino. No lo era.

Un golpe en la puerta interrumpió mis pensamientos.

—Clare —gritó Tucker—. Joy, el orgullo de tu vida, está aquí. Y viene con un caballero.

—Gracias, Tuck. Enseguida bajo.

Volví a alisarme los pantalones, me até el delantal sobre el jersey rosa de manga larga, me atusé el pelo y abrí la puerta del despacho.

Al llegar abajo, vi a mi hija junto al mostrador. Con curiosidad, miré a su alrededor para localizar al misterioso acompañante de Joy. Entonces me di cuenta de que había alguien agachado que examinaba la selección de pasteles de la vitrina. Por fin, se enderezó. Era alto y miraba hacia otro lado.

Le dijo algo a mi hija y Joy se echó a reír. Entonces el hombre se volvió y le vi la cara. Era Bruce Bowman.

CAPÍTULO TRECE

—Hola, mami. —Mi hija me saludó con la mano—. Adivina con quién me he encontrado al salir de clase. —Era difícil no verla —dijo Bruce con una sonrisa deslumbrante—. Más que nada por el chaquetón.

Asentí. Hacía menos de una hora lo había implicado sin querer en una serie de asesinatos ante un detective neoyorquino agotado. En ese momento sentía una decena de emociones diferentes, pero ninguna de ellas tenía que ver con el disfrute. Sin embargo, levanté las comisuras de los labios con lo que consideré que sería una bonita sonrisa acorde a la suya.

—Odio esta cosa —dijo Joy mientras se bajaba la cremallera de su voluminoso chaquetón.

—Pero abriga, ¿no? —le recordé con severidad y no por primera vez.

Frunció el ceño.

—Mamá, ¡míralo! Amarillo chillón con rayas negras.

—El amarillo es el color tradicional de los chubasqueros, ¿verdad? —señalé.

—Esto no es un chubasquero, es un chaquetón demasiado voluminoso —se quejó Joy.

Bruce se rio.

—No está tan mal.

—Supongo que estás de broma —dijo Joy mientras ponía los ojos en blanco—. Parezco una abeja embarazada.

Mi hija se quejaba del chaquetón desde que se lo compré, tres semanas antes, en la sección de liquidación de los almacenes Filene's. Sabía que Joy no tenía dinero para comprarse un abrigo y a mí no me dio tiempo a buscarle otra cosa. Así que, por el momento, era el que tenía.

—Aguanta hasta Navidad, cariño —le dije—. Ya te compraré otro.

—¿Sabes lo que hacen mis compañeros cuando me los cruzo por la calle?

—No.

—Zumban.

—Eso tiene solución, ¿sabes? —intervino Bruce.

—¿Cuál? —preguntó Joy.

—Bueno, ¿esa cosa no trae aguijón?

—Cállate —le dijo ella con un puñetazo en el brazo—. No lo empeores.

Bruce se echó a reír. Entonces se me partió el corazón. ¿Cómo alguien con una risa tan sincera, alguien que besaba con tanta dulzura y que actuaba con tanta consideración podía ser un asesino? ¿Cómo?

Por no mencionar el hecho de que su apariencia era tan buena como para meterlo en la vitrina de los pasteles. Su abrigo de cuero forrado de cordero resaltaba la anchura de sus hombros y se estrechaba hasta unas caderas delgadas vestidas con vaqueros. Debajo llevaba un jersey de cachemir color caramelo que hacía juego con sus ojos. Tenía la cara sonrosada por el frío y desprendía seguridad y buen humor.

Desde nuestra cena del domingo por la noche, había estado muy ocupado con sus diversos trabajos de restauración, controlando a las cuadrillas y los proyectos durante el día, y con cenas de negocios o reuniones oficiales por la noche. Aun así, todos los días de la semana había encontrado la manera de venir a verme, en alguna ocasión hasta tres veces el mismo día.

Cuando él venía me tomaba un descanso, por supuesto, y lo llevaba al segundo piso, que estaba cerrado hasta la noche. Encendía el fuego y nos relajábamos, tomábamos café y hablábamos durante un par de horas hasta que volvíamos a nuestras tareas. Ya nos conocíamos mejor y yo estaba deseando que llegara nuestra próxima cita para cenar.

Nunca imaginé que, cuando por fin llegara el momento, sería en unas circunstancias tan extrañas y ambiguas.

—¿Qué habéis hecho? —le pregunté a Joy tratando de sonar despreocupada.

—Le he contado a Bruce que mis amigos quieren abrir un restaurante y él me ha llevado en coche a Brooklyn para ver un local disponible.

La había llevado en coche. En su todoterreno, seguro. Mi parte pesimista me recordó el todoterreno de Inga. El que Quinn me dijo que había usado en lugar de un motel de sábanas calientes. En el que estaba convencida de que Bruce no había estado. (Dios, ¿por qué las víctimas de asesinato tenían que airear sus pecadillos más embarazosos? ¿No era suficiente con que te asesinaran?).

—Los amigos de Joy querían un local en los barrios de Carroll Gardens o Brooklyn Heights —explicó Bruce—. Pero los alquileres son tan altos en las calles Court, Henry y Hicks que iban a pagar el doble por la mitad de espacio, y la calle Columbia es demasiado cutre para el tipo de restaurante que tienen en mente.

Joy se adelantó y asintió con entusiasmo.

—Bruce me ha enseñado un local maravilloso al otro lado de la calle Montague que está cerca del paseo, de la Academia de Música de Brooklyn y del centro.

El paseo estaba en la otra punta de Brooklyn Heights. Era un camino largo, estrecho y arbolado a orillas del East River desde donde se divisaba la silueta espectacular del distrito financiero, en la parte baja de Manhattan, dominada en su día por las torres gemelas del World Trade Center.

Bruce asintió.

—La restaurantrificación sur de Brooklyn aún no ha llegado tan lejos, pero con el proyecto del nuevo estadio de los Nets y los apartamentos de lujo que están construyendo en las inmediaciones, esa zona va a mejorar. Conviene ser pionero y estar allí desde el principio.

—Genial —dije, con la sonrisa tensa aún dibujada.

Joy miró a Bruce. Se le veía en la cara que confiaba en él y que lo admiraba, igual que yo.

—Hemos parado a comer en un sitio estupendo de Carroll Gardens —añadió Joy—. Un sitio auténtico del barrio italiano. No había comido una ternera tan tierna desde la última vez que la preparaste, mamá.

—Cuando diseñé un proyecto de restauración en la calle Clinton —explicó Bruce—, los trabajadores me hablaron de un lugar llamado Nino's. ¡Menudo hallazgo! Una ternera al marsala que se deshace en la boca y el mejor brócoli al ajillo que he probado nunca. Pero el viernes es mi día favorito. Sirven marisco variado, incluyendo la mejor ensalada de caracola, calamar y pulpo de este lado de Sicilia. Estoy deseando llevarte a ti también, Clare.

Joy miró el reloj.

—Bueno, me tengo que ir —dijo—. Tengo una clase muy guay de menús especiales dentro de media hora. Hablaremos de comida kosher, vegetariana y sin lactosa. Y la instructora me ha escogido para formar parte de un equipo de estudiantes que la ayudarán a organizar un gran acto benéfico vegetariano mañana por la noche en el edificio Puck, así que no quiero meter la pata y llegar tarde a clase. Creerá que también llegaré tarde al *catering*, y eso sería totalmente falso porque nunca llego tarde.

—¿Quieres que te lleve? —se ofreció Bruce.

—No hace falta —dijo Joy—. Es como máximo un cuarto de hora a pie. No es mucho. Todavía me da tiempo a pedir un expreso para llevar.

—Enseguida —dijo Tucker, que trabajaba en silencio detrás del mostrador.

—¿Quieres tomar algo? —le pregunté a Bruce, casi sin voz.

—En realidad yo también tengo que irme —contestó—. Pero antes quería preguntarte una cosa.

Bruce me indicó que le siguiera por la cafetería hasta un rincón apartado. Los clientes del mediodía ya se habían dispersado, incluso Kira y Winnie se habían marchado hacía rato.

Nos sentamos en una de las mesas de mármol.

—Quería invitarte a cenar esta noche —dijo Bruce—. Sé que te aviso con poca antelación, pero es que acaban de cancelarme una reunión con la Oficina del Presidente del Distrito de Manhattan y se me ha ocurrido aprovechar el hueco que se me ha quedado libre. Ya sabes que desde hace tiempo intento encontrar una tarde para estar juntos y hoy es la primera vez que lo consigo.

Revisé mentalmente mi agenda social y, como de costumbre, estaba vacía. Aun así, no quise parecer demasiado ansiosa. Y luego, por supuesto, estaba el pequeño problema de mi amistad con un detective que se las había arreglado para que el nombre de Bruce Bowman apareciera en la lista de sospechosos de varios homicidios recientes.

Me dieron ganas de contárselo todo a Bruce, pero no me atreví. Nuestra relación aún era reciente y frágil. La confianza era importante. No se me ocurría ninguna forma de sacar el tema que no sonara sórdida y acusatoria, y que no le hiciera huir.

En cuanto a preocuparme por mi propia seguridad, era absurdo. No creía la teoría de Quinn sobre Bruce. Tampoco podía dejar que echara a perder mis posibilidades de establecer una relación más profunda con él.

Bruce era uno de los pocos hombres que me habían atraído desde que me divorcié y no estaba dispuesta a permitir que Mike Quinn pensara por mí.

Y allí estaba Bruce, el mismísimo sospechoso, sentado frente a mí en carne y hueso para que yo lo juzgara. Lo miré a la cara, a los ojos. No vi a un asesino. Solo vi a Bruce...

—¿Cuándo y dónde? —dije sonriendo por fin con convencimiento.

—¿En mi casa, a las siete y media?

—¿En tu casa? Creí que me dijiste que estaba hecha un desastre, que aún estaba en obras...

—He hecho un apaño. Algo acogedor. Ya verás... Y con el regreso de tu exmarido, tendremos más intimidad en Leroy.

¿Por qué no?, me pregunté. ¿No era más fácil que una mujer conociera a un hombre si veía su hogar? Y, quién sabe, tal vez así descubriera algo que lo eliminara de la lista de sospechosos. Solo ese pensamiento multiplicó por diez mi convicción.

Después de todo, ya había resuelto el asesinato de mi ayudante, Anabelle Hart, ¿no? Le gustara o no a Quinn, quizá había llegado el momento de que hubiera más de un detective en ese caso.

—Estoy deseándolo —le dije a Bruce, y lo dije de verdad.

CAPÍTULO CATORCE

U na hora después de que se pusiera el sol, el otoño del Village se transformó de repente en invierno y me regaló mi primera nevada neoyorquina en diez años. Los copos helados cubrían los adoquines, envolvían los tejados y se aferraban a los majestuosos árboles desnudos.

A pesar de lo mucho que me apetecía ver a Bruce, no me di prisa al bajar por Hudson. A la mañana o a la tarde siguiente, la temperatura volvería a subir y todo aquello se derretiría. Esa noche, mientras tuviera la oportunidad, quería tomarme mi tiempo para disfrutar del encanto radiante de las farolas que brillaban a través de una capa de encaje traslúcido.

Dicen que el tiempo se ralentiza para la gente en esta parte de la ciudad. El ritmo es más pausado y los objetivos más amables que en las torres comerciales del centro. Sin embargo, en una tarde crepuscular como aquella, con un espeso manto blanco que silenciaba los sonidos del tráfico, las sirenas de las ambulancias y los teléfonos móviles, el tiempo no se ralentizaba, sino que se detenía por completo. Había dejado de estar en el Manhattan del siglo XXI; con las nubes bajas y espectrales que borraban la parte alta de los rascacielos, acababa de sumergirme en una obra de Henry James o Edith Wharton.

Mis botas crujían con cada paso mientras respiraba un aire fresco y limpio, y disfrutaba de la quietud íntima de las calles, del silencio que reinaba a mi alrededor. Los bajos edificios adosados de los siglos XVIII y XIX parecían casas de muñecas esperando bajo un árbol de Navidad, dulces como el pan de jengibre, y la nieve, una última capa de azúcar en polvo sobre los dulces delicados.

Giré hacia St. Luke's Place, una de las calles más deseadas del Village. Con una longitud que no superaba los tres cuartos de manzana, daba sensación de amplitud y ligereza gracias a una hilera de quince casas adosadas de estilo italiano bien conservadas bordeadas por decenas de ginkgos altos. Las casas, que daban a un pequeño parque, estaban apartadas de la ancha acera por unas escaleras de piedra rojiza con barandillas de hierro forjado, y sus puertas arqueadas estaban coronadas con molduras triangulares.

Era noviembre, aún pronto para los villancicos, pero dada la conservación de los detalles históricos en ese tramo de calle, me pareció oír un coro de chicas que cantaba en la esquina, me pareció ver sus botas altas y abotonadas, sus faldas largas y sus gruesos abrigos de terciopelo con manguitos de piel a juego.

Cuando St. Luke's Place se curvó y giró hacia la calle Leroy, donde vivía Bruce, todo cambió de manera drástica, al igual que yo. Al cabo de pocos pasos, ya no estaba en el distrito histórico oficial. Esa zona concreta del West Village no se consideraba protegida.

Las demoliciones, alteraciones o nuevas construcciones podían acometerse dentro de la legalidad a capricho del propietario.

La Sociedad de Conservación Histórica de Greenwich Village, fundada en 1980 para salvaguardar el patrimonio arquitectónico y la historia cultural del barrio, trabajaba para cambiar la situación y ampliar la protección del distrito histórico. Mi paso se ralentizó a medida que me acercaba a la dirección que Bruce me había dado. La casa era de un estilo federal encantador, con dos plantas sobre el nivel del suelo rematadas por unas ventanas abuhardilladas que indicaban la existencia de un ático habitable. Las ventanas del sótano también quedaban visibles bajo el corto tramo de escalones con barandilla que conducía al pequeño pórtico y a la puerta verde de la entrada. A la izquierda, al mismo nivel de la calle, había una pequeña puerta rústica de madera tosca, y justo encima de ella, una ventanita.

—La entrada para los caballos —murmuré en voz alta, viendo cómo mi cálido aliento creaba una nube gris perla en el aire helado.

Era un elemento que no se veía con demasiada frecuencia, pero la casa era de un estilo federal arquetípico, tal y como me había explicado Bruce. La entrada para los caballos era tan solo una puerta secundaria que daba acceso a un patio trasero que en el siglo xix habría albergado un establo o incluso una segunda casa.

Era evidente que se trataba de una propiedad escogida y, aunque estaba fuera de los límites históricos, parecía merecer el estatus de edificio protegido.

No sé cuánto tiempo estuve mirando la nieve caer sobre el edificio mientras disfrutaba de la refinada sencillez de sus líneas, de la elegancia de sus ladrillos descoloridos y sus ventanas de marco blanco recién pintadas, y casi vislumbré cómo se convertía en un hogar: los alféizares amplios con un macetero en verano y una vela en invierno, la guirnalda en la puerta por Navidad.

De repente, los farolillos metálicos que flanqueaban la entrada de la casa se encendieron y la puerta verde se abrió. La luz del interior dibujó la figura de un hombre en el umbral. La silueta oscura avanzó y se asomó a la acera desde el pórtico por encima de mí.

—¿Joy? —llamó Bruce con claridad—. ¿Eres tú?

—Soy yo —respondí.

Su error era comprensible, dado mi atuendo: el mismo chaquetón acolchado de color amarillo chillón con rayas negras que le había visto a Joy por la mañana. Incluso llevaba la capucha puesta.

—Ah, menos mal —dijo Bruce al oír mi voz.

Dio un paso adelante y bajó los escalones cubiertos de nieve. Lo vi con más claridad. Llevaba unos vaqueros desteñidos, un suéter negro de ochos con cuello redondo y botas de trabajo con puntera reforzada. Dios, qué guapo estaba.

Se detuvo frente a mí.

—Por un momento pensé que había pasado algo y que habías enviado a Joy para informarme —me dijo en voz baja—. ¿Y ese chaquetón de abeja embarazada?

Me encogí de hombros.

—Es que me he hartado de lloriqueos; no hay infierno peor que tener al lado a una hija quejándose de no ir la moda, conque le he cambiado su abrigo por el mío.

Sonrió.

—Y a ti te da igual no ir a la moda, ¿es eso?

—Es un abrigo muy calentito, gracias. Y no es tan ridículo, ¿verdad?

—Si te gusta la miel, no.

—En ese caso, no me dejas elección. —Me agaché, recogí un puñado de nieve húmeda e hice una gran bola.

Bruce cruzó los brazos sobre el jersey negro y levantó una ceja.

—No estarás pensando en tirarme eso.

—Tú qué crees.

—Una guerra de bolas de nieve es un paso serio, señora Cosi.

—Tú haz otra broma sobre este abrigo. Avisado estás.

—Antes déjame ver tu aguijón.

Me preparé para el lanzamiento.

—Tienes tres segundos.

Bruce se dio la vuelta y subió las escaleras. Tiré la bola y le di justo en la nuca.

—¡Ay! ¡Joder, qué frío!

Me reí y subí los escalones hasta él.

—Nunca subestimes la habilidad de una exjugadora de béisbol para dar en el blanco.

Él también se reía, aunque con un aire enigmático que no logré descifrar.

—Pasa, anda... Y quítate ese equipamiento polar —dijo.

Me bajé la cremallera y me quité la capucha mientras él cerraba la puerta. Entonces, desde detrás, me atacó. No lo vi venir. Me restregó la bola helada primero por la mejilla y luego la introdujo por la espalda de mi jersey.

—¡Cabrón! ¡Ahhhh! ¡Qué frío!

—Sí que está frío, te aseguro que lo sé —dijo con una carcajada mientras yo saltaba por el vestíbulo.

—¿Cómo mierda has conseguido la nieve? —pregunté.

—La he recogido de la barandilla antes de entrar. Nunca subestimes a un hombre que sabe improvisar.

Conseguí quitarme el abrigo y levantarme el jersey para sacar la bola medio derretida. Bruce seguía riéndose, hasta que se fijó en lo que llevaba debajo del chaquetón amarillo. De repente, dejó de reírse.

Hacía años que no me ponía esa ropa. La faldita roja de lana escocesa tenía un dobladillo para que me llegara por mitad del muslo. (Era más larga que la de las bailarinas de Britney Spears, espero, pero lo bastante corta para enseñar algo de pierna). Leotardos negros de canalé, botas negras de cuero hasta la rodilla y un suéter ajustado con botones de perlas y un atrevido escote para completar el sugestivo (hay que reconocerlo) conjunto.

Ser menuda a veces me parecía una desventaja en una ciudad llena de modelos amazónicas y bailarinas altas y esbeltas. Aunque Matt me dijo una vez que a la mayoría de los hombres les daba igual la altura. Lo que buscaban era una figura bien formada, y mi pequeña estatura y cintura delgada parecían resaltar el tamaño de mi pecho, que, pese a todo, no era en absoluto pequeño. Cuando quería, me resultaba sencillo ocultar mi figura bajo blusas grandes y camisetas anchas. Pero esa noche, con Bruce, no quería esconderme. Entonces más que nunca necesitaba saber lo que de verdad sentía por mí.

Con una breve y ardiente mirada de atracción sincera, Bruce aniquiló cualquier posible conjetura. Ya no necesitaba preguntarme si se fijaría en mi cuerpo o si le gustaría, si de verdad se sentía atraído físicamente por mí. Una mirada abrasadora lo dijo todo.

—Vestida para matar —dijo con voz ronca.

Mierda. ¿Por qué tuvo que usar esa palabra? Durante el paseo, había intentado olvidar mis inquietudes, el opresivo sentimiento de culpa por haber hablado más de la cuenta delante de Quinn. Solo podía pensar en la lista de sospechosos y en cómo sacar a Bruce de ella.

—¿Clare? ¿Qué te pasa? ¿Te encuentras bien?

—Claro. Yo... Eh... —Me llevé las manos a las mejillas, que sabía que acababan de palidecer—. Tengo un poco de frío por la caminata, eso es todo.

—Déjame calentarte entonces. —Sonrió, me rodeó la cintura con la mano y me llevó por el pasillo.

Saltaba a la vista que aún estaban reformando el interior. Había telas, escaleras y materiales de construcción por todas partes. Al fondo, más allá de las escaleras que conducían a la segunda planta, vislumbré una parte de la cocina y vi que estaba patas arriba, con papel pintado viejo y desconchado y azulejos sucios. Me guio por una puerta a la derecha que conducía a una sala larga y rectangular. La habitación no tenía muebles, pero era evidente que estaba acabada. El extenso suelo de parqué estaba bien pulido, las paredes y las molduras restauradas con esmero y la joya de la corona era la chimenea.

—Solo tengo muebles en el dormitorio principal de arriba —explicó—. Así que pensé que podríamos hacer un pequeño pícnic de invierno aquí.

—Es precioso —dije de corazón. Había colocado un grueso futón en el suelo frente al fuego. Encima, unos almohadones de terciopelo bordado se amontonaban en forma de media luna. Me sentó en aquel arco de cojines, me rodeó los hombros con una suave manta de chenilla y empezó a frotarme.

—¿Ya has entrado en calor?

Con la mirada fija en el fuego, puse una mano sobre la suya para que parara.

—Sí.

En ese instante supe que, si levantaba la vista y lo miraba a los ojos, me besaría. Y si me besaba, pasarían más cosas.

No es que no quisiera acercarme físicamente a Bruce. Claro que quería. Pero por mi tranquilidad, tenía que apartarlo y encontrar la manera de interrogarlo acerca de las mujeres con las que había salido. No iba a ser fácil hacerlo sin admitir el motivo, pero tenía que intentarlo. Soltar un «Por cierto, ¿sabías que eres sospechoso en una investigación de asesinato?» no iba a servir para que se abriera ante mí. También podría tratar de explicárselo todo, pero un «De verdad que no pretendía inculparte al hablar con mi amigo detective» tampoco inspiraría mucha confianza.

—Estoy bien —le dije envarada—. Ya puedes parar.

Noté la incomodidad del momento, pero Bruce hizo todo lo posible por respetar mis señales. De mala gana, retiró las manos y se acercó a una cesta cubierta que se calentaba junto a la chimenea.

—Seguro que tienes hambre —dijo para suavizar lo que estoy segura de que sintió como un ligero rechazo—. Y tengo una sorpresa especial para ti.

¿Una sorpresa especial? ¿Como la sorpresa especial de Inga Berg en la azotea?, pensé de repente.

Cerré los ojos. Dios, quería estrangular a Quinn. Por su culpa, sabía demasiado..., pero no lo suficiente. Y eso me estaba matando.

—En realidad, quizá la cena pueda esperar —dije—. Me muero por visitar esta casa.

—¿En serio? Es un lío tremendo.

—No me importa. Me encantan estos sitios antiguos. Antes me quedé admirando tu fachada, ¿sabes?, por eso estuve tanto tiempo ahí fuera, en la nieve.

—Gracias. —Arqueó una ceja—. Por admirar mi fachada.

Me reí.

—Eres tremendo.

—Lo sé.

—Bueno, de todos modos, tenías razón en que se trata de un estilo federal arquetípico.

—Sí. Cuesta creerlo, pero quedan unas trescientas casas federales en el bajo Manhattan.

—¿Trescientas?

—No todas están en perfectas condiciones, algunas han quedado casi irreconocibles. Pero muchas mantienen su integridad.

—Has trabajado con la sociedad de conservación, supongo.

—Sí, funcionan bien. En el caso de este edificio, ya han terminado la investigación, la documentación y las solicitudes oficiales correspondientes. Lo más probable es que la Comisión de Preservación de Monumentos de Nueva York esté de acuerdo y le conceda la categoría de monumento histórico. Lo que más me preocupa, y también a la Sociedad de Conservación Histórica de Greenwich Village, es que más de la mitad de las trescientas casas federales adosadas no tienen ningún tipo de protección. El resto, o bien se encuentran dentro de los límites del distrito histórico oficial, o bien han sido declaradas monumento histórico de manera individual.

—¿Más de la mitad está en peligro? ¡No puede ser!

—Podrían desaparecer en cualquier momento. —Bruce apartó la mirada, disgustado—. Una pena.

—¿Sabes en qué año se construyó esta?

—En 1830. Conoces la historia, ¿verdad?

Asentí. En aquella época, la gente que residía en los enclaves coloniales abarrotados, cerca de los puertos del bajo Manhattan, quiso escapar de los brotes frecuentes de enfermedades, como el cólera y la fiebre amarilla, por eso se trasladó a esta zona. El Village estaba solo tres kilómetros al norte, pero era un mundo muy diferente, bucólico, con aire fresco y con espacio, y empezaron a construir.

—Estas casitas adosadas eran una vía de escape, ¿no? —dije.

Bruce miró a su alrededor de un modo un poco críptico.

—Para mí lo ha sido.

El comentario me pareció muy significativo.

—¿Y eso?

Me sostuvo la mirada un momento, como si se debatiera entre hablar de lo que tenía en mente o no. Pero, en lugar de eso, se encogió de hombros.

—Entonces..., ¿qué te parece esta sala?

Le sostuve la mirada. Estaba cambiando de tema. Ambos lo sabíamos. De momento, lo dejé pasar. De momento.

—La obra de restauración es fantástica —respondí—. En especial la repisa de la chimenea. ¿Es de mármol?

—No. Es madera, tratada para que parezca mármol.

Me levanté, me acerqué a la chimenea y pasé la mano por el acabado liso, que era de un color poco frecuente, una especie de dorado teñido de naranja y mezclado con un amarillo intenso que daba la impresión de mármol esculpido.

—Extraordinario. ¿Y dices que esto es federal auténtico?

—Por supuesto. A los diseñadores de la época federal les gustaba introducir colores claros y vivos en sus espacios. Ese color es auténtico y la técnica también. Aunque resulte extraño, les gustaba jugar así con la madera, para darle el aspecto de la piedra, el mármol o incluso de otro tipo de madera.

—Es precioso.

—Gracias, Clare.

—Bueno, ¿empezamos con la visita guiada?

Comenzó explicándome que, cuando compró la casa, en vez de la gran sala de estar había dos habitaciones. Derribó el tabique porque, aunque el plano federal original de la casa contemplaba un salón delantero y otro trasero, ambos estaban separados por una puerta corredera que podía abrirse para convertirlos en un solo espacio.

Echamos un vistazo a la cocina, que estaba hecha un desastre, y me reí al ver que los dos únicos electrodomésticos nuevos y con posibilidad de funcionar eran un pequeño frigorífico de tamaño de oficina y una cafetera para preparar expresos y capuchinos.

—Me gustan tus prioridades —dije mientras me acercaba a la gran máquina—. Y es una Pavoni. Buen gusto.

—Si te soy sincero, fue un regalo de un cliente. Aún no he averiguado cómo funciona. No he tenido tiempo de leer las instrucciones, ¿sabes? Pero he comprado una bolsa de vuestra mezcla de café expreso y tengo leche entera en esa neverita.

Sonreí.

—Lo prepararé después de cenar y te daré un cursillo rápido. ¿Te parece?

—No tienes por qué hacerlo.

—Es mi trabajo, colega. Deja que me pavonee.

—Entonces, deja que yo me pavonee también, ¿vale?

Asentí y me cogió de la mano. En las escaleras, me dijo que el tercer piso era el ático, que antes se utilizaba como cuarto de servicio.

—Ahora mismo, esas habitaciones son bastante austeras y no tienen más que botes de pintura y materiales de construcción, así que las pasaremos por alto. Pero creo que la segunda planta te va a gustar.

La segunda planta tenía dos dormitorios. El más pequeño era obviamente una foto del «antes», con la pared desconchada, el techo manchado, las molduras rotas y una horrible alfombra rosa, posiblemente de los años setenta, sobre el suelo de madera.

—Buffff...

—¿Qué significa eso? ¿Que tengo mucho trabajo por delante?

—Sí. Esa es la definición técnica de «buffff».

El dormitorio principal, sin embargo, estaba lejos de ser un buffff. De hecho, lo había restaurado con la misma belleza que el salón de abajo. Había destapado la vieja chimenea, pulido y abrillantado el suelo de parqué, restaurado el techo y las molduras, e incluso había empezado a amueblar la habitación con una cama de cuatro postes y dos cómodas a juego. Me fijé en que en un rincón había un espacio de trabajo con una mesa de dibujo y estanterías llenas de libros y planos. Apoyado en uno de los estantes había un mapa del Village y del Soho cubierto de flechas y pequeños círculos de colores.

Me acerqué con curiosidad.

—¿Qué son estas flechas?

—Las verdes indican la dirección del tráfico. Los círculos rojos, azules y amarillos indican los horarios de recogida de basura: tres veces a la semana en Manhattan y dos en los barrios.

—¿Recogida de basura? —repetí tratando de no imaginar las piernas de Sahara McNeil asomando por debajo de un camión de la basura de diez toneladas—. ¿Para qué necesitas esa información?

—Esos camiones son tan grandes que pueden detener el tráfico. Si mi equipo tiene que realizar obras en el exterior o necesita sacar y meter material en un edificio en particular, es mejor hacerlo en un día en el que no tengamos que preocuparnos por los horarios de recogida de basuras; sabemos que fluctúan desde primera hora de la mañana hasta después del anochecer.

Parecía una respuesta razonable. Quinn no podría reprochárselo. Me dieron ganas de preguntarle por Sahara, pero pensé que sería mejor esperar, dado que su muerte había ocurrido esa misma mañana.

Me acerqué a su estantería y ojeé los lomos.

—Oh, veo que tienes un libro grande sobre las estaciones de metro de Nueva York.

Asintió.

—Soy fan de ese proyecto de restauración. Fue enorme. Un trabajo de mosaico magnífico.

—¿Has estado en la estación de Union Square? —le pregunté de la manera más informal que pude.

—Claro.

—¿No es allí donde esa pobre mujer se tiró a principios de mes? Lo observé con atención. Apartó la mirada sin expresión alguna.

—Sí. Y siento decir que conocía a Valerie. Así se llamaba. Valerie Lathem.

—Lo siento. ¿Erais muy amigos?

—Salimos durante un par de semanas, pero decidimos de mutuo acuerdo que no estábamos hechos el uno para el otro y que seguiríamos siendo amigos. Ella me reservaba los viajes. Trabajaba en una agencia.

—Lo siento, Bruce.

—Fue horrible leer en los periódicos lo que pasó. Me sentí fatal por su familia.

—¿Estaba... deprimida... o algo así cuando rompisteis?

—No, en absoluto. De hecho, llegó a sugerirme que me registrara en la página de citas donde ella estaba, SolterosNY.

Parpadeé sorprendida. ¿Valerie Lathem había enviado a Bruce a SolterosNY? Así debió de conocer a Inga. Archivé ese dato.

—Ella lo tenía todo en la vida —continuó Bruce—. No sé por qué... hizo aquello.

Asentí.

—¿Crees que es posible que no fuera un suicidio?

—¿Qué quieres decir? ¿Que fuera un accidente?

—U otra cosa... ¿Podría alguien haber querido hacerle daño?

Bruce arrugó el ceño.

—¿Por qué dices eso?

—Eh... Pues... no sé... Supongo que tal vez no tenga sentido. Una mujer joven, recién ascendida, guapa...

—Todo eso es verdad, pero para ser sincero no creo que tuviera el tipo de personalidad que hace que quieran empujarla a las vías del metro. Tampoco era una fiestera..., aunque sí un poco ingenua. Lamento decir algo negativo sobre ella, pero si pretendes sonsacarme por qué decidimos separarnos, tuvo que ver con el hecho de que su trabajo terminaba a las cinco y el mío nunca terminaba. Tú sabes lo que es llevar un negocio, ¿verdad?

—Claro que sí.

—Bueno, pues ella no lo sabía. Quería un tipo que la acompañara todas las tardes a la hora feliz del bar de enfrente. Un tipo que pudiera cogerse un vuelo de bajo coste en cualquier momento para irse a una isla. Yo no era ese tipo.

Lo observé con atención mientras hablaba. No parecía enfadado, culpable ni perturbado, sino más bien melancólico. Tampoco parecía muy evasivo.

Vale, pensé, una menos, quedan dos. (También tenía intención de hablar con él de la única ocasión en que sí me había parecido evasivo, cuando mencionó que esa casa era «una vía de escape»).

Me fijé en un secreter de roble junto a la mesa de dibujo. Tenía una tapa de persiana que estaba bajada.

—Gracias por hablarme de Valerie —le dije—. Me gusta saber más cosas de ti.

Bruce asintió.

—Lo mismo digo.

Me acerqué al secreter.

—Es una bonita pieza.

—Gracias. Por desgracia, la persiana se atasca a veces, pero me gusta cómo queda. Dentro guardo el portátil.

—¿Un ordenador?

La voz del detective Mike Quinn retumbó de repente en mi cabeza: *La persona que escribió la nota para Inga usó una Hewlett Packard DeskJet 840C. Una pequeña impresora de ordenador. Modelo 840C...*

Carraspeé.

—¿Y tienes impresora?

—¿Para el ordenador? Sí, claro. Pero la impresora que está ahí dentro no es nada del otro mundo, solo un trasto que utilizo para la correspondencia personal. Ya sé lo que quieres... Te gustaría ver cómo diseño digitalmente, ¿es eso?

—Eh... Claro.

—Bueno, dentro de unas semanas te enseñaré algunos de los programas que uso, que son fantásticos. Pero de momento todo mi equipo de trabajo está en un almacén mientras traslado las oficinas desde Westchester a Chelsea. Esta noche, me temo que eso no formará parte de tu visita guiada por la casa federal.

Bruce me agarró la mano y me sacó de la habitación.

—Vamos, la cena se va a enfriar. Seguro que ya tienes hambre.

—Claro —dije, y permití que me llevara de vuelta abajo.

¿Qué otra cosa iba a hacer? No podía obligarlo a que me enseñara la impresora de su ordenador. Tendría que encontrar otra forma de volver al dormitorio de Bruce Bowman.

CAPÍTULO QUINCE

P ero para mí el divorcio no fue tan desagradable como los últimos años de matrimonio, ¿sabes a lo que me refiero? —preguntó Bruce.

Asentí mientras me tragaba un suculento bocado de lomo de cerdo.

—Lo sé.

Estábamos terminando una cena increíble de ensalada de hinojo a la plancha, lunas de calabaza (pequeños raviolis en forma de luna con mantequilla) y lomo de cerdo *alla porchetta* con mirto (que le daba al plato un toque herbal delicioso y sorprendente).

Bruce había recogido la cesta en Babbo, el restaurante de Washington Square donde había reservado mesa la noche en que al final preparé yo la cena. Como restaurante caro y célebre, Babbo no era el típico sitio de comida para llevar, pero al parecer Bruce había asesorado a los propietarios en algunos trabajos de restauración y ellos siempre lo habían tratado bien.

—¿Te ha causado problemas tu ex esta semana? —preguntó.

—No. Cuando Matt está en la ciudad (algo que de un tiempo a esta parte no es tan frecuente), nos mantenemos alejados el uno del otro. Siento decir que la noche en que viniste a cenar fue la excepción.

—Qué desastre. —Bruce se rio—. Debo decirte que esa es la única razón por la que estamos bebiendo el mismo vino. Por regla general, no soy tan aburrido como para sacar dos botellas de Echezeaux en la misma semana. Pero como parecías tan entusiasmada antes de que Matt apareciera...

—...y él fue tan maleducado al beberse la botella casi entera...

—No pensaba mencionar eso.

—Pues menciónalo, no te cortes. Tengo archivado un repertorio con todos los defectos de Matt.

Bruce sonrió.

—Ese comentario tiene miga, ¿sabes? Porque eso implica que ya habrás empezando a elaborar el mío.

—¿Tu repertorio? Sí, claro. A ver..., eres demasiado considerado y generoso. Odio eso en los hombres. Y también eres demasiado bueno con mi hija. Eres demasiado trabajador, divertido, inteligente y talentoso..., sin olvidar que tienes demasiado buen gusto, por no mencionar esa fachada... extraordinaria. —Era mi turno para levantar la ceja. (Y guardarme lo de sospechoso de asesinato, claro).

—Sabes, Clare, adulándome conseguirás lo que te propongas.

Me puso una mano en la nuca y me acercó a él con suavidad. Le dejé. Aquel vino tan increíble me había relajado y él estaba demasiado guapo con su jersey negro de ochos como para no probar. Su boca era cálida y suave y olía al mirto de la carne y a la sutil y sofisticada mezcla de moras, violetas y café del Grand Cru de Borgoña.

—Hummm... —dijo cuando nos separamos—. Con cuerpo, elegancia y complejidad...

—¿El vino?

Me miró a los ojos.

—Tú.

Oh, no..., no, no, no. No podía dejar que me hiciera eso. Aún no había terminado el interrogatorio (por poco ortodoxo que fuera) y debía andarme con cuidado para no perder la cabeza...

—¿Me estás diciendo que mi acuerdo con Matt no te incomoda? —pregunté mientras me alejaba un poco más.

—No —contestó inclinándose un poco más hacia mí.

Me eché hacia atrás.

—¿Por qué no? —insistí, con curiosidad.

Lanzó un suspiro apenas perceptible, un suspiro sutil de frustración por lo que debió de parecerle el segundo rechazo de la noche. Se encogió de hombros.

—Porque yo también veo a mi ex por aquí, igual que tú ves a Matt.

—Entonces, ¿está en la ciudad? ¿Vive en Nueva York?

(«¿Está viva?», es lo que en realidad le estaba preguntando, porque, si la teoría de Quinn era cierta y la ira de Bruce estallaba con episodios violentos, lo más probable es que se hubiera manifestado primero con su mujer).

—Sí, sí, está por aquí. Y siento decirte que la he visto en el Blend. Es probable que la conozcas pronto, aunque ojalá sea lo más tarde posible. Puedo entender que haya venido a la ciudad. La casa de Westchester era enorme. Demasiado mantenimiento: campos, pistas de tenis..., pero yo al menos no comparto espacio con ella.

—¿A eso te referías cuando dijiste que esta casa es una fuga?

Bruce cambió de postura.

—Sí, es una fuga... de ella..., del matrimonio fallido... y, en definitiva..., de mi pasado, sí.

«¿Mi pasado?». ¿Qué quería decir exactamente con eso?

Bruce sirvió más vino para los dos.

—Entonces, ¿me estás diciendo que Matt es muy terco? ¿No renunciará a sus derechos sobre el dúplex?

—No..., pero yo tampoco.

—¿Y Joy es igual de testaruda?

—Siempre digo que lo heredó de su padre. Pero sé que yo también lo soy.

—Gracias por la advertencia.

—Venga ya, ¿tú no?

—Sí, puedo ser testarudo, supongo... Lo fui en el divorcio.

—¿Respecto a qué?

—Cuando Maxi y yo nos mudamos al este, hace diez años, ella puso el dinero para la casa de Westchester, pero yo aporté una década de trabajo. Nos repartimos los beneficios de la venta después de una pelea larga y desagradable en los tribunales. Ella estaba decidida a quedarse con todo, pero yo también me obstiné. Mi sudor había duplicado con creces el valor de la propiedad. El juez lo admitió, aunque el estado de Nueva York no contemple los bienes gananciales por defecto. Ella esgrimió todos los argumentos posibles, pero el juez dividió por la mitad. Ella sigue afirmando que no merezco ni un centavo.

—¿Ella puso todo el dinero al principio?

—Sí... Para ser sincero, Clare, hace diez años, antes de montar mi propia empresa, no tenía pasta. ¿Recuerdas que te conté que crecí en Napa?

—Claro.

Durante las visitas al Blend de esa semana, Bruce me había contado algunas generalidades sobre su pasado. Resultaba sorprendente que tuviéramos tanto en común. Como yo, se había criado con sus abuelos. También como yo, había crecido sin mucho dinero, lo que hacía que su aprecio por las cosas buenas resultara aún más conmovedor. Yo sentía lo mismo, la verdad. Siempre me quedaba sorprendida cuando conocía a gente del círculo social de Madame. Algunos de sus amigos eran ricos de toda la vida, otros desde hacía poco, pero para muchos (no para todos, pero sí para muchos) las cosas buenas eran solo una cuestión de privilegio o prestigio. El aprecio por la historia y el arte distaba mucho de ser un requisito previo para poseer un objeto. Yo no lo sentía así. Y era obvio que Bruce tampoco.

En cualquier caso, Bruce me había contado que fue su abuelo quien le proporcionó, a una edad temprana, los conocimientos básicos de carpintería, fontanería y habilidades generales propias del programa televisivo *This Old House*. Gracias a eso empezó a trabajar en la construcción, luego en la restauración y, por último, en la arquitectura.

—Bueno… —dijo Bruce despacio—, lo que no te he contado es que mi abuelo trabajaba como empleado de mantenimiento en una finca del valle de Napa. Allí es donde crecí, en la propia finca, que era de la familia de Maxi. Cuando ella y yo empezamos a salir, a su familia no le gustó. Pero Maxi estaba acostumbrada a hacer lo que le daba la gana. Es muy lista, pero fue incapaz de forjarse una carrera profesional, no trataba bien a los demás, ya sabes, la despedían de todos los trabajos y sus novios adinerados acababan dejándola.

—Parece una joya.

—En muchos sentidos, lo es. Maxi es muy guapa. Brillante. Rica. Es una persona fantástica cuando quiere. Y, por diversas razones, muchos hombres le dieron múltiples oportunidades, pero era una princesa y no soportaban sus juegos. Conque, cuando el último prometido rompió con ella, volvió a casa de sus padres. Ella tenía treinta y dos años y mucho mundo, y yo apenas veinticuatro y, en muchos aspectos, no era más que un chaval estúpido e ingenuo. Nos enamoramos y nos fugamos. Yo era demasiado joven como para darme cuenta de que me estaba utilizando para fastidiar a una familia que, según ella, pretendía dominarla.

—¿Y era así?

—No. Si echo la vista atrás, su familia solo quería que se centrara, pero a ella le parecían unos controladores, cuando en realidad era ella quien controlaba... Tardé muchos años en ver las cosas con claridad. Es difícil tener perspectiva cuando eres un ignorante de veintitantos años, ¿sabes?

—No creo que fueras un ignorante, Bruce. Eras joven, nada más. —Yo sabía muy bien que abrir los ojos para ver la realidad era lo más difícil en un mal matrimonio. La crudeza de su sinceridad me impresionó—. Entonces..., ¿te costó mucho asumirlo?

—Tardé mucho tiempo en entender cómo me veía Maxi, si es a lo que te refieres, o, mejor dicho, en cómo quería seguir viéndome. Fue su padre quien decidió que, como Maxi no era capaz de usar sus estudios para nada constructivo y él era incapaz de convertirla en alguien, lo intentaría conmigo.

—¿Te ayudaron?

—Sí, me pagaron los estudios y me ayudaron a participar en algunos proyectos prestigiosos. Fui obediente y agradecido, y aguanté con Maxi mucho tiempo, incluso después de que la convivencia con ella se volviera muy difícil, muy perniciosa. Yo estaba cambiando, y eso a ella no le gustaba. Yo quería mejorar la situación y pensé que si me mudaba al Este lo conseguiría. Quería dejar huella, montar mi propio negocio, y pensé que, si lo hacía, si nos alejábamos de su familia, podría demostrarme algo a mí mismo, demostrárselo a ellos... y a ella. Y eso hice. Construí mi propia empresa, dupliqué el valor de la propiedad que Maxi había comprado, como ya te he dicho...

—Pero ¿aún te sientes culpable? —Se le notaba en la voz—. ¿Todavía sientes que les debes algo a tu ex y a su familia?

—Sí, en parte sí, supongo..., pero en parte no; me siento utilizado, Clare. Pasé muchos años con una mujer que me hizo sentir que no era nada, que no era digno de ella. Maxi es guapa, como te decía. Es rica, es culta. Me enseñó mucho. Y yo la quería de verdad. Pero también me hizo creer durante mucho tiempo que era un inútil. Y un día, dejé de creerlo.

—Es que eso funciona así. Un día, de repente, abres los ojos.

—Como ves, esa es la razón por la que no siento que Matt sea una amenaza. Maxi y yo evolucionamos. Soy una persona diferente de la que era cuando nos conocimos. Creo que ella aún es incapaz de aceptarlo, pero es así. Y sé que tú también tendrías tus razones para divorciarte. Por eso no me siento amenazado por Matt. ¿Lo entiendes?

—Sí, lo entiendo..., lo entiendo... —dije despacio, pero mis sentimientos no eran tan claros como parecían los suyos.

Jamás lo admitiría en voz alta, pero en el fondo no había perdido todo el afecto por mi exmarido. Matt seguía siendo mi socio..., el padre de mi hija... y un amigo. La realidad era que no quería que mi ex se apartara de mi vida tanto como la ex de Bruce de la suya.

Me descubrí mirando fijamente las llamas del fuego.

—¿Clare?

—Lo siento. Estaba... eh... pensando en...

La investigación —me dije—. *Sigue, Clare, deja que siga hablando.*

—... en la mujer con la que saliste del Blend la semana pasada. Después de la Conexión Capuchino. Joy mencionó que la conocías de la universidad o algo así.

—Sí —confirmó con un movimiento de cabeza—. Se llama Sally McNeil. Una loca. En la universidad, se cambió el nombre por Sahara porque sonaba más exótico. —Se echó a reír—. La conozco de aquella época, eso es todo. Llevábamos años sin hablar, desde que Maxi y yo nos mudamos al Este. Esa noche nos tomamos unas copas en un bar y la acompañé a casa. Supongo que seguiré en contacto con ella, para serte sincero, pero solo como amigo.

¿Por qué habla de ella en presente? La han asesinado esta mañana..., a menos que él no sepa que ha muerto... Dios mío... No lo sabe...

—Anoche me mandó por correo electrónico los números de teléfono de un par de viejos amigos a quienes hace años que no veo. Ambos salieron con ella, uno detrás de otro. La verdad, nunca lo entendí. Es una farsante del arte. Bastante superficial también. No es mi tipo para nada... ¿Sabes por qué?

—No.

Sonrió.

—Porque mi tipo eres tú.

Bruce se inclinó hacia mí. Yo me eché hacia atrás.

—¿Y qué me dices de otras mujeres? Ya has mencionado a Valerie Lathem, que no funcionó..., pero también me has dicho que probaste las citas por internet.

Bruce se rio.

—¿En serio me vas a hacer el tercer grado?

—Sí.

—Vale. De acuerdo. Para mí, las páginas de citas fueron un auténtico desastre. Me equivoqué al meterme en eso, ya está.

—¿A cuántas mujeres conociste?

—Unas seis o siete. Diez como mucho.

—¿Te llamó la atención alguna en particular?

—Si eso es una manera fina de preguntar si me acosté con alguna..., sí. Con una de ellas.

Dios mío. No sabía si quería oírlo, pero no era yo quien se lo preguntaba, sino Quinn...

—Dímelo. Quiero saberlo. ¿Quién era? ¿Tomaste precauciones?

—Pues claro que tomé precauciones... y se llama Inga Berg. Vive en uno de esos edificios nuevos que hay junto al río. Antes la veía en el Blend, aunque en los últimos tiempos no y, la verdad, me alegraría no verla más.

Me di cuenta de que Bruce hablaba en presente. Hablaba de Inga como si siguiera viva. Como en el caso de Sally McNeil, no parecía haberse enterado de su muerte. En realidad, no era tan difícil de creer, ya que la noticia de la caída de Inga no había ocupado las portadas de los periódicos, como pasó con la de Valerie. Teniendo en cuenta la cantidad de crímenes y muertes que había en la ciudad, la de Inga solo era una más. Apareció en un par de noticias breves en prensa, ya está. Si no leías el periódico a diario, era muy probable que no te hubieras enterado.

—¿Quieres que te diga sin rodeos lo que pienso de ella? Vas a creer que soy un cerdo, pero me pareció... —Suspiró—. Desechable.

—No está bien decir eso, Bruce.

Sobre todo cuando Quinn te interrogue mañana o pasado, o cuando tenga suficiente información como para obligarte a «confesar».

—Lo siento, pero Inga Berg es una psicópata. Es atractiva, eso seguro, pero en menos de dos semanas hizo que me arrepintiera de haberme liado con ella.

—¿Así que te acostaste con ella?

—No fue acostarse exactamente.

El todoterreno no. Por favor, el todoterreno no.

—Quiero saberlo.

Bruce suspiró, no muy feliz.

—Tú lo que quieres es que destroce el ambiente romántico de esta velada, ¿no?

—Es que... Solo necesito saber...

—Bien, quieres saberlo todo, soy un tío abierto, quiero que confíes en mí, así que te lo contaré todo. Inga quería que nos acostáramos desde el principio. Quería hacerlo en su nuevo todoterreno en la azotea del edificio, pero le dije que no. Acabamos contra la pared del salón de su apartamento la primera noche. Después quiso hacerlo en lugares públicos, pero yo la disuadí.

»Durante la última noche juntos, se quitó las bragas en la cena e hizo que le metiera la mano por debajo de la falda, lo cual excitó al camarero, pero no a mí. Luego se volvió loca en el asiento trasero del taxi que nos llevó a su casa. Se puso encima de mí... No me excitó tanto, pero era agresiva y me dejé llevar. Aquello fue más sórdido que sexi, si te digo la verdad.

—¿En serio?

—En serio. Puede que la idea suene bien en una revista porno de fantasía, pero en la realidad, cuando ya no eres tan joven ni estás borracho y te preocupa que uno de tus equipos llegue a tiempo a un trabajo importante al día siguiente, es... espeluznante. El taxista no dejaba de mirar por el retrovisor y... —Bruce le dio un buen trago al vino—. No me considero un exhibicionista. Cuando salió del taxi, estaba medio desnuda y no pareció importarle. Así que me aseguré de que llegaba bien al apartamento y me fui. Para siempre.

—Ya veo.

—Me gusta el sexo. Me gusta el sexo apasionado. Pero soy un tío convencional, Clare. En realidad, me gustan las cosas con clase. Me gusta lo romántico. Me gusta la elegancia. Para ser claro, no quiero preocuparme de que la mujer con la que salgo me avergüence. Me juego mucho en mi negocio, con los funcionarios de la ciudad, con mi trabajo, con todo lo que he construido. Creo que al menos un expresidente estaría de acuerdo conmigo en que estamos a una sola becaria del desastre. De todos modos, la conclusión es que, aparte de mi trabajo, nunca respetaría a una mujer tan descontrolada. Y si no puedo respetarla tampoco puedo amarla, ¿no crees?

Tragué saliva con inquietud. Parecía enfadado. Aquella noche se estaba convirtiendo en un fracaso, pero... había conseguido algunas respuestas.

Bruce tenía una razón plausible para haberse marchado de la Conexión Capuchino con Sahara McNeil. Y yo siempre supe que a Inga Berg le gustaban los hombres de «usar y tirar». Me acababa de enterar de que también podía ser una mujer imprudente, que podría haber salido con cualquier hombre capaz de enloquecer y ser violento con ella. Y estaba claro que Bruce no era el tipo del todoterreno. A menos que me hubiera mentido, pero con el vino y la emoción en su voz, me di cuenta de que no.

—Gracias por tu sinceridad, Bruce. Necesitaba oír lo que me has dicho.

—Bueno, siento que tuvieras que oírlo.

—Yo no.

Suspiró y sirvió más vino. Habíamos llegado al final de la botella.

—Tienes derecho a hacerme las mismas preguntas —le dije.

—No me hace falta. Estoy contigo ahora, da igual con quién salieras en el pasado. Me interesa estar contigo... y hacerte lo bastante feliz para que quieras estar conmigo..., tal vez, incluso, llegado el momento, en exclusiva.

Vaya. ¿Acabo de oír lo que creo haber oído?

—No me conoces desde hace tanto como para decir algo así —susurré.

—Clare, soy demasiado viejo y estoy demasiado ocupado como para andarme con tonterías. Estoy en un momento en el que enseguida sé lo que quiero. Pero veo que tú necesitas más tiempo... y lo respeto.

—Creo que yo también sé lo que quiero, Bruce —musité—. No tendrás que esperar mucho.

Sonrió.

—Bien.

Yo también sonreí.

—¿Estás listo para un capuchino?

—Claro —contestó.

Coloqué la Pavoni en la encimera rayada de la vieja cocina en obras, llené el depósito de agua, la enchufé a la toma de corriente y monté con rapidez las piezas del portafiltro. Se trataba de un modelo caro de cafetera doméstica, valorado en unos cuatrocientos dólares, que incluía molinillo, dosificador, cafetera expreso y varilla de vapor para preparar leche espumosa.

Detestaba reconocer que aún conservaba la cafetera de cinco dólares que mi abuela trajo de Italia y que, para mi gusto, seguía haciendo el mejor expreso de la ciudad.

—¿Recuerdas la noche en que te conocí en el Blend? —preguntó Bruce—. Te advertí que puedo pasarme el día y la noche tomando café, pero soy incapaz de prepararlo.

—No es tan difícil. Recuerda que se te da bien improvisar —bromeé.

—Sigues enfadada por lo de la bola de nieve, ¿eh?

—A ver, presta atención, novato. Los requisitos para hacer un buen expreso se resumen en las cuatro M.

—Las cuatro M. Apuntado. ¿Esto entra en el examen escrito?

—*Macinazione:* la molienda correcta de la mezcla; *miscela:* la mezcla; *macchina:* la cafetera y, por supuesto, *mano:* el barista, o sea, tú.

—Tomo nota.

Repasé lo básico con él, luego molí el café, lo dosifiqué en el portafiltro, lo prensé, ajusté la pieza y le pregunté:

—¿Tienes leche entera en la nevera?

—Voy a por ella.

Enjuagué la jarra de acero inoxidable y la llené hasta la mitad con leche fría.

—En realidad hay que preparar la leche antes que el expreso para que no se estropee el resultado. En el Blend tiramos todo el café que espera más de quince segundos.

—Vaya, es muy poco tiempo.

—Mejor perder una pulsación de café valorada en veinticinco centavos que a un cliente habitual.

Bruce asintió.

—En mi negocio opino lo mismo. Siempre dije que «la calidad es el primer trabajo», pero alguien de Detroit me robó el lema.

—¡Figúrate! —Me reí—. Me gustaría que algunos de mis empleados a tiempo parcial copiaran tu actitud. A veces es difícil motivarlos.

—Qué me vas a contar. Por cierto, quería decirte que ayer probé ese truco del que me hablaste con mi cuadrilla del centro y funcionó a las mil maravillas.

—Los trabajadores impuntuales llegan a tiempo cuando les dices que estén allí media hora antes. Siempre lo uso con Esther.

Se echó a reír.

—Muy bien. ¿Podrías darme más consejos? Estoy muy receptivo. Mucho.

Su tono era sugerente, pero me mantuve fría.

—Pasemos a la leche —dije, para redirigir la atención—. Si solo quieres hervir la leche, para un café con leche, por ejemplo, tienes que colocar la boquilla de la varilla cerca del fondo de la jarra.

—Entiendo.

Bruce me miraba de una manera tan intensa que de repente me sentí un poco aturdida.

—Para un capuchino, sin embargo, necesitas algo más, tienes que crear una nube angelical de espuma, o sea, hay que añadir aire, y eso se consigue colocando la punta de la boquilla justo debajo de la superficie de la leche y bajando poco a poco la jarra a medida que crece la espuma.

—Adelante, enséñamelo —rogó Bruce.

Llené la jarra de leche hasta la mitad, abrí la válvula de vapor y coloqué la boquilla dentro del recipiente.

—Los baristas novatos creen que queda bien mover la jarra —le expliqué—. Arriba y abajo, dando vueltas..., pero no se hace así.

Bruce se puso detrás de mí.

—Espera. Quiero entenderlo bien. Vamos a repasarlo una vez más.

—¿Qué parte? —Tragué saliva, intentando que el calor de su cuerpo no me afectara, lo cual era tan fácil como intentar que un cubito de hielo no se derritiera en la superficie del sol.

Me puso las manos en las caderas, sobre mi faldita de cuadros, y tiró de una forma suave pero insistente para atraerme hacia él.

—¿Arriba y abajo? ¿Dando vueltas? ¿Y dices que no es así?

Lentamente, movió mis caderas con las suyas.

—Eh... Cuando se trata de leche espumosa, no. Lo que hay que hacer es bajar la jarra lentamente a medida que se forma la espuma. Por eso solo se llena la jarra hasta la mitad, para dejar espacio y que crezca la espuma.

—¿Espacio para que crezca? —dijo mientras seguía moviendo mis caderas contra las suyas—. ¿Y dando vueltas arriba y abajo?

—No —susurré—, es mejor que no. Porque la calidad se resiente. Sale una espuma demasiado aireada con burbujas grandes y efímeras y una textura malísima.

—Ajá. ¿Y qué más necesito saber? —Noté su boca en mi pelo, inhalando con suavidad, luego besando y acariciando mi cuello.

—Bueno, a ver... —Mientras intentaba, sin mucho éxito, controlar la situación, me lamí los labios y carraspeé—. La leche no debe salir a borbotones, sino fluir bajo la punta de la varilla. Deberías oír un suave sonido de succión...

—Repite eso.

—¿El qué?

—Lo que acabas de decir.

—¿Un suave sonido de succión?

Noté la calidez de su boca contra mi oreja.

—Otra vez.

—Bruce...

—Dilo.

Inhalé con fuerza cuando sentí el roce de sus labios contra el lóbulo de mi oreja.

—Suave sonido de succión —susurré.

Me dio la vuelta. El beso no fue suave, estaba lleno de ardor, de hambre, y no lo detuve.

Cuando tomamos aire, estiró el brazo desde detrás de mí para pulsar el botón de encendido de la máquina. La lucecita de ON se apagó.

—¿Has cambiado de opinión? ¿Ya no quieres el capuchino? —le pregunté.

—No —respondió—. Ya estoy bastante despierto.

Sonreí cuando volvió a cubrir mi boca con la suya, y el mundo desapareció.

Esta vez, cuando paramos, me tomó de la mano y tiró de mí con suavidad, de vuelta al salón y al mullido futón frente a la chimenea. Me besó con intensidad y luego se tumbó a mi lado.

—¿Te parece bien? —me preguntó.

Su mirada era amable y cálida, y esperaba mi respuesta.

—Más que bien —respondí mientras le acariciaba la mejilla.

Y después, durante un largo rato, no hubo más palabras.

CAPÍTULO DIECISÉIS

V einte años antes.
El sol mediterráneo era un limón en el cielo. Brillante y prometedor, aunque también doloroso, como un chorro cítrico en los ojos.

Un joven jugaba con un perro en la arena. No llevaba más que unos pantalones militares cortados y una gargantilla de cáñamo que parecía blanca como el algodón de azúcar contra un pecho bronceadísimo.

La joven no era de aquella ciudad italiana. Estaba de visita, en casa de unos parientes de su padre, estudiando historia del arte durante el verano. Una semana antes, había contemplado las obras de Miguel Ángel en Roma; ahora, miraba del mismo modo a aquel hombre que jugaba en la arena, como si fuera una escultura que hubiera cobrado vida.

Admiraba los músculos cincelados de las pantorrillas y los muslos que se contraían y relajaban al correr. Los bíceps, que se flexionaban al lanzar el disco volador hacia las olas, una y otra vez, para que el perro, feliz y nervioso, lo recogiera. Estaba fascinada, aunque, en aquel momento, no sabía que ese no era más que el «día de descanso» del joven, una breve pausa de sus actividades, por lo general más extenuantes: carreras en bicicleta, *windsurf,* escalada y caída libre en acantilados.

Ella no sabía cómo se llamaba, no se lo habían presentado, ni a él ni a su familia. Sin embargo, a pesar de la admiración que sintió por él, o quizá debido a ella, siguió caminando.

Fue el gran labrador negro el que, por alguna razón, se acercó a ella. Es posible que fuera el champú, comprado hacía poco en el pueblo, que desprendía un fuerte olor a lavanda, tal vez el mismo olor de alguien a quien el perro conocía y amaba. Como si fueran viejos amigos, se acercó con grandes saltos y sus patas enormes la derribaron contra la arena.

—*Mamma mia! Scusi, signorina.*

Unos mechones de pelo largo, negro y mojado se le habían salido de la coleta y le colgaban sobre la cara. Era un rostro agradable. Abierto y alegre. El tipo de rostro que disfrutaba de todo. Y los ojos marrones eran curiosos y amables.

—No pasa nada —dijo ella en inglés a causa de la sorpresa—. No me he hecho daño.

—¡Eres americana! ¡De mi tierra!

La pareja charló amistosamente. Él le contó que había viajado por Europa como mochilero y que estaba allí de paso, visitando a familiares y amigos por todo el continente. La invitó a cenar esa noche en casa de sus primos, pero ella declinó la invitación y siguió adelante.

El joven le contaría, mucho más tarde, ya casados, que no le quitó ojo a su trasero mientras ella se alejaba. El pelo castaño le cubría toda la espalda. Él se quedó hipnotizado, primero con sus ojos verdes y luego con su figura al marcharse, con la larga melena oscura y ondulada que se balanceaba justo por encima de lo que él llamaba aquel «dulce culito de vaqueros azules».

Unos días después, ella se lo encontró en un café, leyendo. Cuando le preguntó por la escayola del antebrazo, le explicó que se había roto la muñeca al derrapar con la moto. No se mostró sexualmente agresivo con ella, solo cálido y sincero. Y cuando él le preguntó con amabilidad si podía acompañarla en su siguiente viaje a Roma, ella aceptó.

Tal vez fuera el tono tan desamparado con que lo preguntó. Casi resultaba conmovedor verlo tan perdido, como sin saber qué hacer a partir de ese momento. Y ella no podía aceptar que él, tras diez años visitando Italia en verano, nunca se hubiera molestado en conocer los museos del Vaticano. Así pues, se convirtió en su guía.

Ya había decidido que no se acostaría con él, que rechazaría cualquier insinuación agresiva, pero él no era de esos chicos que se acercaban de frente. Se parecía más a un café expreso, cálido y tentador, pero muy potente. Sabía cómo relajar y excitar al mismo tiempo. Y cuando ella por fin bajó la guardia, él la tocó con la suave punta de los dedos y con su boca risueña, y la derritió como el chocolate de la mañana.

Más tarde, ella pensaría con aire melancólico en la forma en que se conocieron y en el carácter profético de aquel encuentro. En cómo el sol había sido tan brillante y prometedor que resultó doloroso, y que la hizo sonreír y entrecerrar los ojos al mismo tiempo, hasta el punto de limitar su visión. En cómo el deseo de él aumentaba a medida que ella se alejaba.

Abrí los ojos.

Qué raro —pensé—, *soñar con Matteo*. Recordar con tanto detalle la primera vez que hice el amor con él..., que también fue mi primera vez, a secas. El sueño no me incomodó. No sé por qué, me pareció extrañamente reconfortante.

En el futón, Bruce aún me abrazaba. Su cuerpo era cálido, pero yo estaba helada. Habían pasado horas y las llamas de su corazón se habían apagado. Dormía a pierna suelta y supe que era una cuestión de ahora o nunca.

Me separé de él, agarré su jersey negro de ochos y me lo puse. Me quedaba enorme, me llegaba casi hasta las rodillas y las mangas me sobrepasaban las manos. Me remangué, me levanté descalza y caminé de puntillas hacia la escalera.

De acuerdo, puede que acostarme con Bruce no fuera lo más inteligente, pero era lo más satisfactorio que había hecho en años. Al igual que horas antes durante mi paseo bajo la nieve, supe que quería disfrutar de aquel momento mientras pudiera..., porque no tenía ni idea de cuánto duraría lo que había sucedido entre nosotros.

Yo deseaba que durara, por supuesto, pero, como había sucedido antes con la nieve, no dependía de mí... y acabé aceptando que tenía que ser así.

Veinte años antes, cuando conocí a Matteo, necesitaba que las cosas duraran. La seguridad era primordial para mí y quería continuidad a toda costa. Tal vez la culpa de eso la tuviera mi padre, siempre tan loco, impredecible e ingobernable, aunque a lo mejor no importa quién sea tu padre y cuando eres joven siempre sientes cierta inseguridad, porque aún no hay nada decidido y el futuro es un camino largo y desconocido.

En ese momento, el futuro no me asustaba tanto como cuando tenía la edad de Joy, y estaba más resignada a la idea de que lo único seguro es que nada es seguro. Lo único inmutable es que todo cambia, que todo fluye, que no se puede poseer nada.

A lo largo del tiempo, los distintos ocupantes de esa casa habían entrado y salido, habían pasado de ricos a pobres y luego a ricos otra vez, y seguirían cambiando y fluyendo durante las décadas venideras.

Sin duda, tampoco se podía poseer nada vivo. Ni a los amigos, ni a los cónyuges, ni a los padres ancianos, ni siquiera a los hijos.

A veces miraba los ojos verdes de mi pequeña y veía a aquella niña recelosa que se aferraba con tanta fuerza a mi mano en la puerta de la escuela primaria. Entonces, al instante, se transformaba, como la paloma de un mago, y volvía a ser mayor. Y mientras reía entusiasmada, se alejaba volando como una jovencita hermosa con una vida recién estrenada.

A lo mejor era bueno abandonar por fin esa noción de permanencia o, al menos, soltar un poco de cuerda. A lo mejor lo único que necesitaba era dejar de aferrarme con tanta fuerza.

Desde luego, me sentí muy bien al desinhibirme, al confiar en mí delante de alguien nuevo. Me pregunté qué pensaría Matt si viera a su exmujer en ese momento, con el jersey de otro hombre sobre el cuerpo desnudo, dirigiéndose a hurtadillas a su dormitorio en busca de pruebas para confirmar que no era un asesino en serie.

Sí. Claro. Por supuesto, yo no creí que lo fuera. Ni por un minuto. Ni por un segundo.

Ningún hombre que hiciera el amor así, con tanta ternura, con tanta consideración... Ningún hombre que se abriera tanto podría ser un asesino despiadado, como afirmaba Quinn. Solo tenía que encontrar las pruebas para que mi amigo detective se diera cuenta. Empezando por la impresora.

Subí con sigilo la vieja escalera inacabada, cuyos peldaños de madera resultaban ásperos bajo mis pies descalzos. Al llegar al quinto escalón, una corriente de aire helado cruzó el largo pasillo desde la puerta principal, ascendió y se coló por el borde del grueso jersey de Bruce y me heló los muslos hasta hacerme temblar. En el sexto peldaño, se oyó un fuerte crujido.

Me quedé inmóvil y escuché con atención, pero la casa permanecía en absoluto silencio. Con una suave exhalación, reanudé mi camino.

Arriba, la oscuridad era densa. Tanteé la pared para guiarme hasta que conseguí cruzar la puerta del dormitorio principal. La habitación era grande y estaba en penumbra, aunque por los ventanales delanteros entraba suficiente luz de la calle. Rodeé la gran cama con dosel que reposaba como un gigante en un extremo de la habitación y encendí la lamparita que había junto a ella.

El antiguo secreter con tapa de persiana se encontraba al lado de la ventana. Empecé a levantar la tapa. Cuando se atascó a mitad, maldije y empujé más fuerte, pero aquel trasto era más obstinado que mi exmarido.

Al agacharme y mirar por la rendija, vi el pequeño y elegante ordenador portátil de Bruce. Estaba abierto, con la pantalla en negro. Veía el borde de lo que parecía una pequeña impresora, situada en la parte posterior de la superficie del escritorio.

Forcejeé con la tapa un poco más. Al final, la golpeé y la empujé, y, de repente, con un fuerte ruido, cedió y rodó hacia arriba. Cerré los ojos, contuve la respiración y agucé el oído.

El secreter había armado un jaleo espantoso y me quedé de pie, aterrorizada, con la mente a mil por hora para inventar alguna historia. Estaba segura de que Bruce ya se había levantado y estaría a punto de subir las escaleras hecho una furia, que me pediría explicaciones de por qué husmeaba en su dormitorio a esas horas.

Durante un rato, permanecí allí inmóvil sin percibir señales de movimiento en el piso de abajo, así que tragué saliva y me volví de nuevo hacia la impresora para examinarla.

—Hewlett Packard DeskJet —susurré—. Modelo 840C.

Era la marca y el modelo que Quinn relacionaba con el asesinato de Inga Berg. Cerré los ojos. *Mierda*. Quinn lo tendría claro. Pero yo sabía que era solo una coincidencia. Tenía que serlo. Por un momento, dudé si contárselo todo a Bruce y sugerirle que se deshiciera de la impresora. Pero sabía que no podía. Todavía no.

Una parte de mí, una pequeñísima porción de mi ser, no evitaba preguntarse lo siguiente: ¿existe la posibilidad de que Bruce Bowman sea un asesino? ¿Hay alguna posibilidad?

Sabía que necesitaba algo más: uno o varios hilos que seguir, alguna otra pista para mí o para Quinn.

Con los dedos cruzados, pulsé la barra espaciadora del portátil y la pantalla cobró vida. *Bingo*. Estaba en modo reposo. Busqué en el escritorio cualquier cosa que pudiera ser una pista.

Parecía que estaba vinculado a una línea de internet y su contraseña se activaba de manera automática. Me conecté a toda prisa y comprobé la bandeja de entrada del correo. Estaba vacía. Debía de haber contestado sus correos justo antes de que yo llegara, porque no había nada.

Pasé al buzón de correo antiguo en busca de mensajes de alguna de las víctimas. Iba a ciegas, sin saber qué me iba a encontrar, si es que encontraba algo, pero rezaba por darme cuenta si lo veía.

La pantalla estaba configurada para desplazar el correo del más antiguo al más reciente. La primera fecha era de treinta días atrás, y supuse que, en ese buzón, como en el mío, el correo caducaría al cabo de un mes y se volcaría en una carpeta de seguridad. No tenía tiempo de buscar esa carpeta, así que empecé a desplazarme hacia abajo.

Había varios correos electrónicos de gente de su empresa; la dirección acababa con @Bowman-Restoration.com. No les presté atención. También había decenas de mensajes de alguien llamado Cosecha86.

Bruce se había criado en la región vinícola de California, así que no parecía extraño que mantuviera correspondencia con alguien a quien también le gustaba el vino.

Abrí uno al azar y escudriñé el texto, largo e inconexo.

«Nadie pensaba que tuvieras mucha inteligencia. Me decían que había caído muy bajo contigo. Y era cierto. Tú solo eras un juguete sexual. Nada importante...».

Las palabras eran feas. Duras. Y continuaban... Me estremecí. Si se trataba de su exmujer, Maxine, entendía que Bruce pensara que esa nueva vida y esa nueva casa eran una vía de escape.

Me odié a mí misma por hacerlo, pero pulsé el apartado de enviados para ver la respuesta de Bruce. Era una violación de la intimidad terrible, lo sabía. Pero tenía que leerlo. ¿Sería igual de cruel? ¿Se trataría de un vaivén enfermizo, de una pauta entre ambos? ¿Sería en realidad el hombre que Quinn pintaba, alguien que podía estallar y dejarse llevar por la ira y el odio, alguien capaz de matar, quizá cuando alguna de esas mujeres empezara a menospreciarlo como hacía su exmujer?

El buzón de enviados estaba dispuesto como el del correo antiguo, con correspondencia de treinta días. Ni un solo mensaje iba dirigido a Cosecha86.

Aquello me dejó atónita. Ni siquiera yo podía leer aquellos ataques sin soltar varias palabrotas. Pero Bruce no le había escrito ni un solo correo a Cosecha86, al menos en los últimos treinta días. Parecía que leía sus correos, toda esa fealdad, aquel material tan terrible, sin contestar.

Tal vez había contestado algo en el pasado y había llegado a un punto en el que prefería hacer como si ella no existiera y dejar que se desahogara. En cualquier caso, estaba claro que era un hombre capaz de mantener la compostura, incluso ante las agresiones verbales, por no hablar del interrogatorio que le había hecho yo misma un rato antes. Se había molestado, incluso se había enfadado un poco con mis preguntas indiscretas, pero en todo momento había sido razonable, no me había atacado, no había perdido los nervios ni se había vuelto contra mí y, desde luego, no me había levantado la mano.

Solté un suspiro que no sabía que estaba contenido. *Es inocente.* Tuve la certeza más absoluta, con todas las fibras de mi ser.

Volví con rapidez al correo antiguo y seguí revisando los mensajes. Vi varios mensajes de IngaBabe86_60_81, recibidos días antes de su muerte. Los números de su dirección de correo parecían sus medidas, muy propio de ella.

El último mensaje decía: «¿Dónde te metes? ¿Estás de viaje? Te he llamado. Vamos a quedar y...». El mensaje degeneraba en una descripción soez de distintos actos sexuales.

Abrí la bandeja de correo enviado y busqué la respuesta de Bruce. «... y lo siento. Eres una mujer muy guapa, pero yo no estoy hecho para ti. Y estoy seguro de que tú tampoco estás hecha para mí. Adiós y que te vaya bien, B».

Me estremecí al ver aquella B y recordar que, según había dicho Quinn, así es como iba firmada la nota que le enviaron a Inga. Pero Bruce no se habría despedido en esos términos si hubiera tenido intención de verla de nuevo. Tenía que tratarse de otro hombre.

Volví de nuevo a la carpeta de correo antiguo y me desplacé hasta el final de la lista. Me llamó la atención uno enviado por Sahara@darknet.com. La fecha y la hora indicaban que lo había recibido la noche antes.

—Venga, el último...

Abrí el mensaje y lo examiné. Sally «Sahara» McNeil le enviaba los nombres, direcciones y teléfonos de dos hombres a los que denominaba «mis antiguos amores y tus viejos colegas».

Tenían que ser los amigos de la universidad con los que Bruce quería recuperar el contacto. Sally le había ayudado a encontrarlos. Más abajo, le decía que le había gustado volver a verle y que le encantaría que fuera a una exposición en su galería de arte la semana siguiente. Además, le enviaba un enlace al final del correo donde le ofrecía más información sobre algo llamado «Corredor de la Muerte».

—¿Corredor de la Muerte? —susurré con un escalofrío—. ¿Qué puñetas es eso?

—¿Clare?

Oí la voz. Débil y lejana. *Mierda.* Bruce se había despertado. Tardaría al menos un minuto en llegar hasta la habitación. Contuve la respiración y pulsé el hipervínculo. El ADSL fue rápido y me dirigió a la página web de una galería de arte.

En un abrir y cerrar de ojos, leí por encima la página de inicio. Había varios enlaces. Parecían nombres de artistas, con un eslogan que rezaba: «Un viaje hacia el arte violento y el arte de la violencia».

Parecía que la galería de Sally McNeil estaba dedicada al «arte inspirado por la lujuria, el morbo y la obsesión».

Cuando oí el crujido del sexto escalón, empecé a cerrar a toda prisa las ventanas abiertas en el ordenador.

—¿Clare?

La voz ahora era más fuerte y más tensa.

—¿Bruce? —Lo llamé con toda la inocencia que pude—. Estoy aquí arriba. En tu habitación.

Agarré la tapa enrollable del secreter. *Por favor, Dios mío, que no se atasque.*

No se atascó. La tapa rodó suave y silenciosamente hacia abajo, y me dejó unos cinco segundos de margen para llegar a la cómoda de Bruce antes de que él apareciera en la puerta.

Cuando levanté la vista de un cajón abierto, estaba allí, descalzo. Se había vuelto a poner los vaqueros, se había subido la cremallera, pero no se había molestado en abrocharse el botón. Bajo la tenue luz de la habitación, la mata de pelo castaño de su pecho desnudo parecía un tono más oscuro que la barba incipiente que le ensombrecía la mandíbula.

—Tenía frío..., así que he subido... Pensé que encontraría alguna manta o algo para ponerme...

Bruce sonrió.

—Me gustas así.

Pellizqué un poco del tejido negro.

—¿Esta cosa vieja? Estaba por ahí tirado.

Bostezó.

—Es demasiado temprano para bromas.

—De acuerdo. —Me dirigí hacia la puerta, todavía nerviosa, segura de que me había oído bajar la tapa, de que sospechaba lo que acababa de hacer y de que me odiaba por ello.

—Espera —me dijo, y me puso las manos en los hombros—. Estaba bromeando. Tengo algo para que te pongas.

Se acercó a la cómoda, abrió un cajón y sacó un pijama de franela.

—Quédate con la parte de arriba; yo me pongo la de abajo.

—Gracias.

—Y tengo algo más para que no pases frío...

Pensé que me estaba preparando para seducirme de nuevo, pero cogió una de las dos bolsas de los almacenes Saks que había junto a la cómoda.

Metió la mano y sacó un abrigo clásico de piel de cordero, largo hasta el suelo, con las costuras a la vista, los puños vueltos y capucha.

—Es para ti, Clare. Pruébatelo.

—¿Bruce? ¿Qué has hecho?

El abrigo podía costar más de mil dólares con facilidad. Se encogió de hombros.

—Joy y tú discutisteis por un abrigo ridículo. Me pareció una tontería. Así que os he comprado un regalo de Navidad anticipado. Puedes darle a Joy el suyo cuando la veas.

—Bruce, es demasiado...

—No, no lo es —me interrumpió—. Es un regalo, Clare. No lo rechaces. Yo no rechacé la cena que me preparaste, ¿verdad? Así que no me digas que no puedes aceptarlo.

—Es demasiado generoso.

—Es solo un abrigo. Me harás feliz si te lo pones. —Lo sostuvo para que metiera los brazos en las mangas—. Venga, pruébatelo.

Me lo probé. Introduje los brazos en el interior de cordero y me envolví en el suavísimo ante. Me puse la capucha para hacer la gracia.

—Es muy calentito. Y precioso. Si te digo la verdad, hace poco me fijé en el abrigo de piel vuelta de una de nuestras clientas y siempre he querido uno, pero nunca me lo he podido permitir. ¿El de Joy es igual?

—Igualito.

Me reí.

—Le encantará, pero odiará que sea igual que el de su madre. No teníamos ropa a juego desde que cumplió cuatro años.

—Bueno, siempre puedes cambiarlo por otro, o que lo cambie ella. Pensé que a alguna de las dos le gustaría este modelo tanto como para quedárselo.

—Gracias —dije, me di la vuelta y lo besé. Él sonrió y mantuvo el beso más tiempo del esperado. Me quitó la capucha y me acercó más a él, justo cuando yo me alejaba.

—¿Sabes?, dentro de menos de cuatro horas tengo que levantarme para abrir el Blend —le advertí.

Asintió, se acercó a la cama de cuatro postes y apartó la colcha.

—Vale... Pongo la alarma y luego te llevo.

—No tienes que...

—Te llevo, Cosi, no hay más que hablar. Vamos a la cama, mientras podamos.

CAPÍTULO DIECISIETE

E ran las seis menos veinticinco de la mañana cuando abrí la puerta del dúplex. Eso significaba que disponía de veinticinco minutos para lavarme, cambiarme y bajar a abrirle la puerta del Village Blend al repartidor de pastelería. Preferí no pensar en la nieve de la acera, aunque tendría que quitarla si no quería arriesgarme a recibir una buena multa del Departamento de Mantenimiento de la ciudad. El Ayuntamiento les daba a los propietarios cuatro horas para limpiar las aceras desde que dejaba de nevar. Imaginé que estábamos a punto de hacernos acreedores de la sanción.

Matteo no tenía previsto volar hasta una semana más tarde, por lo que entré en silencio para no despertarlo. Tampoco es que me preocupara su descanso. De hecho, era probable que al cabo de quince minutos aporreara su puerta para que bajara a quitar la nieve de la acera. Pero no quería que me viera entrar a esas horas vestida de aquella manera.

Demasiado tarde.

—Vaya, vaya —dijo Matt con tono herido—. Por fin llegas.

—Buenos días —respondí, encontrándome con su mirada.

Estaba de pie, vestido con unos vaqueros ajustados y desgastados y un jersey de cuello alto gris.

Me quité el precioso abrigo de piel vuelta y lo colgué en el armario. Dejé la bolsa de Saks con el abrigo de Joy y, cuando me volví hacia Matteo, vi que se fijaba en mi ropa con cara de desaprobación, desde el pronunciado escote de mi jersey ajustado con botones de perlas hasta el bajo de mi falda roja de cuadros.

—Sé que llevabas el abrigo amarillo de Joy cuando te fuiste, no voy a preguntarte dónde demonios lo has dejado, pero ¿también te has puesto su ropa?

—Pues claro que no —contesté—. Nunca dejaría que mi hija, apenas adulta, llevara en público un modelito como este.

Por una vez, Matteo se quedó sin palabras.

—¿Un café? —pregunté—. Te has levantado tan temprano que supongo que lo necesitarás.

Fui a la cocina, directa a mi cafetera de filtro; Matt me pisaba los talones.

—Alguien tenía que madrugar —dijo—. Si no volvías a casa, alguien tendría que abrir la cafetería.

—Anda ya —dije, con un manotazo de desdén—. Durante todo el tiempo que llevo regentando este negocio para tu madre, mientras estuvimos casados y ahora que has vuelto, no he dejado de abrir ni un solo día. Sin embargo, tú...

Matt levantó la mano para callarme.

—No vayas por ahí. Estamos hablando de aquí y ahora.

Matteo se sentó a la mesa mientras yo ponía los granos de café en el molinillo.

—En fin —dijo—, me pregunto durante cuánto tiempo mantendrás ese historial laboral tan intachable. Sobre todo ahora, con el millonario de Bruce Bowman, alias don Estupendo, detrás de ti. ¿O ha terminado ya la persecución? —Matteo miró el reloj y levantó una ceja—. A juzgar por la hora y por tu vestimenta, diría que Bruce ya ha conseguido lo que quería... ¿Y tú, Clare? ¿Estás contenta?

Al principio de nuestro matrimonio, Matteo aprendió muchas maneras de provocarme. Durante los primeros años, me negué a rebajarme a su nivel, pero luego empezamos a pelearnos con frecuencia. Tal vez mi hostilidad le proporcionara alguna justificación enfermiza para buscar consuelo en otra parte, aunque en realidad nunca necesitó excusas para ello.

Sin embargo, desde que el divorcio fue definitivo, tenía poca paciencia, por no decir ninguna, para los juegos de Matteo.

—Sí, en efecto, estoy contenta —le dije sin darme la vuelta—. Bruce me ha hecho muy feliz. Y, corrígeme si me equivoco, pero ¿no eras tú quien siempre decía que estaba muy tensa y que debía relajarme? Lo que pasa es que estás enfadado porque cuando estaba casada contigo no me relajaba.

—Eso es una...

Apreté el botón del molinillo eléctrico, que acalló su respuesta. Si molía los granos demasiado tiempo, el café saldría amargo, pero prefería tener el amargor en la lengua antes que en el oído.

Cuando los granos estuvieron pulverizados, apagué el molinillo y los coloqué en el filtro cónico de la cafetera con el sonido del silencio. Mientras esperaba a que saliera todo el café, cogí dos tazas grandes y puse una delante de Matteo.

El olor a nuez de la mezcla de desayuno recién hecha inundó poco a poco la cocina. Bostecé, me apoyé en el fregadero de granito y dejé que el aroma terroso me reanimara.

Poco a poco caí en la cuenta de que, por alguna extraña circunstancia de justicia kármica, Matteo y yo revivíamos una escena demasiado habitual en el pasado, solo que a la inversa.

Cuando estábamos casados, Matt era quien se iba de fiesta la noche entera, por lo general con cualquier loca cabeza hueca después de alguna celebración del trabajo, mientras yo interpretaba el papel de esposa responsable, sufrida, fiel y herida. No me gustaba ese papel, pero mi «moral estirada», como él decía, no me permitía elegir otro estilo de vida. Que Matteo perdiera la cabeza al ver un tanga no significaba que yo tuviera que ser como él.

Si no recordaba mal, era Matteo quien preparaba el café en aquellas mañanas desapacibles, aún vestido con la ropa de la noche anterior, lleno de adrenalina, de testosterona, de cocaína o de las tres cosas a la vez. Él preparaba el café mientras yo me sentaba a la mesa o miraba por la ventana, enfurruñada, y me planteaba cómo poner fin a todo aquello.

A ver, si yo hubiera sido una persona cruel, me habría alegrado de cómo habían cambiado las tornas. Y tal vez sí que lo era, porque era consciente de que Matt quería recuperarme y disfruté con ese momento. Aunque quizá no fuera una cuestión de crueldad. Quizá solo era humana.

Cuando la cafetera borboteó por última vez, llevé la jarra caliente a la mesa.

Matt volvió a hablar.

—Tu amigo el detective Quinn pasó por aquí anoche, a la hora de cerrar. —Me quedé paralizada a mitad de la taza y se derramaron tres gotas oscuras. Matteo pasó la mano por la mesa para limpiarlas—. Quinn ha dispuesto que sigan a Bruce —continuó—. Según el informe que recibió anoche a última hora, parece que una mujer con un chaquetón amarillo chillón entró en casa de Bowman. Pensó que era Joy. Vino aquí, alarmado, a buscarte. Pero me encontró a mí y le expliqué que habías cogido prestado ese chaquetón, que el policía de paisano te había visto a ti, no a Joy. Fue entonces cuando Quinn me contó...

Terminé de servir y me senté enfrente del padre de mi hija.

—Sé lo que te contó. Que Bruce Bowman es sospechoso de un asesinato.

—De tres asesinatos, Clare, de tres.

—Quinn exagera —dije, con serenidad.

Probé el café y me pareció amargo. Añadí un chorrito más de nata y, poco habitual en mí, una cucharadita de azúcar.

—Ah, entonces tal vez solo matara a una mujer en vez de a dos o a más —dijo Matt—. Sí, ya veo que Quinn exageró una pizca. No hay de qué preocuparse.

Sacudí la cabeza, molesta.

—Matt, escúchame. Bruce no es un asesino. Quinn se equivoca. Está confundido, exagera y... no tiene razón. Y si te lo ha contado, es evidente que intenta convencerte para que tú me pidas que deje de ver a Bruce. Pero no voy a hacerlo. Voy a hacer otra cosa.

—¿Qué vas a hacer?

—Probar que Quinn se equivoca.

—Guau, Clare...

—Nada de «guau, Clare» —dije elevando un tanto la voz—. ¿Quieres saber lo que pienso? Creo que tanto tú como Quinn estáis celosos. Tú con tu desfile público de coqueteos en serie y Quinn con su matrimonio desastroso y todo lo que conlleva. La verdad, estoy harta de los dos.

—¿No nos estamos pasando un poco?

Apreté los dientes y fulminé a Matt con la mirada.

—He conocido a un hombre. Un hombre bueno. Más que eso. Un hombre extraordinario, con talento, tierno y trabajador. Alguien sensato, razonable, adulto, seguro de sí mismo y honestísimo respecto a los errores de su pasado, y tú y Quinn conspiraréis juntos para fastidiármelo todo.

—Clare, empiezas a parecer paranoica. No puedo hablar en nombre de Quinn, pero te aseguro que yo no quiero incriminar a tu novio ni hacerte daño.

—¿No quieres hacerme daño? ¡Qué gracia! ¿Y qué creías que hacías cada vez que te liabas con una camarera, una azafata o la mujer de un amigo común?

Durante un buen rato, no hubo respuesta.

—No lo hice para hacerte daño, Clare —dijo por fin en voz baja—. Y lo sabes.

Por desgracia, lo sabía. Había tardado años en hacerme a la idea de que Matteo y yo teníamos actitudes muy diferentes con respecto al sexo. Para él, el amor físico solo era una actividad estimulante más, como escalar montañas, practicar surf, emborracharse o hacer *puenting*. El sexo no era una mala experiencia generadora de ansiedad y, desde luego, no tenía por qué esconder un propósito enrevesado. ¿Qué propósito había en beber mucho o en tirarse por un puente?

Pero para mí tenía que haber algo más aparte de la agitación de la conquista o lo emocionante que resultara la seducción. Mucho más. Debía respetar al hombre en cuestión y me tenía que gustar mucho, por no decir que amarlo por completo. El sexo significaba una relación. Para mí, el sexo nunca podría ser un rollo de una noche.

Ahora sé que Matt nunca entendió el daño que sus pequeñas infidelidades me hacían. Era como si le faltara un gen o tuviera un punto ciego psicológico relacionado con su comportamiento hacia los demás. La cocaína tampoco ayudaba, eso es cierto. Sin embargo, aquella comprensión cognitiva de los defectos de mi exmarido no me ayudaba a aliviar el dolor de mi corazón. Ni a detener la rabia que aún sentía hacia él de vez en cuando.

Como en ese momento.

Levanté la taza de café. Bebimos en silencio.

—No quiero hacerte daño, Clare. Nunca he querido —dijo Matteo después de una larga pausa—. Solo que antes no lo entendía, pero ahora sí. —Me miró a los ojos—. Ahora sí.

Me quedé un poco sorprendida. Justo cuando estaba enfadada con él, me decía algo así, que en él era lo más parecido a una disculpa por sus deslices pasados.

—Entonces, a lo mejor puedes echarme una mano. Ayúdame a averiguar la verdad sobre Bruce —dije despacio y esperanzada—. Estos asesinatos, si es que lo son, y las sospechas de Quinn sobre Bruce... No puedo aclararlo todo yo sola. Matt, son como nubes negras que se ciernen sobre lo que podría ser..., bueno, lo que creo que podría ser algo muy importante para mí.

Matteo cambió de postura con impaciencia y se tragó el café.

—No soy poli. Sería mejor que le pidieras ayuda a tu amiguito Quinn.

—Tú y yo lo hicimos bastante bien la última vez..., con el caso de Anabelle Hart. Resolvimos un crimen de verdad, ¿no? Metimos a un asesino entre rejas. Aquello no fue moco de pavo.

Matt negó con la cabeza.

—Tuvimos suerte, Clare. Podríamos haber acabado en la cárcel por allanamiento de morada o por fingir que éramos agentes federales, y ¿hace falta que te recuerde que casi consigues que te maten? —Me recosté en la silla y pasé el dedo por el borde de la taza de café caliente—. Necesitas a Quinn —concluyó Matteo.

—No puedo acudir a Quinn. No puedo dejar esto en sus manos.

Hice una pausa y decidí que era hora de sincerarme del todo.

—Su matrimonio no va bien, Matt... Me lo contó la otra noche y creo que quizá tuviera interés en salir conmigo... o al menos creo que lo estaba pensando... antes de que yo empezara a salir con Bruce.

Matteo resopló.

—Te dije que ese tío quería enrollarse contigo.

—¡Joder, yo no he dicho eso!

—Has dicho que tenía interés. ¿Y tú? ¿Tenías interés también?

—No lo sé.

—Di la verdad.

—Vale, me gusta Quinn. Se ríe con mis bromas, me gusta su sentido del humor lúgubre y lo encuentro un poco atractivo..., desaliñado, curtido, como salido de una película de cine negro. Y sí, es cierto, hemos tonteado bastante desde que nos conocimos. Es probable que fuera Quinn, ahora que lo pienso, quien me ayudó a creer que debía darle otra oportunidad al sexo opuesto...

—Clare.

—Qué.

—Esa es más información de la que necesito oír.

Levanté las manos.

—Quinn tiene una mochila demasiado grande. Su matrimonio se está desmoronando, quiere a sus hijos y está destrozado porque alberga sentimientos contradictorios hacia su mujer. En cualquier caso, yo nunca me metería en un lío tan grande y él lo sabe. Pero también creo que no le hizo ninguna gracia que yo volviera a salir con alguien, y menos con Bruce, y me da la impresión de que Quinn no es del todo objetivo con él.

—Ajá —dijo Matt.

—Prefiero confiarte a ti esta... investigación o como quieras llamarla. Para mí, es ayudar a Bruce.

Matteo sonrió.

—Me siento halagado.

—¿Por qué?

—Porque crees que puedes confiar en mí. Tengo ganas de ayudarte, pero lo cierto es que, aun así, necesitas a Quinn. Lleva semanas investigando estos crímenes, ha hablado con gente que ni siquiera conocemos y tiene todos los datos a su disposición.

Me enderecé y me incliné sobre la mesa.

—Quinn no lo sabe todo —susurré—. He investigado un poco por mi cuenta. Anoche, mientras Bruce dormía, entré en su ordenador y leí sus correos electrónicos.

—¿Entraste en el ordenador del tío ese y leíste sus correos? Sin que él lo supiera, supongo.

—Por supuesto.

—Hostia, Clare, qué huevos... No me extraña que averiguaras lo mío con Daphne. Y yo pensaba que era supercauteloso...

—Pero si presumías de ella, Matt. Hasta Madame lo sabía...

—¿Mamá lo sabía?

—Sí, pero te lo perdonó. En cambio, dudo que llegue a perdonar a Daphne algún día.

Aquel fue un asunto muy triste, tristísimo. Madame y Daphne habían sido amigas durante años antes de que Daphne le tirara los tejos al hijo de su mejor amiga.

Era evidente que Matt se sentía incómodo con los derroteros que había tomado nuestra conversación, así que cambió de tema.

—Clare, si entraste en su ordenador, es porque tú también sospechabas de él.

—No —mentí. (Vale había dudado un momento tras ver el modelo de la HP DeskJet, pero lo cierto es que quería encontrar algo que contradijera la imagen que Quinn intentaba dar de Bruce. Y lo había encontrado).

—¿Y qué has averiguado en tu investigación?

—Creo que la clave está en Sahara McNeil. Bruce llevaba años sin verla, desde que él se casó. Ni siquiera sabía que ella estaba en Nueva York hasta la noche de la Conexión Capuchino.

—Y entonces descubrió que Sahara vivía en la ciudad y la mató —concluyó Matt.

—No van por ahí los tiros.

—Para Quinn sí irían por ahí. ¿Y qué pasa con la víctima del metro? ¿Y con Inga Berg? ¿No estaba Bruce relacionado también con ellas?

Me senté y le di un sorbo al café.

—Salió con las dos, es cierto —dije—. Pero por muy poco tiempo, y creo que es pura coincidencia. Nueva York es una ciudad grande, pero los círculos de estas páginas de citas a veces son muy reducidos. Bruce reconoció que había salido con muchas mujeres desde que se divorció, incluyendo a las fallecidas, pero me juego el cuello a que ellas también salieron con otros muchos hombres. Inga, seguro. Pregúntale a Tucker. Hablaba a voz en grito sobre sus ligues todos los fines de semana. Y Bruce me contó que a Valerie le gustaba el ambiente de la hora feliz y que fue ella quien le recomendó SolterosNY.com, la página de citas donde conoció a Inga.

Matt se cruzó de brazos. Aún no parecía convencido, pero al menos seguía escuchando.

—Entonces, ¿por qué crees que la tal Sahara es la clave?

—Sahara McNeil le envió a Bruce por correo electrónico un enlace a una página web. Era la publicidad de la galería de arte donde ella trabajaba. Está en el Soho, un lugar llamado Corredor de la Muerte. ¿Has oído hablar de él?

Matt negó con la cabeza.

—Nunca.

—No es muy de nuestro estilo —le dije—. El eslogan de la página decía que se dedican al arte violento e inspirado en la lujuria, el morbo y la obsesión, algo así.

Matt se rascó la barbilla sin afeitar.

—Parece chungo, pero sigo sin ver adónde quieres llegar.

—Es posible que a Sahara se la haya cargado uno de los artistas a los que representaba su galería. De hecho... Espera un momento, vuelvo ahora mismo.

Me levanté, me dirigí al dormitorio y volví con el cuaderno de Hello Kitty que había rellenado durante la Conexión Capuchino. Hojeé rápidamente las páginas rosas.

—Uno de los hombres que seleccioné para Joy se hacía llamar Marte. Tenía la típica mirada intensa de un acosador y dijo que era pintor. Pero lo más extraño fue que se pasó casi todo el tiempo mirando a Sahara McNeil. Repetía una y otra vez que ya había hecho su «conexión» de la noche, y Joy me contó que a ella le dijo lo mismo, lo cual le resultó extrañísimo, ya que Joy era la segunda persona con la que se sentaba Marte. La primera fue Sahara.

—Entonces, ¿crees que el Marte ese ha podido matar a Sahara y que, como es pintor, podría haberla conocido en la movida llamada Corredor de la Muerte?

—Es un punto de partida —contesté tratando de no dar muestras de absoluta desesperación.

Matt se quedó callado con la mirada perdida en el humo que salía de su taza.

—Fíjate en los hechos —dije, tras una pausa—. Lo de Valerie Lathem no lo han declarado homicidio. El asesino de Inga Berg podría haber sido cualquier hombre, y Sahara McNeil... Creo que ella es la clave. Si encuentro otros sospechosos, se lo haré saber a Quinn. Solo necesito argumentos para demostrar que están incriminando a Bruce.

Matt asintió.

—De acuerdo —dijo, y golpeó la mesa con las palmas de las manos—. ¿Qué quieres que haga?

Justo entonces sonó el timbre de la puerta de abajo, un sonido lejano.

—Primero, quiero que atiendas al repartidor de los pasteles mientras me cambio —dije—. Y luego quiero que despejes la acera de nieve. —Le miré la piel bronceada, el color moreno típico del verano ecuatorial perpetuo—. Te acuerdas de cómo se usa una pala, ¿no?

Matt levantó una ceja oscura y me miró con cara de «hace un buen rato que la uso». Por suerte para él, yo tenía una cafetería que abrir.

CAPÍTULO DIECIOCHO

Hasta la década de 1840, el Soho —término con el que se denomina el barrio del bajo Manhattan situado al sur de la calle Houston— era una zona residencial tranquila, pero el *boom* de la construcción de la década de 1850 la transformó en una zona de tiendas caras y *lofts* destinados a la industria ligera. Durante ese auge de la construcción comercial, se puso de moda el uso de materiales de hierro fundido, por entonces baratos, en sustitución de la piedra, lo que hizo que la arquitectura opulenta de estilo italiano, como el edificio Haughwout, de 1857, cerca de la calle Broome en Broadway, se convirtiera en la norma. Se fabricaron tantas columnas, pedestales, frontones, ménsulas y vestíbulos de hierro para los edificios del Soho que la zona pasó a conocerse como «el distrito del hierro fundido».

Sin embargo, en la década de 1960, las fachadas de estos edificios ya mostraban un aspecto bastante desgastado debido a más de un siglo de abandono, y los *lofts,* que antaño eran caros, empezaron a convertirse en talleres clandestinos baratos. En aquella época, por un precio irrisorio se podía alquilar una planta entera de un edificio industrial, cosa que comenzaron a hacer los artistas pobres. Al cabo de una década, el Soho se convirtió en la meca del arte en la Costa Este, y en los años setenta cientos de galerías de arte, grandes y pequeñas, se extendieron, junto con los anticuarios, a lo largo de Broadway oeste, Broome, Greene y Barrow.

Transformada en una colonia bohemia, la apasionante mezcla de arte, diseño y arquitectura atrajo a la gente de la parte alta de la ciudad y, a finales de los años setenta, un nuevo tipo de habitantes empezó a adquirir los *lofts*. Era la época de los mecenas, así que los artistas hambrientos se vieron obligados a buscar locales industriales baratos en la zona oeste y en los barrios periféricos. Hacia 1980, era más probable que los *lofts* remodelados del Soho aparecieran en la revista *Architectural Digest* que en la *Interview* de Andy Warhol.

Por suerte, el carácter artístico del barrio no llegó a desaparecer del todo, y dentro de los irregulares límites del Soho —y también en algunas zonas de los alrededores— aún se encontraba la mayor concentración de galerías y museos de Norteamérica.

Un artista o diseñador prometedor podía trabajar donde quisiera, pero para triunfar era esencial que en su currículum apareciera el escaparate de alguna galería del Soho. Por este motivo, año tras año, seguía llegando a Nueva York un montón de gente ambiciosa recién graduada en la escuela de arte.

Aquel sábado por la tarde, luminoso, ventoso y frío, las callejuelas del Soho estaban abarrotadas. La nieve de la noche anterior tenía un aspecto blanco y esponjoso sobre los tejados y los capós de los coches, pero en las calles y aceras el tráfico rodado y peatonal ya la había convertido en una sucesión de charcos negros.

Tucker se había quedado a cargo del Blend para que Matt y yo nos tomáramos el día libre. Cuando alcanzamos el perímetro del Soho, todas las nubes habían desaparecido del cielo azul. En las calles, nos mezclamos con los turistas, los compradores y los pocos afortunados que podían permitirse vivir en aquel barrio tan moderno y tan pijo. Se me hacía raro volver allí con Matteo. Había estado tan ocupada regentando el Blend que no había pasado mucho por el Soho desde mi regreso a Nueva York, y encontré el barrio muy cambiado. Los comerciantes de arte de toda la vida, como la galería Perry, la Atlantic y la Richard Anderson, convivían con exposiciones más vanguardistas, como la galería Revolution y la Ferri Negtiva. Pero aquella zona se había vuelto tan exclusiva que Prada, Armani y Chanel también se habían establecido y ahora se codeaban con la galería de Pamela Auchincloss y la First Peoples.

Los salones de joyería de diseño y alta costura también parecían estar desplazando a las pequeñas galerías y tiendas de antigüedades. Pero el cambio más notable era la ausencia del World Trade Center, cuyas torres gemelas en otros tiempos se alzaron sobre el barrio como dos centinelas plateados y gigantes encargados de vigilar el puerto de Nueva York.

A pesar de los numerosos cambios, guardaba muchos recuerdos de ese barrio. De recién casados, a Matt y a mí nos gustaba ir de compras por allí, a menudo acompañados de Madame, siempre dispuesta a impartir su sabiduría y buen gusto a la hora de juzgar nuestras adquisiciones. Pero después de la adicción a la cocaína de Matt, de nuestro divorcio y de la crianza de Joy, ya no se podía comprar nada en esos negocios tan caros.

Aunque la gentrificación se había extendido por gran parte del Soho, aún quedaban pequeños reductos de tiendas de bajo alquiler, bares de mala reputación y salones de tarot. El Corredor de la Muerte estaba situado en una de esas calles, al norte de la exclusiva galería Mitchell Algus, en Thompson.

A lo largo de una hilera de edificios de tres y cuatro plantas que aún no habían sido objeto de la última oleada de reformas, Matteo y yo encontramos varios escaparates de galerías pequeñas, anticuarios mediocres y tiendas de ropa *vintage*.

—Según la dirección, debería estar por aquí —dijo Matteo mientras echaba un vistazo a la nota que había garabateado antes de salir del Blend.

Hice un barrido visual por los escaparates deslucidos y distinguí la galería Belleau, el anticuario Shaw, la tienda de ropa Velma's Vintage y el negocio de estufas y chimeneas antiguas Waxman, pero ni rastro del Corredor de la Muerte.

Matt me tocó el hombro.

—Ahí está.

El exterior de la exclusiva galería de arte donde trabajaba Sahara McNeil no tenía nada que ver con lo que yo había imaginado. En lugar de una fachada moderna, Matteo señaló un edificio anónimo de tres plantas con una tienda de antigüedades cochambrosa en la planta baja. Junto a la entrada de la tienda había una escalera de hormigón que descendía, por debajo del nivel de la calle, hasta la puerta de un sótano. Encima de esa puerta, con letras estarcidas de unos diez centímetros, se leían las palabras «Corredor de la Muerte».

Después de descender los peldaños irregulares, nos detuvimos ante una puerta con barrotes, no la típica verja de seguridad de aluminio tan frecuente entre los neoyorquinos, sino una auténtica puerta de hierro fundido arrancada de una celda del siglo XIX. Estaba cerrada. Junto a la entrada había un timbre de hierro negro en forma de calavera.

Matteo pulsó el timbre y oí sonar un gong fúnebre en el interior. Casi esperaba que apareciera Lurch, de la Familia Addams, pero fue un clon del tío Fétido quien nos hizo pasar.

El hombre se encontraba al final de un largo pasillo repleto de cuadros. Dentro, el ambiente era bochornoso y cargado, y la iluminación tenía un sutil tono escarlata que me resultó inquietante.

—Bienvenidos. La galería está por aquí —dijo con tono jovial el hombre gordo, y nos hizo señas para que nos acercáramos.

Las paredes del pasillo, bastante insulso, eran de ladrillo aislante pintado de verde hospitalario. El suelo también estaba cubierto de baldosas verdes baratas. Aunque lúgubre y feo, estaba repleto de grabados y carteles de teatro originales en marcos costosos. No reconocí a ninguno de los artistas y las obras me resultaron en su mayoría desconocidas.

Divisé el cartel de un musical ajeno al circuito de Broadway llamado *La revista de Jack el Destripador: una historia de Jack y el Descarado*. También vi la marquesina de una versión de Broadway del *Frankenstein* de Mary Shelley, que se estrenó y se clausuró en algún momento de la década de 1980, y un cartel de Broadway de un musical de *Carrie,* de Stephen King. Fue este último el que me dio la pista.

—Ya entiendo la decoración de este pasillo —le susurré a mi ex—. Es de la novela de Stephen King *La milla verde.* El largo pasillo verde de la cárcel por el que los condenados caminaban hasta el lugar de la ejecución.

—Bueno, se supone que es el corredor de la muerte.

—Así es —corroboró el grandullón que teníamos frente a nosotros. Aunque corpulento, iba vestido de Armani de los pies a la cabeza: con pantalones, camisa y chaqueta, todo negro. Tenía las manos en la espalda, de manera que su descomunal calva rosada era la única salpicadura de color en su silueta sombría. Siguiendo la moda del momento, el calvo llevaba la camisa abotonada hasta arriba sin corbata.

Cuando llegamos hasta él, extendió una mano hinchada para que Matteo la estrechara. Me fijé en la carne rosa que le sobresalía del cuello apretado bajo aquel rostro querúbico y carente de vello facial hasta en las cejas. Cuando nos hizo pasar por una puerta estrecha, observé que sus zapatos parecían unos Bruno Magli, y su reloj, un Rolex.

—Bienvenidos al Corredor de la Muerte. Soy Torquemada.

Miré a Matteo.

—¿Torquemada? —murmuré. Por alguna razón, asociaba el nombre con alguna atrocidad histórica.

Matt levantó una ceja.

—Nadie espera a la Inquisición española.

Aquel pasillo sofocante desembocaba de repente en una galería gigantesca y luminosa que ocupaba todo el sótano. Aunque carecía de ventanas, unos espejos estratégicamente colocados, el techo alto y blanco repleto de conductos y un suelo de madera pulida aumentaban la ilusión de luminosidad y amplitud. La iluminación era sutil pero lo bastante intensa como para resaltar las obras expuestas, y todo el espacio estaba bien señalizado y decorado con gusto, que era más de lo que se podía decir de las obras en sí.

Vi a varias personas en la galería. Una pareja joven y moderna parecía curiosear, y dos japoneses de mediana edad conversaban con una joven alta y de figura elegante que parecía una versión de Elvira, pero vestida de Prada. Los ojos de Matteo se posaron en ella de inmediato.

—Un espacio increíble —le dijo Matteo a Torquemada—. Nunca habría imaginado que en esta dirección se pudiera encontrar una galería tan espléndida.

Torquemada bajó los ojos y sus labios se curvaron ligeramente hacia arriba ante el cumplido.

—¿Buscan la obra de alguien en particular?

En ese momento, me fijé en un espeluznante cuadro que representaba una escena brutal de asesinato. La figura central era una mujer, acuchillada y mutilada, que colgaba del borde de una cama. La sangre manaba de sus heridas y formaba un charco en el suelo. La figura estaba representada con crudeza, pero con todo lujo de detalles. Los colores eran chillones, tan intensos que casi parecían resplandecer. Una ventana dominaba la esquina superior derecha del lienzo; a través de ella, se vislumbraba una escena callejera anodina y carente de detalles, como si el artista hubiera volcado toda su atención obsesiva en la figura funesta situada en primer plano.

—Esta obra se llama *Lustmord,* una palabra alemana que, en líneas generales, significa «asesinato sexual» —explicaba Torquemada, sin apartar la mirada de la imagen—. El original es de Otto Dix y data de 1922. Por desgracia, esta es solo una copia hecha en Alemania durante la República de Weimar en los años veinte, aunque bastante excepcional. Este ejemplar está firmado y numerado.

—Qué interesante —dije mirando a otro lado.

—¿Esto es lo que creo que es? —preguntó Matteo mientras apoyaba la mano en una silla de madera inacabada con unos electrodos metálicos.

—Es la silla eléctrica auténtica en la que murió el asesino en serie Jonathan Fischer Freed, pero no me pregunten cómo la conseguí —dijo Torquemada con tono cómplice—. Siento decir que ese objeto no está a la venta.

—Oh, qué pena —se lamentó Matteo con tono abatido.

Mientras curioseaba, encontré una sección dedicada a cuadros de payasos. Tal cual. Cuadros de payasos. Como los que se encuentran en cualquier mercadillo de Estados Unidos. Cada uno, realizado con una mano competente aunque no experta, representaba a un payaso diferente. Raro pero inocuo, pensé.

—Se trata de una serie de obras pintadas en la cárcel por el asesino en serie John Wayne Gacy —nos explicó Torquemada—. Llevó a cabo cientos de óleos para sus ávidos seguidores antes de que lo ejecutaran el 10 de mayo de 1994.

—¿En la silla eléctrica? —preguntó Matteo.

—Mediante inyección letal —respondió Torquemada—. Hace poco le compré estas obras a un coleccionista que falleció...

Miré uno de los cuadros y me pareció ver un brillo cruel en los ojos del payaso supuestamente inocuo. El cuadro se titulaba *Pogo el payaso* y llevaba el subtítulo *Un autorretrato*.

—Gacy torturó y asesinó a veintiocho chicos en un delirio homoerótico —continuó Torquemada—. De pequeño lo golpearon con un columpio y la herida le provocó un coágulo que, según él, le nublaba el sentido del bien y del mal. A pesar de esta enfermedad, real o imaginaria, Gacy era un pintor con talento y un destacado hombre de negocios muy activo en su comunidad. Vestido como el payaso Pogo, Gacy entretenía a los niños enfermos del hospital local y ayudaba a recaudar fondos. Era tan influyente en la política de Chicago que llegó a fotografiarse con la primera dama Rosalynn Carter.

Mientras se acercaba poco a poco a Elvira, Matteo se topó con una librería hecha de huesos viejos, humanos, según parecía. Me habría resultado espantoso si no hubiera visto ya antes en Italia algunos santuarios hechos con huesos humanos, a menudo bastante bonitos aunque macabros. Y no me cabía duda de que Matteo habría visto en el tercer mundo cosas mucho más perturbadoras que aquella simple estantería. De hecho, los ojos de Matteo pasaron rápidamente a fijarse en los libros.

En uno de los anaqueles de costillas, una vitrina sostenía una revista desgastada en cuya portada aparecía la foto del torso y la cabeza de una mujer envuelta por completo en cuero negro.

—Tenemos la colección completa de la revista *Bizarre,* de John Willie, los veintiséis números —explicó Torquemada—. Si no la conocían, *Bizarre* fue una revista fetichista *underground* publicada en los años cuarenta y cincuenta. En el Corredor de la Muerte no trabajamos el arte erótico, pero picoteamos un poco de aquí y de allá si los artículos son piezas de colección.

—¿Y qué tipo de arte trabaja, señor Torquemada? —le pregunté.

—Llámeme Torquemada a secas, señora...

—Cosi —dije.

Torquemada juntó las manos.

—Respondiendo a su pregunta, el Corredor de la Muerte sobre todo proporciona un mercado para que los marginados violentos de nuestra sociedad expongan y comercialicen sus actividades creativas.

—O sea, que vende arte hecho por asesinos.

—Hablando en plata, señora Cosi, es justo eso.

Desvió la mirada hacia Matteo y luego de nuevo hacia mí.

—Es evidente que están buscando un artículo en particular. Seguro que puedo serles útil.

—En realidad, buscaba la obra de un artista concreto —le dije—. Un joven que se hace llamar Marte...

Torquemada me miró sin demasiada convicción.

—¿Marte?

—Sahara McNeil me habló de él. Me recomendó su trabajo.

Al oír el nombre de Sahara, Elvira se volvió hacia nosotros.

—¿Marte? —repitió Torquemada con sequedad—. No puede ser.

La pareja parecía ajena al cambio en el tono de nuestra conversación, pero los hombres de negocios japoneses ahora también nos miraban.

Torquemada me agarró del brazo, de una manera poco suave.

—¿Harían el favor de acompañarme a mi despacho? —inquirió con una cortesía forzada.

Me zafé de él y lo seguí por la galería hasta una puerta en la que se leía un letrero de privado. La abrió sin demora y nos indicó que entráramos. Torquemada entro después de nosotros y cerró a toda prisa.

La oficina era pequeña y austera, y sobre las paredes blancas había carteles de distintas exposiciones de la galería. Sobre la mesa, había un ordenador Apple con un monitor fino y elegante; un montón de libros y catálogos de arte llenaban unas estanterías altas. Varios montones de porfolios de cuero negro se apoyaban contra una pared y, en la esquina de la habitación, detrás del escritorio, destacaba un esqueleto humano que posaba con una bandeja de plata en la mano, como si sirviera el almuerzo. Sobre la bandeja reposaban algunos objetos, pero Torquemada habló antes de que pudiera fijarme bien en ellos y desvió mi atención.

—Bueno, ¿de qué va esto? —preguntó Torquemada, con el rostro colorado—. Ya he hablado con un detective de la policía. Si son ustedes más de lo mismo, lo mínimo sería que se identificaran.

—Somos detectives privados e investigamos la muerte de Sahara McNeil —afirmó Matteo con suavidad, sin dudarlo un segundo.

—¿Qué hay que investigar? —dijo Torquemada, con los brazos abiertos y los hombros encogidos—. La aplastó el camión de la basura, fin de la historia.

—No parece usted muy afectado —observé.

—No, señora Cosi. Y usted tampoco lo estaría. La pequeña Sally era una agente de ventas mediocre cuya incapacidad para camelarse a la clientela y a los artistas que representábamos por poco me cuesta uno de mis mejores clientes.

—¿Marte?

Torquemada se echó a reír.

—Ya quisiera. El pobre Marte, también llamado Larry Gilman, no es más que un aspirante con ínfulas.

—Sé de buena tinta que tiene antecedentes como delincuente violento y que podría haber cometido un asesinato —respondí.

—Lo acusaron de homicidio involuntario, pero rebajaron los cargos a agresión. Larry se peleó con un punk portorriqueño en un bar, por una chica, y el chaval murió después. Larry el Asesino ni siquiera cumplió condena, lo pusieron en libertad condicional. Pese a todo, le gusta fanfarronear a costa de aquello. Cree que es bueno para su currículum.

—¿Y lo es?

—Hace falta tener un mínimo de talento —contestó Torquemada—. Marte era, en sentido estricto, un aficionado. Manga japonés mezclado con Jackson Pollock. Muy poco original. A veces les paso ese material a los góticos que no pueden permitirse obras originales.

—¿Originales como los cuadros de los payasos, quiere decir?

—Puede que esas obras no sean profundas, señora Cosi, pero las creó una mente lo bastante audaz como para captar una visión del universo mucho más oscura que la de Larry Gilman. O que la suya, sin ir más lejos.

Sí, sin ir más lejos —pensé—. *Y menos mal.*

—¿Cómo definiría la relación entre Larry Gilman y Sahara McNeil? —pregunté.

—La de un perro faldero con su ama. Él la veneraba. Ella lo soportaba. Sahara movió algunas obras para él. Incluso lo dejaba venir a la galería para hablar largo y tendido. —Torquemada se examinó las uñas y suspiró—. A Sahara le gustaba la atención, pero dudo mucho que hubiera algo más entre ellos. Era diez años mayor que él y estaba años luz por delante en educación y sofisticación. Ella era licenciada en Bellas Artes, Larry era un chico de Jersey que había dejado el instituto. ¿Qué atractivo iba a encontrar en un postadolescente burdo y carente de talento?

Torquemada se acercó a las pilas inclinadas de carpetas de cuero negro y arrojó una sobre el escritorio.

—Marte ha venido antes y me ha traído esto.

Abrió la carpeta de cuero. Dentro había varias obras pintadas con acrílico. Diez. En todos aparecía la misma mujer. Reconocí el pelo rojo fuego y los ojos verdes de la noche de Conexión Capuchino.

—Sahara McNeil...

Las obras eran maravillosas, luminosas, unos retratos muy idealizados. El tipo de cuadros que pintaría un joven apasionado en plena agonía del deseo.

—Ni siquiera puedo venderlos —dijo Torquemada, con voz pesarosa. Más melancólico que enfadado, cerró el porfolio—. Parecen cuadros de hadas o algo por el estilo. ¿Quién iba a comprar esto?

¿Quién? Está claro que nadie que compre obras de arte en la galería Corredor de la Muerte.

Estudié la expresión resignada de Torquemada. Había algo que aún me inquietaba.

—Ha dicho que por culpa de Sahara McNeil casi pierde un buen cliente. ¿De quién se trata?

Torquemada se colocó detrás del escritorio y se sentó. Intenté no desviar la mirada hacia el esqueleto que se cernía en un rincón por detrás de él con una bandeja de plata a modo de ofrenda.

—Seth Martin Todd —dijo mientras Matt y yo tomábamos asiento frente a él.

—No me suena —dijo Matteo.

—Sí, bueno, no me sorprende —replicó Torquemada, un tanto a la defensiva.

—Lo que ha pasado es que Seth Martin Todd va a inaugurar la semana que viene una exposición individual en el Museo Getty de Los Ángeles y sus cuadros ahora mueven unas sumas de dinero enormes. Un dinero que genera unas comisiones que son necesarias para la supervivencia de esta galería. Sahara puso en peligro mi relación de confianza con el señor Todd.

—¿Cómo?

—Todd la acusó de malvender una de sus obras —respondió Torquemada—. También le echó la culpa de que cancelaran una aparición suya en el programa de Charlie Rose y de la pésima organización de una exposición en el MoMa.

—¿Amenazó el señor Todd a Sahara?

—En varias ocasiones. Pero él amenaza a todo el mundo —respondió Torquemada sacudiendo la mano rosa e hinchada—. Incluso a mí.

—Entonces, ¿es otro aspirante con ínfulas? ¿No es peligroso?

—Yo no he dicho eso, señora Cosi. Seth Martin Todd sí es auténtico. Asesinó a dos personas. Una de ellas era su esposa.

Matteo se inclinó hacia delante.

—Entonces, ¿está en la cárcel? ¿O lo están juzgando?

—Los cargos contra él se retiraron por detalles técnicos. Los asesinatos ocurrieron en Vermont y el *sheriff* del pueblo que lo detuvo echó a perder la cadena de custodia de las pruebas.

Un abogado carísimo consiguió que todas las pruebas contra él se rechazaran en las diligencias previas. Todd ni siquiera fue a juicio y su mala reputación propició que sus obras se cotizaran al alza entre cierta clase de coleccionistas.

—¿Vive el señor Todd en Nueva York? —pregunté.

Torquemada resopló.

—Si Queens es Nueva York, entonces sí.

Abrió un cajón, sacó una carpeta y una tarjeta de visita.

—Esta es su dirección. Salúdenlo de mi parte, si es que los recibe.

Matteo entornó los ojos.

—Oh, nos recibirá.

—Se negó a reunirse ayer con el representante de la Comisión Conmemorativa del World Trade Center. Yo quería que fuera, pero Todd dijo que el representante no estaba moral ni éticamente capacitado para juzgar su trabajo.

—¿Por qué no? —le pregunté.

—Todd tiene un problema con los hombres. Un complejo de macho alfa. Parece encantador con ambos sexos, pero en realidad prefiere tratar con mujeres. Sobre todo en lo concerniente a su carrera. En mi opinión, ese es el secreto de su éxito..., su manera de tratar a las señoras. Este muchacho ha conseguido llegar a lo más alto gracias a su encanto. —Torquemada me dedicó una sonrisa malévola—. Si tiene suerte, querida señora Cosi, usará esa magia con usted.

Sentado a mi lado, Matteo cambió de postura y cruzó los brazos con fuerza. Noté la tensión en su voz cuando preguntó:

—¿Esa magia incluye el asesinato?

—Seth tiene fantasmas personales de los que ocuparse —dijo Torquemada desviando por un momento la atención hacia el esqueleto que tenía detrás—. Todos los tenemos. —Luego me miró—. Si cree que Seth asesinó a Sahara, se equivoca. No sentía más que desprecio por ella y por su origen burgués. El poder de Seth como artista proviene de saber que destruyó algo que amaba. Que la única persona que para él significaba más que la vida murió en sus manos. —El calvo volvió a desviar la mirada hacia el esqueleto que tenía detrás y continuó—: Entiendo a Seth. En cierto modo, sé cómo se siente. Yo no maté a mi mujer, pero me aparté para ver cómo moría.

Volvió la vista hacia nuestros asientos, pero tenía la mirada perdida mientras retomaba el discurso:

—Madeline le daba a la aguja..., a la heroína... Eso, unido a su incapacidad para medir cualquier cosa, le provocó una sobredosis. Pero aún sigue aquí conmigo.

Llámame ingenua, pero tardé un ratito en comprender que se refería al esqueleto. Aquella muestra de anatomía de facultad de medicina eran los restos de la difunta esposa de Torquemada.

Dios mío de mi vida —pensé—, *este sitio es la feria de los horrores.*

—Como ven, no puedo olvidarla —añadió Torquemada—. Al menos, Marte fue lo bastante sensato para no aferrarse, para traerme esos cuadros y no volver a mirar el rostro muerto de Sahara McNeil.

—Gracias por su tiempo —dije mientras me levantaba de golpe.

Matteo hizo lo propio. Sin embargo, antes de darme la vuelta para marcharme, no pude evitar mirar con una curiosidad morbosa el contenido de la bandeja que sostenía la señora Torquemada.

Vi una jeringuilla, una cuchara, una bolsa de plástico transparente con polvos blancos y una vela consumida. También había un objeto reseco que parecía el pescuezo de un pavo; fuera lo que fuera, sin duda era orgánico.

Matteo también miró la bandeja y oí que se le cortaba la respiración por el horror.

—¡Hostia puta!

El arrebato de Matt hizo que Torquemada se levantara como un resorte y que casi nos echara de allí.

—Nunca lo entenderéis —dijo enfadado—. Hay muchas formas de ser fiel, de cumplir las promesas... Yo he sido fiel a mi manera.

Matteo me agarró del brazo y lo siguiente que supe es que estábamos en la calle, dando bocanadas de aire limpio y frío como un par de mineros que acabaran de revivir después de quedar atrapados.

—Menos mal que hemos salido de ahí —dije.

Me volví hacia Matt. Estaba pálido. Eso me sorprendió... Y, a decir verdad, aquel arrebato del final también me había sorprendido.

—¿Desde cuándo eres tan aprensivo? —le pregunté—. Ya has visto huesos antes. Y Nueva York da bastante yuyu.

—No fueron los huesos lo que me impresionó, ni el asqueroso de Torquemada. Fue lo que había en la bandeja —dijo Matteo mientras me llevaba por la calle Thompson.

—¿La aguja? ¿La heroína? ¿El pescuezo de pavo?

Matteo negó con la cabeza.

—Eso no era un pescuezo de pavo, Clare.

—Entonces, ¿qué era?

—Cuando estuve en África, hace tiempo, condenaron a dos hombres por violación. Después del juicio les amputaron ciertas partes del cuerpo como castigo.

—Dios mío. —Me quedé sin aire—. Entonces, ¿eso era...?

—Ya lo has oído —dijo Matteo, y asintió—. Ha sido fiel a su manera...

CAPÍTULO DIECINUEVE

D
espués de salir del Corredor de la Muerte, Matteo y yo caminamos hacia el metro y tomamos la línea R de Broadway, el tren que pretendía coger Valerie Lathem cuando murió. En Times Square, cambiamos a la línea 7, en dirección a Queens, para bajarnos en Long Island City. Ese recorrido está soterrado desde Times Square hasta la Quinta Avenida y continúa por el nivel más profundo de la estación Grand Central. A continuación, atraviesa un túnel por debajo el East River y emerge para circular por una vía elevada que cruza el centro de Queens hasta el estadio Shea, en Flushing, donde finaliza el trayecto.

Entre los pasajeros de la línea 7 predominaban los hispanos y los asiáticos, junto con indios orientales y un puñado de irlandeses de rostro colorado que se habían trasladado desde la Isla Esmeralda a Woodside, en Queens, para reunirse con otros compatriotas. Matteo y yo nos bajaríamos antes de llegar a ese minúsculo enclave irlandés. Nos dirigíamos a un lugar mucho menos agradable, una zona de Queens, en teoría industrial, conocida como Long Island City, una transición hacia los barrios residenciales. En otras palabras: un antiguo distrito industrial que los urbanitas más osados habían empezado a ocupar.

A pesar de nuestra espantosa experiencia en las entrañas del Soho, o tal vez debido a ella, el hipnótico movimiento subterráneo del tren me sumergió en una especie de ensoñación en la que volví a la casa inacabada de Bruce Bowman y a sentir un ligero cosquilleo en la piel al recordar sus caricias durante nuestro último encuentro en la cama de cuatro postes.

Hasta fechas recientes, las autoridades de transporte habían mantenido en aquella línea un antiguo tren de color escarlata, conocido como el pájaro rojo, cuyos vagones eran viejos, ruidosos y con corrientes de aire, hasta tal punto que en algunos tramos era casi imposible la conversación. Los vagones nuevos, en cambio, eran elegantes y silenciosos, pero Matteo y yo decidimos no hablar. Yo seguía soñando despierta y, a mi lado, en el asiento rígido de plástico naranja, Matteo miraba hacia lo lejos con los brazos cruzados, como si él también estuviera en otra parte.

Me espabilé cuando el tren emergió del túnel y la luz deslumbrante del atardecer irrumpió por las ventanas arañadas. Entonces la vía se inclinó y la línea 7 se elevó para pasar por encima de un patio de maniobras desierto cubierto de charcos de barro y nieve derretida.

A pesar de las importantes obras en las vías y del nuevo tren, la línea 7 aún tenía un aspecto lúgubre y anticuado en algunos tramos, como si fuera la pariente pobre de las líneas de Manhattan, con sus estaciones remodeladas con mosaicos.

Las estaciones elevadas y centenarias de la línea 7, como la de Queens Plaza, eran un retorno a la Revolución Industrial: sobrias estructuras de acero sobre altos pilotes de hierro con varios niveles de andenes de hormigón y vías de madera. Al entrar en la estación, el metro sonaba como la vieja montaña rusa de tablones en la que me montaba de pequeña cuando iba al parque de atracciones.

Nos apeamos justo después de Queens Plaza, en la parada de la calle Treinta y tres. Desde el estrecho andén de hormigón teníamos una magnífica vista del Empire State, al otro lado del río, iluminado por los rayos dorados del atardecer. Bajamos tres largos tramos de escaleras hasta Queens Boulevard, una de las dos arterias principales del barrio. Mientras esperábamos a que cambiara el semáforo, una marea de tráfico fluía por los tres carriles abarrotados. Fue allí, acompañados por el estruendo de los motores, donde Matt y yo empezamos a discutir.

—No es buena idea, Clare —dijo Matteo—. ¿Por qué tenemos que enfrentarnos a Seth Martin Todd ahora? ¿Por qué hoy? Ya sabemos que ha matado... dos veces. ¿Por qué tenemos que entrar en la guarida del depredador?

—Tú ya sabes por qué. Tengo que hacerlo para quedarme tranquila.

—Podríamos dejar que Quinn se ocupara. Los detectives de policía harán algo más que comer dónuts en Krispy Kreme y perseguir divorciadas, ¿no? Deja que ese detective se gane el sueldo por una vez en su vida.

—No hace falta que te metas con Quinn —dije—. Puede que se haya equivocado con Bruce, pero no es un mal policía. Y tengo la intención de dejar que se ocupe del caso..., pero necesito darle algo en lo que basarse. Venga ya, tenemos una pista bastante buena. Por lo general estás abierto a los desafíos.

El gesto de Matteo era pétreo.

—Una cosa es un desafío, Clare, y otra que me hagas acompañarte a la casa de un asesino, y no me gusta.

Suspiré.

—Quieres que vaya sola, ¿no?

—No quiero que vayas, ni sola ni acompañada.

—Bueno, pues voy a ir. Tú decides cómo.

Matt se rascó la nuca y sacudió la cabeza.

—Venga. Acabemos ya con esto.

—Es una oportunidad perfecta —dije intentando parecer animada mientras cruzábamos esa calle tan transitada—. Torquemada dijo que Todd había rechazado la cita con la Comisión del World Trade Center y que es encantador, ¿no? Me haré pasar por alguien de la Comisión y, mientras trata de engatusarme, le tiraré de la lengua.

—¿Y qué se supone que tengo que hacer yo mientras tú... le tiras de la lengua?

—Esperar fuera. Torquemada dijo que Todd tenía un problema con los hombres que representan autoridad.

—No, Clare. Me parece que no es buena idea.

—Claro que es buena. Si no vuelvo en un rato razonable, pongamos treinta minutos, llamas a la poli. Es más, puedes llamar a Quinn. Este no es su territorio, pero... —le lancé una mirada a Matt— estoy segura de que habrá algún Krispy Kreme por aquí cerca.

Matteo me devolvió la mirada, pero no dijo nada.

El sol rozaba ya el horizonte y las farolas parpadearon justo antes de encenderse mientras avanzábamos hacia el norte por la calle Treinta y tres, una vía sobre todo comercial llena de talleres de chapa y pintura, fresadores, fábricas de muebles y garajes, todos ellos cerrados o a punto de cerrar.

A lo lejos, varios edificios industriales altos tipo *loft* parecían estar medio vacíos. No era un barrio residencial y nadie se había molestado en despejar la nieve, que yacía en la calzada y en las aceras formando varias capas sucias. No había tiendas, ni restaurantes, ni supermercados, ni quioscos. En lo referente a la vida en la ciudad, esa era sin duda la famosa «frontera urbana».

Cuando pasamos junto a un solar que unos adolescentes hispanos utilizaban como cancha deportiva, sentí que unos cuantos pares de ojos feroces nos observaban, y de repente me arrepentí de haberme puesto mi nuevo abrigo de piel vuelta de mil dólares largo hasta el suelo. Por su elegancia, era la prenda perfecta para acaparar miradas de admiración en las calles del Soho, pero usarlo en Long Island City no había sido lo más inteligente.

Después de que los adolescentes nos miraran a Matteo y a mí por segunda y tercera vez, Matteo les lanzó un gesto despectivo. Enseguida reanudaron el partido.

—Por si no te has dado cuenta, Clare, este no es un buen barrio —dijo Matteo sin alterarse.

—Si eres capaz de recorrer en todoterreno el país de los bandidos hasta Jiga-Jiga, creo que podrás ocuparte de nuestra seguridad en la selva de Long Island City.

—En África llevo pistola.

El crepúsculo cayó con rapidez cuando giramos a la derecha, en un estrecho callejón sin salida entre dos edificios industriales altos. A nuestra izquierda, al otro lado de tres vallas metálicas con alambre de espino de dos metros y medio, un gran perro negro nos gruñó. El edificio de la derecha, una fábrica y almacén de seis plantas que ocupaba casi toda la manzana, tenía la misma dirección que estaba impresa en la tarjeta de visita que Torquemada me había dado.

—Hemos llegado —anuncié con tono animado.

Matt escudriñó con gesto serio el callejón sombrío —pavimentado con los adoquines originales— y las ventanas oscuras de los edificios, al otro lado de las cuales no brillaba ninguna luz interior.

—Sí. Hogar, dulce hogar.

Caminamos hasta el final del callejón sin salida y nos detuvimos ante una puerta de acero sin ventana sobre la que había una bombilla apagada. Con la última luz del día, leí el letrero.

—Estudios Tod. Tiene que ser aquí, pero me pregunto por qué habrá escrito mal su nombre. En la tarjeta de visita pone «Todd», con dos d.

—No es un error ortográfico —respondió Matteo—. *Tod* significa «muerte» en alemán.

—Ah. —Eché otro vistazo a la extraña puerta de aquel edificio austero y me encogí de hombros—. Bueno, pues nuestros caminos se separan aquí.

Matt me tiró de la manga del abrigo.

—Sincronicemos nuestros relojes. Treinta minutos —dijo mientras toqueteaba su Breitling.

—Entendido. Ahora desaparece de mi vista.

Desde un lugar oculto, Matteo me vio pulsar el botón que había junto a la puerta. El eco de un fuerte timbre de almacén resonó en la enorme estructura vacía. Tardaron tanto en abrir que llegué a pensar que me pasaría los treinta minutos allí de pie, delante de la puerta. Al cabo de unos diez minutos, oí unas pisadas. La bombilla que había sobre el dintel se encendió de repente y, con un estridente chirrido metálico, la puerta se abrió.

Un hombre rubio, delgado, despeinado y de rasgos afilados estaba en el umbral. Aunque era alto, su delgadez me pareció tan extrema que debía de pesar menos que yo, y su tez era pálida y de aspecto enfermizo. Pero detrás de sus ojos celestes había inteligencia y energía, y parecía abierto y amable. De hecho, lo único inquietante de Seth Todd era que tenía las manos y los brazos, hasta los codos, manchados con un líquido de color rojo oscuro.

—Dios, espero que sea pintura —dije.

Para mi sorpresa, el hombre se echó a reír, y yo hice lo propio.

—¿Puedo ayudarla en algo?

—Sí, si es usted Seth Martin Todd.

Asintió.

—A su servicio, ¿y usted es...?

—Clare —respondí—. Tengo entendido que envió una propuesta a la Comisión del World Trade Center.

—Encantado de conocerla, Clare. —Seth Todd extendió la mano para estrechar la mía. Entonces reparó en que todavía estaba cubierta de pintura color sangre.

—Lo siento —dijo, avergonzado. Y los dos volvimos a reírnos.

Un momento perfecto de comedia romántica —pensé—, *si no fuera porque este tipo asesinó a su mujer.*

—Pase —dijo Seth Todd, y se sirvió de sus zapatos Skechers desgastados para abrir la puerta un poco más.

Con una rápida e incómoda mirada hacia atrás, vislumbré la silueta de Matteo, al fondo del callejón, acechante desde una puerta. Me volví hacia Todd y entré.

—Pase por aquí —me indicó, mientras me agarraba del codo para dirigirme hacia una gran puerta abierta—. Voy a limpiarme y ahora vuelvo.

Crucé el umbral y me encontré en el interior de un espacio industrial amplio y vacío con el suelo de hormigón manchado de aceite, el techo alto y los conductos de fontanería y calefacción que subían por las paredes de ladrillo visto.

Esa zona parecía haber sido un muelle de carga. En la pared que daba a la avenida Cuarenta y tres había dos enormes puertas de garaje por cuyas juntas se filtraba una corriente de aire frío.

Aunque a ambos lados había ventanas altas, colocadas antes de la llegada de la electricidad de forma estratégica para que diera el sol tanto por la mañana como por la tarde, en ese momento estaba oscureciendo y gran parte del enorme espacio interior se perdía entre las sombras.

Una vez dentro del edificio, comprendí por qué no se veían luces por las ventanas. Todd no utilizaba más que un pequeño rincón del enorme espacio como zona de trabajo y solo esa parte estaba iluminada por tres bombillas desnudas que colgaban del techo mediante unos cables largos.

Había unas cuantas sillas —todas distintas—, algunos taburetes y varios caballetes con cuadros expuestos. Algunos eran abstractos, pero no todos. Había un óleo de una antigua iglesia gótica y otro de una granja que me recordaron a la obra de Andrew Wyeth.

La obra que Todd pintaba en ese momento descansaba sobre un gran caballete en el centro del espacio de trabajo, un lienzo de dos metros por tres cubierto de varios tonos rojizos, desde el color intenso de la sangre recién derramada hasta el carmesí apagado de una costra, pasando por el marrón oscuro de una vieja mancha. Pese a la abstracción, la unión de aquellos elementos provocaba un gran impacto emocional. El artista demostraba un auténtico don en la selección y disposición de los tonos, las formas y las texturas.

—¿Quiere un té? —preguntó Seth Todd cuando apareció a mi lado con una tetera de plata humeante y dos tazas de cerámica blanca.

—Gracias —dije mientras él colocaba las tazas en una mesa baja de madera y lo servía.

—Por favor, quítese el abrigo y siéntese.

Me quité el abrigo de piel y lo dejé sobre el respaldo de una butaca mullida. Él acercó un taburete metálico maltrecho con el asiento negro acolchado y se sentó frente a mí. Probé el té y me pareció sabroso, un darjeeling con un toque afrutado sutil.

—En realidad me gusta más el café —se disculpó Seth Todd con los talones de los Skechers apoyados en los travesaños inferiores del taburete, como un adolescente en un episodio de *Las desventuras de Beaver*—. Un buen kona o un *blue mountain* me vendría ahora de perlas, pero duermo mal, así que nada de cafeína a partir de las seis de la tarde. Mis amigos dicen que debería pasarme al descafeinado, pero prefiero saltarme el café de la tarde antes que recurrir a una medida tan drástica. Dante se olvidó de escribir sobre el anillo del infierno reservado a los detractores de la cafeína.

Me reí a carcajadas. *Dios mío* —pensé—, *si no me hubieran dicho que es un asesino, encajaría muy bien con este hombre.*

—Pienso exactamente lo mismo —le dije—. No se imagina lo aficionada al café que soy, pero reconozco que este té está delicioso.

—Lo compré en el barrio chino, en una pequeña tienda de Mott Street llamada Importaciones Wen. No pruebo nada que no sea de hoja.

Examiné el área de trabajo de Seth Todd. Era, por lo que pude ver, el típico estudio de un artista. Tubos y botes de pintura. Pinceles. Lápices. Lienzos y papel. Había algunos bocetos a lápiz y tinta en otro caballete. Estudios humanos, en su mayoría. Rostros y figuras, varios retratos dibujados del natural —ninguno de ellos acuchillado, apuñalado o maltratado—. Pero mis ojos volvían sin cesar al gran lienzo rojo que dominaba la habitación.

—Es un cuadro impresionante —le dije.

—Gracias —contestó mientras me observaba—. Es un encargo para el vestíbulo de la empresa de *software* Gordian Incorporated, con sede en Seattle. Scott Musake y Darrel Sorensen han diseñado las nuevas oficinas centrales. Son fabulosas.

Habló de otros encargos: para la sede central de una empresa de electrónica en Tokio, para un rascacielos en Sri Lanka y para el gran salón de baile de un hotel parisino todavía en construcción. También se las arregló para dejar caer que su obra estaba expuesta en varios museos y galerías de todo el mundo.

Aunque un poco desbordante, el entusiasmo de Todd por su arte y por el trabajo de diseño de otros artistas me pareció contagioso. Era un pintor serio, pero también se preocupaba por su reputación. A algunos probablemente les molestaría su carácter ambicioso, pero a mí me pareció sincero y original; al menos no le ocultaba a nadie sus aspiraciones.

—Entonces—dijo por fin—, ¿está aquí por mi propuesta para la Comisión del World Trade Center?

Asentí con la esperanza de que mi mentira resistiera su escrutinio.

—Yo no soy quien evalúa las propuestas, claro —dije para ganar tiempo—. Ni siquiera las veo. Me limito a hacer las entrevistas. Intentamos reunirnos con todos los artistas y diseñadores que desean participar en este proyecto tan importante.

—Esperaba a un hombre —dijo Todd—. Un tipo llamado Henderson. Un crítico que antes escribía en *Art Review.*

—Ah, sí. Bueno, nos pareció que el señor Henderson era demasiado duro con algunos artistas, así que me ofrecí para venir en su lugar.

—Pues me alegro de que lo hiciera, Clare —dijo Todd con los ojos celestes clavados en los míos—. Henderson criticó mucho una de mis exposiciones y dudo que me fuera a evaluar de manera justa.

Aquello no se parecía en nada a lo que Torquemada nos había contado. Todd no tenía nada en contra de los hombres en general, sino de aquel hombre en particular. Para ser sincera, más bien parecía como si Todd intentara proteger su trabajo y su reputación. Hablaba del tema con una sinceridad tan genuina que me creí hasta la última palabra.

Aunque resultaba inquietante, no sabía muy bien por qué, me costaba reconocer en él a la misma persona que Torquemada había descrito.

—¿Por qué quiere exponer su obra en el World Trade Center? —pregunté.

—Porque es un lugar importante —contestó Todd—. Cuando esté acabado, por las puertas de ese complejo pasarán millones de personas. El nuevo World Trade Center se convertirá en la capital comercial del mundo y en un escaparate del arte y el diseño. Desde que Keops construyó la Gran Pirámide, ningún proyecto arquitectónico ha recibido tanta atención internacional. ¿Qué mejor lugar para mostrar mis creaciones artísticas?

—Entiendo...

Hasta el momento, Seth Martin Todd había sonado más como un vendedor ambulante que como un asesino y yo ya estaba convencida de que había llegado a otro callejón sin salida en la investigación para exculpar a Bruce Bowman. Aun así, continué.

—Su trabajo se ha vendido en la galería Corredor de la Muerte por mediación de una tal señora McNeil. ¿Sahara McNeil?

La mirada de Todd se endureció.

—La señora McNeil le vendió uno de mis cuadros a una corporación japonesa. ¿Por qué lo pregunta?

Dejé la taza.

—Supongo que ha oído hablar de ella y del accidente de ayer por la mañana...

Seth Todd parpadeó.

—No.

—Ha muerto. Aplastada bajo un camión de la basura en Greenwich Village.

—¿Y eso qué tiene que ver con la Comisión del World Trade Center?

—Nos gusta que nuestros futuros artistas tengan un historial limpio —respondí con toda la frialdad de la que fui capaz.

Todd se inclinó hacia delante y también soltó su taza.

—Usted ya conoce mi historial, porque en caso contrario no estaría aquí preguntándome acerca de una mujer muerta.

—Sé que lo acusaron de un asesinato.

Todd resopló.

—¿Que me acusaron? No. Lo cometí de verdad. Fui a mi cabaña de Vermont y encontré a mi mujer acostada con otro hombre. Me sentí traicionado. Perdí un poco la cabeza. Los maté, a los dos. ¿Sabe lo que es sentirse traicionado?

—Sí. Lo sé muy bien.

—Entonces me entenderá.

Nos quedamos un rato en silencio.

—Entonces, ¿ha venido para comprobar si tengo algo que ver con la muerte de Sahara McNeil? —preguntó Todd. Se levantó y se aproximó a su lienzo. Se quedó mirándolo de espaldas a mí—. ¿La envía Torquemada? ¿Le dijo que yo estaba enfadado con Sahara y que la amenacé?

—¿La amenazó?

Vi que los hombros de Seth Martin Todd se levantaban con un enorme suspiro.

—Amenazo a mucha gente, Clare. Tengo mal carácter, como ya sabrá. A la gente no le gusto cuando me enfado.

Me levanté.

—Siento haberlo molestado, señor Todd —dije.

Se dio la vuelta y volvió a mirarme. Sonreía.

—Venga, Clare. Pregúntemelo. Para eso ha venido.

Me moví con incomodidad.

—¿La mató usted, Seth?

—No —contestó él después de una larga pausa—. Yo no maté a Sahara McNeil.

Me metí en el papel de Quinn, a sabiendas de que tendría que hablarle de Todd si no conseguía las respuestas adecuadas.

—¿Puede justificar cuál era su paradero ayer entre las siete y las diez de la mañana?

—¿Ayer? —Se echó a reír y se acercó a su escritorio. Volvió con una cinta de vídeo. Me entregó la caja de plástico y le dio unos golpecitos.

—Lea la etiqueta.

La leí. Era una entrevista a Seth Martin Todd emitida en MetroNY Arts, un programa matinal de televisión por cable. La entrevista se emitió en directo desde un estudio de Queens en el momento de la muerte de Sahara McNeil.

—Siento decepcionarla —dijo—. De verdad.

—Dios, qué vergüenza —repuse sin pensarlo.

Seth Todd me miró con un regocijo irónico.

—No se avergüence, Clare. Me hacen este tipo de preguntas continuamente.

—¿Sí? ¿La gente le pregunta a menudo si ha vuelto a matar a alguien?

—Bueno —puntualizó—. Puede que esa pregunta no.

Volví a envolverme en mi abrigo de piel vuelta.

—Le diré que no soy de la Comisión del World Trade Center —confesé.

Todd asintió.

—Ya me lo imaginaba.

—Entonces, ¿no quiere saber por qué he venido aquí?

—En realidad no... Me gusta el suspense. En fin, ¿puedo pedirle un coche? No hay taxis por aquí, pero suelo usar un servicio de alquiler de vehículos.

—No, gracias —dije—. Me espera un... coche al final del callejón.

—Un placer conocerla, Clare. Vuelva por aquí, quizá la próxima vez pueda criticar mi obra, eso sí que me enfadaría.

Le lancé una mirada y él levantó las manos en señal de burla.

—Es broma.

Después de acompañarme a la puerta, Todd se despidió con una advertencia: que tuviera cuidado en el barrio.

—No se preocupe —le dije—. Mi... conductor en una ocasión se las apañó para salir de un infierno en Calcuta.

—Genial.

Caminé por los oscuros adoquines. Al final del callejón, Matteo emergió de entre las sombras.

—Tres minutos más y llamo a Quinn —dijo reprimiendo un escalofrío—. ¿Cómo te fue?

—Todd es otro callejón sin salida, nunca mejor dicho. Pero he aprendido algo importante...

—¿Qué?

—No se puede juzgar una novela por su cubierta llena de polvo.

Matteo me lanzó una mirada agria.

—Eso no es muy útil.

—No, no es útil —respondí mientras pensaba en lo encantador, erudito, culto e inteligente que era Seth Martin Todd, a pesar de ser un asesino por partida doble, y, por desgracia, en lo mucho que me recordaba a Bruce Bowman.

Genius reparó en que la chica estaba encantada de hallarse cerca de él mientras compartían una acogedora mesa en la cafetería de su madre, tomaban capuchinos y charlaban con despreocupación. Qué bonito. Precioso...

Sí, Joy, puede que tengas un bonito nombre y una bonita cara. Pero el principal atractivo es tu juventud, tu estúpida y chispeante juventud.

Está claro que aquel chaquetón amarillo tan ridículo ha pasado a la historia. Ya veo que te encanta el nuevo abrigo de piel vuelta que lo sustituye. Es adorable ver que no quieres quitártelo, ni siquiera mientras estás sentada junto al fuego disfrutando de tu capuchino.

Pero en realidad no te mereces ese abrigo... Está claro que eres demasiado joven para llevarlo. Y, querida Joy, la verdad es que también eres demasiado incauta..., descuidada..., y no te das cuenta de que te has pasado de la raya, de que tu risa me parte en dos.

Tampoco entiendes que yo, Genius, soy quien ostenta el poder, no tú. Pero vas a aprender rápido, querida Joy..., muy pronto..., porque estoy a punto de enseñarte la lección...

CAPÍTULO VEINTE

Pero nadie cuestiona tus valores
ni te reclama alquiler,
nadie se entromete si estamos como cubas
ni pregunta cómo pasamos la noche...

En algún lugar por debajo del East River, Matt se volvió para recitarme esos versos de *Life Among the Artists*, una cancioncilla con casi un siglo de antigüedad escrita por el periodista y radical John Reed, que vivió durante un tiempo en Nueva York.

—¿Y? —pregunté cuando acabó—. ¿Qué me quieres decir con eso?

—Esta ciudad es el lugar perfecto para gente como Toddy, el chico ese que pinta, gente que quiere huir de su pasado. En Nueva York, la gente te ve, pero no te conoce. E incluso aunque te conozcan, en realidad no te conocen.

—¿Matt?

—Te has quedado sin pistas, Clare.

—No, no me he quedado...

—Escúchame. Has reconocido que Seth Todd era tan encantador como Bowman. Seguramente también será sensible y dulce cuando no le sobreviene la furia asesina. A lo mejor crees que conoces a Bowman, pero puede que sea exactamente como

Todd. Tal vez por eso Bruce se mudó a Nueva York, para escapar de otros «accidentes» pasados. Lo que está claro es que este encuentro con Todd debería darte que pensar. —Sacudí la cabeza—. Piensa en ello, Clare. Creo que has empezado a admitir la posibilidad de que Quinn tenga razón.

Me desplomé contra el frío asiento de plástico naranja del metro y me acurruqué en mi abrigo para intentar sentir de nuevo el calor de Bruce.

Mientras salíamos de debajo del río hacia la primera parada de Manhattan, adelantamos un tren más lento que circulaba por una vía paralela. Los pasajeros parecían fantasmas en la oscuridad, con la cabeza y el torso flotando en el marco de las ventanillas. Entonces pensé en Valerie. En que su cuerpo había quedado mutilado en un tramo de esos kilómetros y kilómetros de vías de metro y, a pesar del abrigo, me recorrió un escalofrío.

—Clare, venga ya. Cuando saliste del estudio de Todd, me confesaste sin rodeos que te había sorprendido. Que nunca habrías imaginado que fuera un asesino...

—Pero a Seth Todd acabo de conocerlo. No he pasado tiempo con él. No me he colado en su casa, ni leído sus correos electrónicos, ni...

—Ni te has acostado con él.

El tono de voz elevado de Matt atrajo algunas miradas en el vagón. Dos adolescentes hispanos soltaron una risita y miraron hacia otro lado. Una anciana filipina entrecerró los ojos, sacudió la cabeza y volvió a su periódico.

—Ya discutiremos esto en otro momento —susurré, y volví a hundirme en el asiento de plástico duro y a cerrar los ojos con la intención de que Matt también cerrara la boca.

En vez de pensar en la culpabilidad de Bruce, quería analizar los hechos.

Hecho: Bruce era inocente. Vale, puede que eso no fuera un hecho aún ni para Quinn ni para Matt, pero para mí sí. Yo lo sabía. Solo tenía que demostrarlo. Una vez más, pensé en Valerie Lathem. Pero no en la Valerie muerta, sino en la que salió con Bruce durante una breve temporada. Bruce la había conocido gracias a su trabajo en la agencia de viajes. Lo más seguro es que ese dato fuera el único en el que Quinn se había centrado.

Por supuesto, el detective comenzó a considerar sospechoso a Bruce cuando vio que la nota hallada en el escenario del crimen de Inga iba firmada con la letra B. Una vez descubierta esa conexión, lo lógico era dejar de preguntar sobre la vida amorosa de Valerie.

Pero Bruce me reveló que fue Valerie quien le recomendó la página de SolterosNY, lo que significaba que hacía tiempo que ella usaba el mismo servicio de citas que Inga Berg. Tal vez Quinn conociera ese dato, tal vez no. Sin embargo, para mí era una conexión importante que había que investigar.

Vale, admito que Quinn no se equivocó al fijarse en Bruce Bowman, el hombre que conectaba a Valerie con Inga (y con Sahara, por cierto), pero el detective no estaba convencido de la inocencia de Bruce y yo sí. Así que tenía que haber otro hombre relacionado con varias de las víctimas o con todas ellas.

Si a Valerie e Inga las mató el mismo tipo, había bastantes posibilidades de que las hubiera conocido en esa página de citas. Lo único que Matt y yo teníamos que hacer era cotejar los nombres. Si algún hombre aparecía en la lista de citas de ambas, sería un sospechoso factible.

Y, para serte sincera, no me habría sorprendido que Sahara McNeil apareciera como usuaria de SolterosNY. A fin de cuentas, Sahara acudió la noche de la Conexión Capuchino, lo que significaba que buscaba pareja de forma activa y que había muchas posibilidades de que hubiera probado a encontrarla en SolterosNY.

Conclusión: si encontraba a un hombre, diferente de Bruce, que estuviera relacionado con las tres mujeres, era probable que tuviera al asesino. Y estaría encantada de servírselo a Quinn en una bandeja más fina que la de Torquemada.

—Sí. Hay una nueva pista —murmuré, casi para mis adentros, con los ojos aún cerrados—. SolterosNY.com.

—¿Qué?

—Matt, escúchame. —Abrí los ojos y me volví hacia él—. Esto no va de que Bruce me haya engatusado o engañado, se trata de que confío en mi criterio. Tardé mucho tiempo en creer en mí, pero lo he conseguido. Y creo que tengo razón. Necesito comprobar una pista más. Es importante. ¿Puedes confiar en mí, solo un poquito más?

Desde una distancia segura, Genius siguió a la chica jovial cuando salió del Village Blend. Su abrigo de piel de mil dólares era fácil de distinguir entre la multitud de chaquetones de lana azul marino, chaquetas de cuero y anoraks sintéticos baratos.

En esa ocasión no había plan. Ninguno. A Genius no le importaba. Ya improvisaría algo. Genius tenía un gran don para la improvisación, y esa chica había llegado demasiado lejos esa noche, se había burlado sin piedad de él, se había reído y había coqueteado con él durante una hora entera antes de marcharse.

La chica echó a andar por Hudson en dirección este, hacia el sur de la Séptima Avenida.

Bien —pensó Genius—. Muy bien. Perfecto.

El sábado por la noche esas calles estaban abarrotadas de universitarios y fiesteros, de parejas heterosexuales y homosexuales,

de gente de los barrios humildes, de jóvenes de fuera de Man-
hattan, de grupis de discoteca, borrachos y drag queens. *En nin-*
gún otro lugar había un carnaval más poblado, ruidoso y caótico
que en la Séptima Avenida sur.

En una esquina cercana a un bar universitario, la multitud se
había desbordado sobre la acera. La parada de autobús en mitad
de la manzana era el nexo perfecto.

Joy se acercó a la esquina y esperó a que cambiara el semáforo,
dispuesta a cruzar el amplio bulevar. Un joven rubio con perilla le
dijo algo. Ella se volvió y sonrió.

Muy bien —*pensó Genius*—, adelante, coquetea con el chico.
Te gusta coquetear y así estarás lo bastante distraída para que el
plan improvisado funcione.

Allí viene, el autobús M20, a toda pastilla, se desvía hacia la
acera para llegar a la parada, media manzana más abajo. Allí vie-
ne, será tu última parada, Joy Allegro.

La multitud era densa, y el empujón sería fácil, nadie sabría
quién había mandado a la chica fuera de la acera justo cuando el
monstruo se acercaba. Para Genius, ese choque final sería el más
dulce, el más satisfactorio de todos...

CAPÍTULO VEINTIUNO

Matteo y yo salimos de la última parada de la línea 7 de metro en Manhattan, en la calle Cuarenta y dos con Broadway. Subimos la escalera hacia la calle, empujamos las puertas de la estación y nos adentramos en la estridencia del sábado por la noche en Times Square. Cientos de cuerpos se disputaban el espacio en una acera abarrotada. Matt me guio hasta un lugar relativamente tranquilo cerca de la entrada de un edificio de oficinas y, bajo el resplandor de un millón de luces de neón, sacó su PDA. Una conexión rápida nos llevó a la página de SolterosNY y, en la sección de preguntas frecuentes, encontramos la dirección de la oficina principal de la empresa, acompañada de una mala noticia.

—La oficina ya está cerrada —dijo Matt—. Y no abrirán hasta el lunes por la mañana. No trabajan los domingos.

—Déjame ver. Si en la página apareciera el nombre de algún propietario, podríamos buscar la dirección de su casa en el listín telefónico. Tal vez sea una información pública. —Agarré la PDA y navegué un rato por la página—. ¡Aquí está!

—¿Tienes algún nombre?

—No. Mejor aún. Mira, celebran un seminario esta noche.

—Miré el reloj—. Acaba de empezar. Tenemos que llegar al centro. Si cogemos un taxi, nos da tiempo a entrar.

—¿Un seminario? ¿Qué clase de seminario? —gritó Matt. Yo ya había empezado a avanzar entre la multitud con el brazo derecho levantado.

—Un seminario con una especie de gurú de las citas —grité sin volverme—. Se imparte una vez al mes en el auditorio de la Nueva Escuela. ¡Taxi!

Cogimos un taxi que nos condujo hacia el cruce de la avenida de las Américas con la calle Doce y recorrimos a pie media manzana hasta la Nueva Escuela de Investigación Social, en el número 66 de la Doce oeste.

Mientras discutíamos el plan, pasamos junto a un edificio en obras. Matteo se detuvo en seco delante de un impactante cartel que estaba pegado en una valla de madera.

El enorme anuncio mostraba el torso desnudo de una mujer que se tapaba el pecho discretamente con el brazo. Tenía unas líneas dibujadas en el cuerpo, como si fuera una vaca, que delineaban distintos cortes de la carne: paletilla, lomo, costillas, chuletas, jarrete...

—Joder, espero que no sea la publicidad del seminario de citas al que nos dirigimos —dijo Matteo—. He oído que eso es como un mercado de carne, pero nunca pensé que fuera tan literal.

—Qué gracioso.

Miré el cartel y me cercioré de que no tenía nada que ver con el seminario de SolterosNY. Era una publicidad de la gala benéfica de lencería organizada por No Más Carne que tendría lugar esa misma noche, un poco más tarde, en el edificio Puck. Me estremecí al recordar a Brooks Newman y su plan «genial» como nuevo director de recaudación de fondos para la organización vegana. Por lo visto, había logrado su propósito.

Pese a todo, no compartí mis pensamientos con Matt, porque no me apetecía demasiado explicarle cómo Newman había convertido nuestra inocente velada de Conexión Capuchino en la noche del magreo.

—Vamos —dije.

El vestíbulo del edificio principal de la Nueva Escuela estaba concurrido y muy iluminado. Me acerqué a la recepción, donde un estudiante aburrido trataba de leer sus apuntes a pesar de las constantes interrupciones.

—Perdone —le dije—. Estoy buscando...

—¿SolterosNY? Al final del pasillo, gire a la derecha y diríjase a la mesa de inscripciones. Busque el cartel que dice «Desconexión».

¿Tan desesperada se me veía? ¿O se suponía que todas las mujeres de Nueva York estaban sedientas de hombres y en busca de uno?

El seminario ya había empezado, así que no había colas en la mesa de inscripciones. Sobre un atril había un gran cartel en el que se leía «Desconexión» junto a la caricatura de una pareja moderna besándose por encima de un ordenador tirado en un cubo de basura.

—¿Están ustedes registrados en SolterosNY? Si lo están, tienen un treinta por ciento de descuento para escuchar a Trent y Granger —dijo una joven alegre que llevaba los labios pintados de marrón mate y un vestido corto del mismo tono con el escote aún más pronunciado que el que yo me había puesto para Bruce.

—No —dijo Matteo—. No estamos registrados.

—Yo sí —admití.

Matteo me miró atónito.

—Sí que has estado ocupada mientras yo no estaba.

Hice caso omiso de mi exmarido y le di a la joven mi dirección de correo electrónico para que la comprobara en el ordenador. Me entraron ganas de agarrar el portátil y salir corriendo, pues estaba segura de que toda la información que necesitaba se guardaba en el disco duro de aquella maquinita. Pero en la vida nada es tan sencillo y lo más probable era que, con los tacones que llevaba esa noche, me hubieran pillado media manzana más abajo.

—¿Clare Cosi? Bienvenida a «Desconexión: libérate del ratón» —dijo mientras me pasaba un folleto—. Son cuarenta dólares.

Suspiré. Ahí estaba yo, en el vestíbulo de la Nueva Escuela de Investigación Social, un paraíso para los académicos y literatos desde la Primera Guerra Mundial, el punto de unión de la Costa Este para los intelectuales y científicos que huyeron de los nazis. En esa escuela habían impartido clases y conferencias celebridades como William Styron, Edward Albee, Robert Frost, Arthur Miller y Joyce Carol Oates, además de iconoclastas excéntricos y controvertidos como el psicólogo Wilhelm Reich y el gurú de la psicodelia Timothy Leary.

¿Y a qué increíble conferencia estaba a punto de asistir? A la de «Trent» y «Granger», que hablarían de cómo ligar con el sexo opuesto sin la ayuda de una página web.

Pagué en efectivo.

La chica del escote pronunciado se volvió hacia Matteo y le preguntó si también quería registrarse. Mi ex no respondió de inmediato: por un momento, el canalillo y los labios carnosos de la mujer lo distrajeron. Por suerte, un codazo en las costillas resolvió el dilema.

El auditorio tenía capacidad para mil personas, pero se agolpaban menos de doscientas en las diez o doce primeras filas, de las cuales más de dos tercios eran mujeres. Casi todos los asistentes parecían tener más de treinta años y menos de cincuenta.

Mientras encontrábamos sitio cerca del escenario, Matteo no paró de protestar por haber pagado sesenta dólares para entrar.

—Con sesenta pavos come una familia keniata durante seis meses.

—Cállate, a lo mejor aquí aprendes alguna cosa.

Me lanzó una mirada que decía «lo dudo», pero cerró el pico. En el escenario había un hombre alto, con el pelo oscuro y lacio, como el de Hugh Grant, y los labios finos. Llevaba una camisa negra ajustada, abierta por el cuello, pantalones negros y una chaqueta de seda italiana gris marengo. Se movía con seguridad y, mientras hablaba, iba de un lado a otro del escenario hablando a los miembros del público de forma individual, como si la conferencia estuviera dirigida en exclusiva a cada uno de ellos.

—Hasta ahora hemos repasado las reglas de las citas y hemos incidido en su importancia —dijo por el micrófono—. Pero esas reglas tan importantes no son aplicables a la mayoría de las relaciones en línea. Todos recordamos la regla número uno, ¿verdad?

El hombre que estaba a su lado, más bajo y algo rechoncho, con unas gafitas de montura oscura y la cara redonda, pulsó el botón del puntero y apareció una frase en una gran pantalla blanca. El público leyó la frase como si estuviéramos en un karaoke.

—No todos los hijos del Creador son hermosos —coreó la concurrencia.

—¿Y la regla número dos? —susurró Matteo—. Estos tíos son unos estafadores de manual.

—Entonces, ¿cómo sabemos si la otra persona es atractiva —continuó el hombre del escenario— si no la conocemos en carne y hueso? ¿Esa chica es una Monica o una Hillary? ¿Ese chico es el príncipe Andrés o Homer Simpson? Un secreto: nunca lo sabrás si solo los conoces en un chat de internet. Para eso tienes que conocerlos en persona.

Acentuó las últimas palabras con lo que creía que era un erótico movimiento pélvico, pero aquel tipo no era Elvis. A mi lado, Matteo soltó un suspiro de repugnancia.

—Y por eso estoy aquí. Me llamo Trent. Y el ricachón este que está a mi lado es Granger. Ambos hemos sacrificado la noche del sábado para ofrecerte un mapa de confianza que te permita abrirte paso en el campo minado de los ligues cara a cara y en tiempo real.

Trent se acercó al borde del escenario y bajó la voz una octava.

—Damas y caballeros, lo llamamos «citas sin red». Es real, es arriesgado, pero la recompensa merece la pena. Les pido que prueben, al menos durante un rato, a desenchufar el ordenador. A guardar el ratón. A jugar con las cartas más favorables para ganar siempre la partida y hallar una vida amorosa mejor de lo que jamás soñaron.

—No me lo puedo creer —se me quejó Matteo al oído—. ¿Están enseñando a los neoyorquinos, que se supone que son urbanitas, sofisticados y bien educados, a ligar con el sexo opuesto? Algunos ya lo descubrimos en el instituto.

—Tú lo descubriste en sexto de primaria —susurré.

Matteo frunció el ceño.

—¿Te hablé alguna vez de Maggie?

Una treintañera en la fila de delante se dio la vuelta, estoy bastante segura de que para hacernos callar. Pero cuando vio a mi ex, su determinación pareció flaquear, al igual que sus rodillas. Le echó un vistazo a Matt con aire coqueto y luego me fulminó con la mirada.

—Todo tuyo, cariño —murmuré.

Matt me miró y los dos nos reímos.

—Durante la próxima hora, vamos a analizar los lugares correctos para buscar la pareja perfecta —ronroneó Trent—. Como dice Donald: ubicación, ubicación, ubicación, y os sorprendería saber cuánta gente se equivoca.

»¿Buscas una diva de la música disco? No intentes ligar en el Museo de Historia Natural. ¿Tienes un romance clandestino en la oficina? No la lleves a cenar al club de campo del jefe. ¿Buscas sexo ardiente, placentero y sin compromiso? ¡No vayas de crucero con un grupo religioso! Recuerda la regla número siete.

Granger activó el puntero y el público coreó:

—Cuando busques un lugar para el amor, la ubicación es crucial.

—Voy a vomitar —gimió Matteo en mi oído.

—Que no sea encima de mí —le advertí.

—Vamos a hacer una pausa de veinte minutos antes de empezar con la segunda parte del seminario —anunció Trent—. No olvidéis coger un folleto. Sugiero a los que han llegado tarde que hablen con los que han llegado pronto para ponerse al día de lo que se han perdido... Tal vez entonces surja alguna conexión...

El escenario se quedó a oscuras y el público se levantó y se desperezó entre murmullos.

—Vamos —dijo Matt agarrándome la mano.

Prácticamente me arrastró por el pasillo central mientras se abría paso a empujones en el sentido contrario al de la multitud. Pedí disculpas a la gente a la que mi exmarido apartaba hasta que el camino hacia el escenario quedó despejado.

—Matt, ¿qué mosca te ha picado?

Mostraba un gesto duro y no dejaba de avanzar.

—Calla —me ordenó—. Me estoy metiendo en el personaje.

Uno de los técnicos intentó bloquearnos el paso, pero no era más que un universitario flacucho con una gorra hacia atrás. Matteo lo apartó y subió al escenario. Trent y Granger estaban allí sentados mientras toqueteaban el puntero. Matt se acercó a ellos y rugió con voz airada y combativa.

—Mi hija menor de edad se registró en su página web y ha salido con varios hombres de mediana edad. Algunas de sus amigas han hecho lo mismo. ¡Es solo una adolescente! Está en secundaria, ¡por el amor de Dios! Quiero saber cómo se llaman los hombres con los que han salido ella y sus amigas, o acudiré a la policía.

Granger retrocedió temeroso cuando Matteo, bronceado y musculoso, se le echó encima con los puños cerrados y una vena palpitándole en la sien.

Trent, en cambio, mantuvo la calma. Lo vi mirar hacia el auditorio, donde las cabezas se giraban y los cuellos se torcían para enterarse de lo que pasaba.

Había que reconocer que Trent tenía mérito. La presencia de Matteo siempre imponía, pero, cuando se enfadaba, era un verdadero basilisco. Ante la furia de Matt, muchos se habrían comportado como idiotas llorones y habrían llamado a seguridad o habrían huido. Pero Trent no lo hizo.

Se enfrentó a Matteo y, con una sonrisa forzada, trató de manejar la situación con profesionalidad.

—Oiga, tranquilícese, señor...

—Allegro.

—Señor Allegro, este no es el momento ni el lugar. Venga a mi despacho el lunes y...

—Mi hija y sus amigas están ahora mismo citándose con esos hombres. El lunes haré que lo detengan por promover la corrupción de menores —gritó Matteo.

Más cabezas se giraron. La gente que había empezado a deambular hacia las puertas de salida del auditorio para fumar o ir al baño de repente decidió quedarse merodeando por el pasillo y pegar la oreja.

—Vengan conmigo —nos invitó Trent, y nos condujo a una pequeña sala de espera entre bastidores. Antes de abandonar el escenario, Trent le ordenó a Granger que cogiera uno de los portátiles de la mesa de inscripciones.

¡Bingo!

Nos sentamos en unas sillas metálicas plegables mientras Trent se disculpaba una y otra vez.

—Nunca nos había pasado algo así —dijo—. Estamos orgullosos de nuestro proceso de selección, pero cooperaremos con usted y con su esposa en todo lo que podamos.

Granger llegó con la chica del escote pronunciado, que llevaba el portátil negro como si fuera una bandeja. Intenté no recordar las ofrendas de Torquemada.

—Se puede acceder a toda nuestra base de datos mediante este sistema remoto inalámbrico —empezó a explicar Trent. Tecleó una contraseña y miró a Matteo.

—¿Qué necesitas saber?

Matt me señaló.

—Mi mujer se lo dirá.

—Empecemos por la mejor amiga de mi hija, Valerie Lathem —mentí—. Según tenemos entendido, ha compartido algunos nombres con mi hija.

Trent tecleó el nombre de Valerie.

—Esta cuenta no es muy activa. Valerie no visita nuestra página desde octubre. Tuvo seis citas a través de nuestro registro.

—¿Con quién? —Ya había sacado un pequeño bloc de notas y tenía el lápiz preparado.

—Jack Wormser, Parnell Jefferson, Raymond Silverman, el doctor Anthony Fazio, Julio Jones y Brooks Newman.

¿Brooks Newman? —pensé—. *Qué interesante.*

—¿Nadie llamado Bowman? —preguntó Matteo.

Trent negó con la cabeza. Por supuesto, Bruce no iba a estar allí. Eso ya lo sabía. Valerie había conocido a Bruce por el trabajo, no por esa página.

—La otra amiga de nuestra hija es Inga Berg —continué enseguida.

Los dedos de Trent volaron por el teclado.

—La señorita Berg ha estado más activa... Mucho más. Desde agosto ha tenido decenas de citas. —Miró a Matt—. Sin embargo, aquí aparece el nombre que mencionó usted antes: Bowman. Bruce Bowman, calle Leroy, en el Village. Él sí salió con Inga.

—Buscamos cómo se llamaban los últimos hombres con los que salió —dije—. Los de las dos últimas semanas nos servirán.

—La cuenta de Inga tampoco ha estado activa de un tiempo a esta parte. Sus últimas citas fueron Bowman, Eric Snyder, Ivan Petravich, Gerome Walker, Raj Vaswani y Brooks Newman.

Parpadeé. Brooks Newman. Don Ni Por Asomo. Don Tres Días de Vegano. Don Fiesta de la Lencería para No Más Carne. Don Seductor en Serie con Síndrome de Peter Pan.

Sí, no parecía descabellado que también fuera un asesino en serie de mujeres.

La actitud de Newman hacia el sexo opuesto rozaba la misoginia, aunque si alguien le hubiera preguntado a él, lo más probable es que hubiera proclamado su amor absoluto por las mujeres... o por su cuerpo, en cualquier caso.

—El señor Newman es uno de los hombres que le ha mandado mensajes a nuestra hija —mentí—. ¿Aparece alguna otra cita en su historial?

Trent miró la pantalla.

—Nada en los últimos diez días... Supongo que habrá estado ocupado en el trabajo. Pero el señor Newman ha añadido dos perfiles a su cesta personal, que es un espacio virtual para almacenar los perfiles de las personas con las que se desea contactar en el futuro.

—¿Quiénes son? —pregunté.

—La señora Sahara McNeil y la señora Joy Allegro, que es su hija, ¿verdad?

La confirmación de que Brooks había puesto a Sahara en su cesta me impactó menos que la mención del nombre de mi hija. Cerré los ojos.

—¡Dios mío, Joy!

De repente, una serie de hechos inconexos se unieron en mi cerebro para dar forma a una señal de alarma roja como la sangre.

—¡Ven conmigo! —grité, y agarré a Matteo de la mano.

—Pero...

—¡Vamos!

Matteo se levantó. Granger y Trent se quedaron totalmente desconcertados.

—Oigan, ¿qué pasa? —preguntó Trent.

—Tendrán..., tendrán noticias de nuestro abogado —gritó Matteo, aún metido en su papel, mientras yo tiraba de él.

Recorrí el pasillo a toda prisa, pasé por delante de la mesa de inscripciones y salí del edificio. Matteo se apresuró a alcanzarme.

—Clare, ¿qué pasa?

Corrí calle abajo, hasta que llegué al edificio en obras.

—¡Dios mío! —grité cuando volví a mirar el cartel de No Más Carne.

—¡Clare, habla! —exigió Matt.

—¡Es Brooks Newman! —grité—. Él es quien ha matado a esas mujeres. Ahora lo veo claro. Salió con Valerie, salió con Inga y, obviamente, se enrolló con Sahara la noche de Conexión Capuchino. La cesta de su perfil no hace más que confirmar su interés por ella... Y ahora va a por Joy.

—No te preocupes —dijo Matteo—. Nunca se acercará a nuestra hija.

—¡Joy está ahora mismo con él!

—¿Qué?

—El cartel. —Golpeé la valla con la palma de la mano—. Es un anuncio del espectáculo de lencería de No Más Carne que tendrá lugar en el edificio Puck esta noche, ¡y empieza justo ahora!

—¿Y qué?

—Que Joy me contó que esta noche iba a participar en el *catering* de una fiesta vegetariana en el edificio Puck. Es esta, Matt. Ella está allí. ¡Nuestra hija está con Brooks Newman en este momento!

CAPÍTULO VEINTIDÓS

—¡Hola! Has contactado con Joy Allegro. Ahora mismo no puedo contestar el móvil, estoy en clase o intentando que no se me corte la mayonesa. En cualquier caso, ¡deja un mensaje!

Sentada en la parte de atrás del taxi, resoplé ofuscada y esperé el pitido del contestador.

—Joy, soy mamá, llámame al móvil en cuanto oigas este mensaje. No quiero asustarte, pero no te acerques a Brooks Newman bajo ningún concepto. Si te molesta de alguna manera, díselo enseguida a tu profesora. No te quedes sola, permanece siempre cerca de la profesora. Ten cuidado y espéranos a papá y a mí en el edifico Puck. Ya vamos a recogerte para que no te pase nada de vuelta a casa. No estoy de broma, Joy. Llámame en cuanto oigas este mensaje y...

—¡Piii!

—¡Mierda!

—Tranquila, Clare. A Joy no le va a ayudar que nos volvamos locos. Mantén la cabeza fría.

—Lo sé. Vale, lo intentaré.

Odiaba esa sensación, no solo por el hecho de que Brooks Newman hubiera matado al menos a tres mujeres y le hubiera echado el ojo a Joy, sino también porque no podía evitar sentir que Joy estaba en peligro. Llámalo intuición materna, pero desde que entré en el auditorio de la Nueva Escuela tuve una sensación, constante y siniestra, de que mi hija me necesitaba.

Llamé a su apartamento, pero me saltó el contestador. Tampoco estaba su compañera de piso.

—Llama a la cafetería —sugirió Matt.

El teléfono sonó cinco veces.

—Village Blend, buenas noches. —Era la voz de Esther Best.

—Esther, soy Clare

—¡Es Clare! —gritó Esther a alguien cercano.

—¡Esther! —grité—. ¡Esther!

Al cabo de un momento, Esther se puso de nuevo.

—¿Vas a volver esta noche? Me lo pregunta Tucker. Tenemos bastante lío.

—Esther, escúchame, vais a tener que seguir al mando de la cafetería un poco más. Llamo porque necesito encontrar a Joy lo antes posible. Es urgente.

—Ah, vaya. Bueno, Joy no está aquí. Estaba hace un rato, pero se fue con un chico.

—¿Qué chico?

—Un universitario. Estaba bueno. Con el pelo corto rubio y perilla. Me suena haberlo visto por la facultad. Un chaval musculoso con pantalones militares y chaquetón marinero. Joy dijo que el chico le había salvado la vida en la Séptima Avenida sur.

—¿Qué? ¿Qué quieres decir con que le salvó la vida?

—¡Qué! —gritó Matt a mi lado—. Clare, ¿qué pasa?

—¡Shhhh! Tranquilo —le dije a mi exmarido—. Esther, ¿qué ha pasado?

—Joy me ha contado que había un montón de gente borracha delante de un bar en la Séptima Avenida y que alguien la empujó de la acera justo cuando se acercaba un autobús.

—Joder. —Cerré los ojos.

—Pero está bien —continuó Esther—, porque el universitario ese había tonteado con ella un segundo antes y la estaba mirando cuando se salió de la acera. Se abalanzó sobre ella y la agarró por la capucha del abrigo nuevo. Precioso el abrigo, por cierto. La capucha y el chaval le salvaron la vida. Pero estaba bastante asustada, así que él la acompañó hasta aquí y Joy nos contó lo sucedido. Luego se tomaron un café, estuvieron un rato riéndose y después, antes de marcharse, nos dijo que el chico iría con ella al edificio Puck para que llegara sana y salva al *catering*. No sé más.

Asentí y crucé la mirada con Matteo. Tapé el micrófono del móvil con la mano.

—No pasa nada. Joy está bien. Un chico la ha acompañado al edificio Puck.

—¿Qué chico? —Matt apretó la mandíbula.

—Un chaval de la universidad. Muy amable, según Esther. Tranquilo.

Pero no se tranquilizó. Muy al contrario, se inclinó hacia delante, pegó la cabeza a la mampara de metacrilato del taxi y gritó:

—¡Acelere el trasto este de una vez, hombre!

El taxista miró indignado a Matt de reojo, murmuró algo en ruso y volvió a centrarse en el asfalto sin aumentar lo más mínimo la velocidad.

Suspiré. A veces Matt actuaba como si no supiera nada de la vida en Nueva York.

—Le pagaré diez dólares más —le dije con amabilidad.

El taxista pisó el acelerador de inmediato. Mientras bajábamos por Broadway, marqué uno de los números de mis contactos.

—¿A quién llamas ahora? —preguntó Matt.

—Al móvil de Mike Quinn.

Pero no contestó, sino que saltó el buzón de voz.

—Mike, soy Clare —dije en cuanto oí el pitido—. Ven lo antes posible al edificio Puck. Es urgente. Estoy segura de haber encontrado al asesino de Valerie Lathem, Inga Berg y Sahara McNeil, pero ahora temo que vaya a por Joy...

El pitido me sonó en un oído mientras una palabrota me sonaba en el otro. Matteo maldecía por el atasco que teníamos delante. Después de girar en Houston oeste, el taxi había disminuido la velocidad hasta detenerse por completo.

—Matt, no creo que tengamos que preocuparnos. Brooks no va a hacerle nada a Joy allí, delante de todo el mundo. Ella está bien, estoy segura —mentí. Matt estaba que echaba humo, y yo no quería que explotara.

El taxi avanzó a trompicones y se detuvo de nuevo. El semáforo se había puesto en rojo de repente. Matteo volvió a detenerse.

El tráfico en Nueva York puede ser tan incierto como una tormenta repentina y, al igual que los patrones meteorológicos impredecibles, cambia cuando menos te lo esperas, en mi opinión, en el momento menos oportuno.

—Aquí pasa algo —gruñó con un marcado acento ruso nuestro conductor de mediana edad.

Y así era. El cruce con Lafayette, donde Houston oeste se convierte en Houston este, era un nido de cucarachas de limusinas negras que trataban de llegar al mismo sitio al mismo tiempo.

—¿Crees que esas limusinas van al Puck? —pregunté.

—No creo que acudan a las rebajas de Dean y DeLuca —respondió Matt.

—A ocho cincuenta el bote de salsa para pasta, dudo que alguna vez haya rebajas en Dean y DeLuca.

—A eso me refiero.

Esperamos mientras el semáforo se ponía en verde, luego en amarillo y de nuevo en rojo. El taxi no se movió. La pierna de Matt comenzó a sacudirse como un pistón y supe, por experiencia, que la explosión estaba al caer.

—Vamos —dije, y abrí la puerta para aliviar la presión—. Son solo dos manzanas.

Matt se apeó y le di al conductor mis últimos veinte dólares. Mientras caminábamos por Houston oeste vimos mejor a los pasajeros de las limusinas.

—La gala es de etiqueta y con invitación —dije—. ¿Cómo vamos a entrar ahí para buscar a Joy?

—De la misma manera que hablamos con Trent y Granger —dijo Matt mientras avanzaba con grandes zancadas.

—No, Matt, escucha... —Le tiré del brazo—. Esto no es un seminario público. No podemos entrar sin más. Desde el 11S, la seguridad en este tipo de celebraciones es más estricta que nunca, sobre todo cuando acuden famosos, políticos y periodistas. Podemos darles todas las explicaciones que queramos sobre Joy o sobre lo que sea, pero a menos que tengamos credenciales auténticas o una invitación oficial, llamarán a seguridad y nos echarán.

—¿Y qué hacemos entonces? No me voy a quedar aquí esperando a que llegue el madero ese.

—Podría llamar de nuevo a Mike, pero si no contesta será porque está en medio de algo. Y es posible que Joy tenga el móvil en el bolso y mientras trabaja estará guardado en una taquilla o en un almacén.

—Bueno, si se te acabaron las ideas, voy a arriesgarme a entrar gritando.

—Matt, no funcionará.

Justo entonces, oí la voz fuerte e insustancial de una joven delante mismo de nosotros.

—¡Ah! —le decía a un transeúnte entre risas—. ¡Que el edificio se llama Puck, con P, no con F! ¡Ya me parecía a mí un nombre muy raro!

Al volverme vi a una rubia alta y delgadísima con el pelo largo y liso, tacones altos y suficiente perfilador de ojos como para agradar a un faraón egipcio. Aunque llevaba abrigo, sus piernas desnudas y sus sandalias de tiras no podían parecer más inapropiadas para el frío de aquella noche de finales de otoño.

El transeúnte, un hispano con uniforme de repartidor, la observaba con una mezcla de interés y confusión. Entonces ella me miró con unos grandes ojos azules y yo le sonreí con amabilidad.

—¿Necesitas ayuda? —pregunté. La chica se quedó mirándonos y asintió con la cabeza de manera entusiasta.

—Me acabo de bajar de un taxi y ya he caminado dos manzanas. Busco el edificio Puck —dijo, sin resuello.

—Nosotros vamos hacia allá, está un poco más arriba —dijo Matteo—. ¿Eres modelo?

—Sí —respondió la chica, y se apartó el pelo de la cara para mostrarnos su perfil.

—Él también —decidí.

Sorprendido, Matt abrió la boca para hablar, pero le di un codazo antes de que emitiera ningún sonido.

—Sí —continué—. Brooks Newman ha contratado a Fuego para posar con poca ropa.

—¡Fuego! —gritó Matt.

Le di otro codazo.

—Yo soy su agente, me llamo Clare.

—Encantada de conocerte, Clare. Y a ti también, Fuego —dijo la mujer—. Yo soy Tandi Page. Tandi con i latina. Mi agente me ha dicho que insista en ese detalle para que la gente escriba bien mi nombre.

—¿Y Brooks apuntó tu nombre correctamente? —pregunté.

—Ah, no creo que se enterara de cómo me llamo.

Cuando llegamos a Lafayette, el edificio Puck se cernió sobre nosotros. Siempre consideré ese lugar una especie de estructura enigmática, no solo por sus orígenes. Llamado así por la irreverente revista satírica que tuvo allí su sede, la fachada aún ostentaba las dos estatuas doradas del Puck de Shakespeare, el tejedor de sueños en la comedia *Sueño de una noche de verano* con sombrero de copa.

El estilo arquitectónico del Puck también resultaba enigmático. Era una estructura de acero de la Escuela de Chicago con hileras de ventanas de arco que permitían la entrada de mucha luz. El empleo hábil del ladrillo rojo, alegre y de líneas finas, combinado con una ornamentación verde y sobria causaba un efecto agradable que no difería mucho del que proporcionaban las comedias de Shakespeare. Mientras que por un lado se apreciaban la ligereza y la gracia de su simplicidad, por el otro se percibían la fuerza y permanencia subyacentes.

En origen, la entrada del edificio estaba en Houston, pero hace un siglo, los editores de *Puck* enfadaron tanto a los políticos corruptos del Tammany Hall que estos eliminaron parte del edificio para crear la calle Lafayette. Tras aquella demolición parcial, el edificio renació de sus cenizas fraccionadas como un ave fénix y le añadieron varias plantas adicionales y un vestíbulo nuevo y opulento en Lafayette.

En ese momento, me encontraba fuera de dicho vestíbulo y observaba un Puck dorado y con sombrero de copa que parecía reírse de los tontos mortales que entraban en su edificio: hombres con trajes de gala y mujeres con vestidos fastuosos, todos ellos agolpados con impaciencia mientras sus limusinas atascaban las calles circundantes. El edificio, que ocupaba una manzana entera, estaba completamente iluminado y sus altos ventanales proyectaban un resplandor dorado sobre las calles Houston, Lafayette, Mulberry y Jersey.

Tandi sacó una carta de su bolsito.

—Creo que tenemos que ir a la entrada de empleados que está en la calle Jersey.

Esquivamos a la multitud y rodeamos el edificio. También había una pequeña aglomeración en esa entrada, donde vigilaba un hombre corpulento con traje y camisa negros, pajarita roja y unos llamativos calcetines rojos.

—Hola, Trevor —gorjeó Tandi.

—Tandi, por fin —gritó el hombre—. Las demás ya están dentro. Ponte a trabajar, nena.

Tandi se despidió con la mano.

—Buena suerte, Fuego —chilló. Luego cruzó la puerta y desapareció.

—¿Necesitan algo? —preguntó el hombre pestañeando.

—Venimos como modelos —le dije.

Me examinó y levantó una ceja.

—Lo dudo.

—Yo no, mi cliente, Fuego. —Empujé a Matteo hacia delante como una ofrenda.

—No está mal —dijo el hombre mientras lo evaluaba—. ¿Has traído el contrato y la carta?

—¿Cómo?

El hombre extendió la mano. Tenía un anillo en cada dedo, aunque, en un alarde de buen gusto, se había saltado el pulgar.

—El contrato.

—Brooks Newman me dijo que nos lo mandaría por mensajería, pero no ha llegado —mentí, impresionada de mis dotes interpretativas—. Brooks vio a Fuego hace unos días. Dijo que sería perfecto para la gala de esta noche.

—Así que Brooks ha encargado también material de clase humilde. —Escrutó a Matteo de arriba abajo como si fuera un caballo de carreras—. Un poco maduro, pero no está mal.

—Resopló y se cruzó de brazos—. Pero para entrar tienes que traer la carta, cariño. Tengo a J. Lo ahí dentro y no puedo dejar entrar a todos los Toms, Dicks y Fuegos que pasen por aquí, no sé si me entiendes.

—Brooks me dio su tarjeta —aseguré mientras buscaba en mi cartera y rezaba por no haberla tirado después de aquella cena en el Café de Union Square—. ¡Aquí está! —Se la puse en la mano.

—De acuerdo. —Se ablandó por fin—. Tienes suerte de que tengamos más tangas que bollos para rellenarlos, porque en caso contrario mandaría a Fuego de vuelta a su barrio de mala muerte.

Se hizo a un lado y Matteo y yo avanzamos, pero en ese momento me detuvo con una mano rauda.

—¿Y tú adónde vas, hermana?

—Con mi cliente. Yo...

—El modelo es él, no tú.

—Pero Fuego... no habla nuestra lengua —tartamudeé—. Es muy obediente, hace todo lo que le digo. Pero tengo que decírselo porque..., a ver, entre tú y yo, Fuego es una monada, pero un poquito corto.

La cara redonda del vigilante esbozó una sonrisa.

—Ay, ¡me encanta eso en los hombres! Anda, entra, guapa, y buena suerte.

—Un poquito corto —susurró Matteo una vez dentro.

—También he dicho que eras una monada. —En ese momento se acercó un joven delgado y musculoso, sin vello visible, cuya única indumentaria era un taparrabos de cuero sujeto con una cinta—. Y más te vale que lo seas si quieres competir con eso.

Matteo resopló.

—El camerino está por aquí —gritó un hombre escuálido.

Llevaba un secador de pelo en la mano y nos hacía señas con él para que avanzáramos. Por detrás, la sala estaba llena de cuerpos jóvenes y núbiles en diferentes grados de desnudez. La intimidad era nula y los modelos de ambos sexos se cambiaban de ropa juntos.

—A lo mejor esto no está tan mal —dijo Matteo con una sonrisa.

—Mucha mierda. Cuando te hayas cambiado, podrás deambular por aquí para buscar a Joy. Yo voy a ver si doy con la cocina.

Tardé diez minutos en encontrarla. Entre frigoríficos de acero y una amplia zona de fogones, decenas de cocineros con bata blanca preparaban unas bandejas con canapés muy sofisticados, todos veganos.

—Disculpe —le dije a un hombre que revisaba las bandejas antes de que salieran de la cocina—. Busco a una chica que trabaja para una de las empresas de *catering*. Joy Allegro. He quedado aquí con ella.

—Aquí no es, tiene que subir —respondió el hombre—. Nosotros somos los empleados del Puck, las empresas externas trabajan en la planta de arriba, en la Sala Claraboya. ¿Es usted del personal de sala?

—Pues... Sí, sí.

Como no iba vestida de invitada, no podía contestar que no. De haberle dicho otra cosa, me habrían echado de allí y no quería correr ese riesgo. Además, la Sala Claraboya sonaba a sitio exclusivo, pero seguro que podría entrar si me hacía pasar por camarera.

—¡Gracias a Dios! —exclamó—. El jefe me ha dicho que, si no llegaba pronto alguna de vosotras, tendría que mandarle a una de mis empleadas.

—¡Bueno, pues aquí estoy! —contesté con alegría. La situación era perfecta. En Jersey había trabajado a tiempo parcial como camarera para una empresa de *catering,* de modo que ese papel me venía como anillo al dedo.

—Ya ves, ninguna de mis chicas quería ponerse esa ropa.

Se me heló la sangre.

—¿Qué ropa?

—Aquí puedes cambiarte, pero date prisa —dijo mientras abría un vestuario—. Victoria's Secret ha cedido todo esto para la gala, seguro que hay algo que te queda bien. Avísame cuando acabes y te indico adónde tienes que ir.

Dudé y supongo que percibió mi cara de miedo.

—Ah, no te preocupes. No es ropa interior.

—Menos mal.

—Son una especie de camisones finos.

CAPÍTULO VEINTITRÉS

Salí del vestuario diez minutos más tarde con unos zapatos rojos destalonados y un camisón largo hasta el suelo con el escote bajo aunque no exagerado. La tela, estampada con flores rosas y con rosas rojas bordadas en el cuello, tenía una caída que acentuaba mis curvas, pero era finísima y vaporosa. Vale, lo admito, me quedaba bastante elegante y me habría gustado llevarlo... de haber estado en el dormitorio de mi casa.

Volvió el encargado. Reprimí las ganas de taparme.

—El ascensor del personal está ocupado con cajas de bebida. Va a tardar un rato, así que pasa por el salón principal y usa el ascensor delantero.

—¿Cómo? ¿Por el salón principal? ¿Con esta pinta?

—No tienes nada de lo que avergonzarte...

Dios mío de mi vida.

—Además, vas bastante recatada en comparación con las camareras que sirven la bebida. En cualquier caso, en la Sala Claraboya hay más de doscientas personas que te van a ver así, conque ve acostumbrándote. Y también hay mucho famoseo, no te pongas nerviosa. —Empujó la puerta de la cocina—. Al fondo del salón a la derecha, coge el ascensor hasta la última planta. Y al llegar al bar, pregunta por Ellie, ella te dará una bandeja.

No quería hacerlo, pero no me quedaba otra si quería llegar hasta Joy. Así que, después de respirar hondo, me lancé.

La pista de baile del salón principal, muy iluminada, estaba abarrotada de invitados que se deslizaban con elegancia entre las columnas al compás de una música de arpa, los hombres de etiqueta, las mujeres con vestidos largos o escuetos trajes de alta costura y joyas que pendían de los cuellos y brillaban en las orejas y los dedos. Incluso las modelos de lencería que caminaban por el parqué para servir las bebidas parecían acordes con la decoración, como hadas delicadas que revoloteaban en un cuadro victoriano.

Solo dos cosas estropeaban aquella escena perfecta. Del techo de cuatro metros de altura colgaban unas piezas enormes y sangrientas de ternera junto con jarretes de cordero, cochinillos enteros eviscerados y cientos de pollos muertos. Aunque no tardé mucho en darme cuenta de que, por suerte, todos aquellos animales enteros y troceados eran falsos —los pollos de goma o los jarretes de yeso pintado—, el mensaje no era nada sutil.

—Te has pasado un pelín, ¿no, Brooks? —murmuré con el ceño fruncido mientras contemplaba la colección de aves muertas falsas.

El segundo elemento perturbador era una hermosa pareja que posaba sobre unos pedestales cerca de la entrada. Eran dos de los seres más perfectos que he visto en mi vida. El hombre solo llevaba un *slip*, la mujer un tanga y un top de biquini diminuto. Tenían los músculos tonificados y tensos, el cuerpo terso y de aspecto sano, pero unas gruesas líneas negras marcaban los distintos cortes de la carne, como en el cartel que habíamos visto antes.

Ya había recorrido medio salón cuando oí que una voz femenina pronunciaba un nombre familiar.

—Oh, Maaa-tteee-ooooo.

Al darme la vuelta, vi a Matteo con unas zapatillas moradas, unos calzoncillos de seda, gesto de terror en la cara... y nada más. Era obvio que se apresuraba a llamar mi atención cuando una señora mayor lo había interceptado por el bíceps con un brazo arácnido.

La reconocí enseguida. Era Daphne Devonshire.

Vaya, vaya, vaya, Daphne, las vueltas que da la vida.

La última vez que vi a la amiga de Madame era una reina glamurosa y bien conservada que había adoptado la costumbre de engatusar a mi marido para que acudiera a su nidito de amor en la costa de Jamaica. Pero de eso hacía ya quince años y el tiempo no la había tratado bien. Los rasgos de Daphne, antaño suaves, parecían haberse congelado en una máscara mortuoria de cirugía plástica y bótox. Su piel, antes bronceada y lozana, había adquirido el color cetrino de una bebedora y fumadora empedernida. Y lo peor era que su vestido de licra sin tirantes no le sentaba nada bien. Aún tenía buen tipo, pero aquella indumentaria estaba confeccionada para una Pamela Anderson de veinticinco años, no para una mujer de sesenta y muchos.

—¡Matteo, querido! ¡Cuantísimo me alegro de verte! —gritó Daphne mientras le daba dos besos sin soltarle el bíceps y derramaba parte de la bebida—. ¿Te acuerdas de lo que te cantaba cuando estábamos en Jamaica, colega? —Lo de colega lo dijo con acento jamaicano, un acento jamaicano muy mal imitado. Y continuó con la música de la canción *Banana Boat*—: Maaatteee-ooooo, Maaa-tteee-ooooo, oscurece y tu vienes a casa...

Matt me miró con gesto desesperado e implorante.

—Joy está arriba —le dije—. Te veo allí. —Le lancé un beso y seguí mi camino mientras dejaba que se librara solito de la trampa mortal de su examante.

No había avanzado mucho cuando oí una voz familiar que me llamaba:

—Clare, cielo, menudo atuendo atrevido, aunque tengo que admitir que te queda bien.

Me di la vuelta y me encontré de bruces con Madame, exsuegra y propietaria del Blend. Iba agarrada del elegante brazo de un «amigo especial» a quien había conocido meses antes, el doctor Sienes Plateadas, también conocido como el oncólogo Gary McTavish.

Creo que me sonrojé al verme allí, de pie, medio desnuda.

—¿Te acuerdas del doctor McTavish? —dijo Madame para pasar por alto, con mano izquierda, mi incomodidad.

Él sonrió y me agarró la mano.

—Estás deslumbrante, querida.

—Sí que lo está —dijo Madame con ojo crítico—. Aunque alguna joya te habría dado un toque... menos desnudo.

Lanzó una mirada escrutadora a mis espaldas.

—¿Estás con alguien?

Me mordí la lengua para no hablar de los asesinatos, de Brooks Newman y de mi urgencia por encontrar a Joy. Habría parecido una loca si se lo hubiera contado todo de golpe y solo habría conseguido que ambas perdiéramos el tiempo. Tampoco era el momento ni el lugar para que le diera un infarto al enterarse de que su nieta estaba en peligro. Lo único que tenía que hacer era escabullirme de allí con educación y llevar mi vaporoso culo hasta la planta de arriba.

—Con Matteo —contesté con rapidez—. Estoy aquí con Matt.

A Madame se le iluminaron los ojos.

—Mi niño —dijo—. Volvió de África hace unos días y todavía no ha venido a verme. ¿Dónde está?

Miré hacia atrás.

—Bueno, yo...

Madame torció el gesto y miró a nuestro alrededor en busca de su hijo, aún prisionero de la antigua amiga de Madame, Daphne Devonshire (de la que era examiga desde su escarceo con Matt).

—Madre mía, Clare —dijo Madame con un suspiro de tristeza—. ¿Cómo pudo liarse con esa?

—No nos llevábamos bien. Fue a principios de los años noventa. El rap eclipsaba la *new wave*...

—¡Y Matteo se drogaba!

—Eso también.

Madame sacudió la cabeza.

—La cocaína es terrible.

—Tal vez deberías rescatarlo —sugerí con la intención de largarme cuanto antes.

—O tal vez deberíamos dejarlo con la damisela con quien decidió yacer. Tal vez...

Pero el doctor McTavish agarró de la mano a Madame.

—Creo que sí deberíamos... —dijo mientras tiraba de ella hacia donde se encontraba su hijo.

Llegué, sin más contratiempos, al ascensor que llevaba a la Sala Claraboya. Tal y como esperaba, el empleado de seguridad que vigilaba la puerta vio mi vestimenta y asintió, dando por hecho que formaba parte del personal contratado, y me hizo un gesto para que pasara. Me monté en el ascensor vacío y subí.

Cuando las puertas se abrieron, un joven rubio y apuesto con corbata negra esperaba en el vestíbulo. Me resultó conocido.

—Buenas noches —dijo mientras yo salía del ascensor y él entraba.

Su voz profunda y grave me hizo caer en la cuenta: se trataba de Pat Kiernan, el presentador matinal favorito de Esther y Joy del Canal 1 de Nueva York.

Me di la vuelta, pero las puertas ya se habían cerrado.

—Bueno, esto es como si lo hubiera conocido —murmuré sin detenerme—. Seguro que Esther y Joy se quedan impresionadas.

Más adelante, por las puertas abiertas de par en par de la Sala Claraboya, brotaban voces fuertes y carcajadas. Me confundí entre la multitud para acercarme a la barra. Alguien hacía tantas fotos que los *flashes* me impedían reconocer las caras de la gente.

—¡Señora Cosi! ¿Es usted?

La voz sorprendida pertenecía a un chico que estaba cerca de la barra, un compañero de la clase de Joy llamado Ray Harding. Había estado varias veces en el Blend con Joy, por lo que me conocía bien, pero el pobre estaba acostumbrado a ver a la madre de su compañera con un delantal azul gigante, no con un camisón de Victoria's Secret, y parecía avergonzado. *Bueno, chico, bienvenido al club.*

—¿Has visto a Joy? —le pregunté.

Asintió.

—Venga conmigo.

Ray me apartó de la multitud y me condujo hasta un cuarto trasero que parecía un gran armario lleno de sillas y mesas.

—Siento decirle que Joy lleva una noche malísima.

—¿Está bien? ¿Qué ha pasado?

—Está bien. Pero se ha ido ya. Me parece que el asqueroso de Brooks Newman se le insinuó de una manera repulsiva. La manoseó y todo. Me lo ha contado Amber. Me ha dicho que, como

Joy no quería causarle problemas a nuestra profesora, ha fingido que se encontraba mal y se ha largado.

Apreté los puños.

—¿Dónde está?

—De camino al Blend. Se fue hace veinte minutos.

—¿Y dónde está Brooks Newman?

Ray frunció el ceño.

—Ahí detrás, en la Sala Claraboya, chupando culos de mecenas famosos y apurando culos de vodka con tónica. Estoy echando una mano en la barra y ya le he servido cinco.

Bien —pensé—. *Eso significa que no está en la calle acechando a Joy. Ya solo tengo que encontrar a Matteo, volver al Blend y no perder de vista a Joy hasta que Quinn detenga a Brooks Newman por asesinato.*

—¿Cuál es la manera más rápida de salir de aquí?

—Por el ascensor de los invitados no —me aconsejó Ray—. Los está usando mucha gente y esta noche no paramos de recibir quejas. Vaya a la cocina y use el ascensor del personal. Acabamos de subir unas cajas y ahora está libre. Creo que será lo mejor.

Ray volvió a la sala y yo me colé en la cocina. Pulsé el botón y, mientras esperaba a que llegara el ascensor del personal, oí que se abría una puerta a mi espalda. Me di la vuelta.

Brooks Newman estaba a menos de tres metros y parecía un poco inestable.

—Oye, preciosa —gritó mientras me hacía un gesto con la mano—. Necesito ayuda con un grupo. Ven conmigo.

Le di la espalda y fingí no haberlo oído. Sentí unas pisadas fuertes y una mano que me agarraba con firmeza del brazo.

—Oye, ¿no me has oído? Te he dicho que necesito una camarera —dijo Brooks tirando de mí para que me diera la vuelta. Tardó un momento en enfocar la vista—. ¿Clare?

—Suéltame —dije.

Newman ya se había espabilado.

—¿Estás ayudando a tu hija otra vez?

—He dicho que me sueltes.

Por suerte, me soltó, pero no se fue.

—Bonita ropa. Estás sexi, Clare. Muy sexi.

Oí que el ascensor sonaba en el hueco por detrás de mí. ¿Cuándo llegaría?

—¿Por qué no me acompañas y te tomas una copita conmigo? —me preguntó, y arrastró un poco las palabras.

—Tengo que irme —dije—. Mi acompañante está abajo esperándome.

—Pues que espere —repuso Brooks mientras me acorralaba.

Quien dijo que el olor a vodka es imperceptible es un mentiroso, porque a Brooks Newman le apestaba el aliento a alcohol. Quizá debí tener miedo, pero no lo tuve. A diferencia de Joy, yo sí sabía quién era Brooks Newman, así que no sería una víctima tan fácil.

Los engranajes del ascensor chirriaron mientras la cabina llegaba hasta la puerta.

—No te vayas todavía, Clare. Pasa la noche conmigo. Aquí me queda solo un rato.

—No, lo siento —dije con voz neutra.

Fue entonces cuando se abalanzó sobre mí con un movimiento tan repentino que resultó desmedido. Como un oso torpe, me dio un zarpazo. Me defendí y conseguí zafarme de él justo cuando se abrían las puertas del ascensor.

Había escapado de él en el momento justo, aunque no una parte de mi camisón, cuyo delicado tejido se desgarró. Grité y traté de cubrirme mientras una enorme figura que salía disparada del ascensor estuvo a punto de derribarme.

Luego se oyó un aullido de dolor y un tintineo metálico. Tras recolocarme el camisón, me di la vuelta y descubrí a Mike Quinn, que sujetaba con firmeza a Brooks Newman. Este tenía los brazos esposados a la espalda y Quinn se los había doblado de tal forma que tuvo que arrodillarse.

—¿Estás bien? —me preguntó Quinn por encima de los gritos indignados de Brooks.

—Tienes que detenerlo —dije con tono serio—. Brooks Newman mató a esas mujeres. Las conoció a través de SolterosNY. Se acostó con ellas o lo intentó, y luego las asesinó.

—¿Qué? —chilló Brooks Newman—. Yo nunca he matado a nadie.

—Cierra la boca —advirtió Quinn.

Brooks Newman gimió. De repente, Matteo irrumpió en la cocina.

—¡Clare! —gritó mientras corría a mi lado—. ¿Estás bien? ¿Dónde está Joy?

—Está a salvo. Va de camino al Blend.

—Entonces puede que no esté a salvo —dijo Quinn.

—Pero si el asesino está aquí...

—Lo siento, Clare, pero Brooks Newman es inocente. He venido por tu llamada, pero sé que él no es culpable..., al menos de asesinato. Ya lo investigué con anterioridad. Tenía coartadas sólidas en los tres casos. Y lo más importante: sé quién cometió los crímenes.

—No me vengas con la teoría de que es Bruce Bowman —dije—. Otra vez no.

—No es Bruce, sino su exmujer, Maxine Bowman. Cuando me llamaste, estaba volviendo de Westchester. Fui allí para interrogar a un detective, siguiendo la pista de Bruce Bowman. Este detective está convencido de que Maxine Bowman mató a una becaria que trabajaba en el estudio de Bruce hace un año, pero no pudo demostrarlo ante el fiscal del distrito.

»Según parece, la becaria subió una noche a la azotea del edificio donde trabajaba y se tiró. Se dictaminó que había sido un suicidio, pero el detective descubrió que la chica acababa de empezar a salir con Bruce Bowman, quien a su vez acababa de separarse de su mujer. La compañera de piso de la becaria afirmó que Maxine la había acosado y perseguido.

»Por desgracia, Maxine Bowman contrató a los mejores abogados del condado de Westchester, que le proporcionaron una coartada, pusieron en tela de juicio las declaraciones de la compañera de piso, que tenía antecedentes por consumo de droga, y presionaron en privado al fiscal para que dictaminara falta de pruebas. El detective con el que hablé no quedó conforme con esa conclusión, pero no pudo hacer nada. En este momento, las autoridades de Westchester han perdido el rastro de Maxine. Sabemos que se mudó a Nueva York y que usa otro nombre. Pero es imposible que haya desaparecido sin más, así que vamos a encontrarla.

—La exmujer de Bruce. —Cerré los ojos. Tenía sentido. Y la verdad era que aquellos correos furiosos de Cosecha86 en el ordenador de Bruce me habían resultado inquietantes. Pero en mi interior había algo que no podía relacionar a una mujer despechada con un asesinato. A fin de cuentas, yo también había estado en esa situación, había sentido esa rabia incontenible, ese dolor devastador, pero nunca había actuado en consecuencia, nunca había intentado herir físicamente a nadie. Di por hecho que la exmujer de Bruce tampoco lo haría. Maxine tuvo que perder la cabeza.

—Sabía que Bruce era la clave, Clare —dijo Quinn—. Aunque él no fuera el asesino, tenía que ser alguien cercano.

Negué con la cabeza.

—Creí que intentabas atrapar a Bruce.

—Yo no intento atrapar a nadie. Intento conseguir pruebas. Y pensé que era un serio sospechoso.

—Pero yo no soy sospechoso —dijo Brooks—. ¡No he hecho nada!

—No estamos hablando de ti —vociferó Quinn.

—Entonces suéltame —gritó Brooks.

—Estás detenido por agresión sexual —dijo Quinn.

—¿A quién ha agredido? —preguntó Matteo.

—A mí —contesté sujetándome el camisón roto.

Matteo pareció darse cuenta de repente. No era de extrañar, ya que el camisón tampoco tenía mucha tela. Se volvió hacia Brooks.

—Hijo de puta. Si no estuvieras esposado te daría un puñetazo en la cara...

—Matt, no sabes lo peor. También lo intentó con Joy.

—Lo mataré.

—Tranquilo, socorrista de piscina —dijo Quinn bloqueando el brazo de Matt—, tenemos otros problemas más urgentes. Hablé con Esther Best en la cafetería y me contó lo del empujón de Joy desde la acera justo antes de que pasara el autobús. Dudo mucho que fuera un accidente... A Maxine Bowman se le da bien empujar. Estoy seguro de que intentó matar a Joy.

—¡Dame tu móvil! —le grité a Matteo.

Él extendió los brazos.

—Como si tuviera donde llevarlo.

—Toma —dijo Quinn—. Usa el mío.

Marqué el número del Blend. Contestó Esther.

—¡Esther! ¿Está Joy?

—Acaba de llegar.

—¡No la pierdas de vista! Dile que se quede allí. ¡Voy en un momento!

—¿Qué significa esto? —exclamó una voz indignada. Un hombre calvo y corpulento vestido de gala cruzó la cocina a toda prisa—. ¿Qué le hacen a mi cliente?

—¡Jerry, menos mal! —gritó Brooks Newman—. ¡Sácame de aquí ahora mismo!

Quinn mostró su placa y el hombre corpulento se calmó un poco.

—Soy Jerry Benjamin, el abogado del señor Newman. ¿Acusan a mi cliente de algún delito?

Quinn me miró.

—Ahora no tenemos tiempo —dije.

Quinn negó con la cabeza. A continuación, levantó a Brooks Newman del suelo y le quitó las esposas.

—Así está mejor —dijo Brooks, y se frotó las muñecas—. ¡Debería acusarte de abuso policial!

Estaba tan enfadado con Mike Quinn que ni siquiera vio llegar el puño de Matteo.

CAPÍTULO VEINTICUATRO

Ya en el Village Blend, encontramos a Joy sana y salva. Tras una ronda de abrazos, nos dijo que estaba cansadísima y que quería volver a su apartamento. Le pedí que pasara la noche en el dúplex, pero se negó. Me explicó que su compañera de piso estaría en casa y que quería revisar el contestador automático por si la había llamado el chico que conoció por la tarde. Aunque le propuse que lo llamara ella desde arriba, dijo que necesitaba intimidad; quizá hubieran acordado que él se pasaría por el apartamento de Joy, no solo que la llamaría. *Ay, la juventud.*

En fin, no pude evitar que se marchara, pero me sentí muy aliviada al verla salir de la cafetería acompañada de su padre. Si había algo que Matteo hacía bien era proteger a su hija.

Y si había algo que Quinn hacía bien era detener a los culpables. Ya había identificado a la asesina, ahora solo tenía que localizarla. Cuando nos separamos al salir del edificio Puck, dijo que se retiraba para buscar y arrestar a la mujer de Bruce.

Yo sabía que no sería tan difícil encontrar a Maxine Bowman mediante el carné de conducir, las tarjetas de crédito, el número de seguridad social y otros documentos; hoy en día nadie consigue permanecer oculto durante mucho tiempo, por más que adopte un nuevo nombre. Y, por supuesto, Bruce también ayudaría a dar con ella. Aunque no conociera su dirección exacta, era probable que colaborase con Quinn para tenderle algún tipo de trampa.

A poca distancia de mí, detrás del mostrador de la cafetería, Tucker parecía agotado. Me dolía en el alma pedirle que se quedara un rato más después de haber hecho un turno doble, pero no quería quedarme allí sola. De todos modos, Matt no tardaría mucho en volver.

Cuando el teléfono de la cafetería sonó a mi espalda, lo cogí enseguida.

—Village Blend.

—¿Clare? Clare, ¿eres tú? Menos mal. —Era Bruce. Su voz, grave y cálida, retumbó en mi oído más como una caricia que como un sonido.

—Cuánto me alegro de oírte —le dije. Parecía como si hubiera pasado un año desde la última vez que nos habíamos visto—. Ha sido un día de locos.

—Ah, ¿sí? Me pasé antes por allí y vi a Joy, pero nadie sabía dónde estabas, ni cuándo volverías. Empezaba a preocuparme.

—No tienes por qué preocuparte. Todo va bien.

—Estoy en el bajo Manhattan, voy en coche. Llego allí en diez minutos como mucho. No te muevas.

Como venía de camino, no me molesté en intentar contarle nada de lo que había pasado durante los últimos dos días, pues habría tardado horas en explicárselo. Quinn también necesitaría hablar con él. Pretendía llamarlo después de que Bruce llegara y nos saludásemos en privado. Tanto si Bruce conocía el paradero de su exmujer como si no, estaba convencida de que Quinn querría interrogarlo.

—No te preocupes —le dije a Bruce—. Estoy a punto de cerrar y no voy a salir. Si no me ves y la puerta está cerrada, estaré arriba. Llámame al móvil y bajo a abrirte.

Colgué y le sonreí alegremente a Tucker con energía renovada.

—¿Por qué estás tan contenta? —preguntó.

—Bruce es un hombre maravilloso y estoy enamorada de él.

Tucker me lanzó una sonrisa cansada.

—Me alegro por ti, cariño. De verdad.

—Viene hacia acá.

Tucker asintió.

—Me quedaré hasta que llegue.

Pero me daba mucho apuro hacerlo esperar. Parecía al borde del colapso.

—No hace falta. Te veo agotado. Ayúdame a echar a los últimos clientes y a cerrar. ¿Qué me puede pasar en menos de diez minutos aquí encerrada?

Tucker asintió.

—Estoy a punto de caerme de cansancio. ¿Estás segura?

—Por supuesto.

La verdad sea dicha, de repente supe cómo se sentía mi hija al desear volver a casa para tener intimidad con su nuevo pretendiente. No veía el momento de estar a solas con Bruce de nuevo, de rodearle el cuello con los brazos y quedarme un rato así, sin más.

Tucker y yo despedimos con educación a los últimos cinco clientes en un par de minutos. Luego, Tucker recogió sus cosas y se encaminó a la puerta principal.

—¿Estás segura de que puedo irme? —volvió a preguntar Tucker.

—¡Segurísima!

—Gracias, Clare. Buenas noches.

Cerré con llave y empecé a limpiar los restos depositados en las mesas de mármol, sobre todo servilletas arrugadas, migas y vasos de papel. Cuando llegué a la mesa junto a la chimenea, vi que había un ordenador portátil cerrado.

—Quién puede dejarse algo así...

Presa de la curiosidad, lo abrí. La pantalla estaba apagada, pero pulsé la barra espaciadora y cobró vida. Había varios archivos en el escritorio.

—De acuerdo. ¿Quién es tu dueño? —murmuré mientras buscaba algún nombre. Pulsé en una carpeta llamada «Copia de seguridad correo electrónico». Dentro había otras dos carpetas. Antes de que me diera tiempo a leerlas, oí un golpeteo insistente en la puerta.

—¿Winnie? —grité mientras me acercaba a la puerta. Era Winnie Winslet, doña Abrigazo.

—¿Puedes abrir, Clare? —gritó—. Qué tonta, me he dejado el portátil.

—Ah, es tuyo. Me preguntaba de quién sería. Un momento.

La llave seguía en la cerradura, preparada para cuando llegara Bruce. Abrí la puerta para que entrase Winnie.

—Pasa.

Cerré y la acompañé hasta el ordenador. Estaba a punto de disculparme por fisgonear cuando mis ojos se desviaron hacia la pantalla y vi los nombres en las carpetas: «Cosecha86 enviados» y «Maxine recibidos».

Miré a Winnie.

—¿Ese es tu nombre de usuario? —pregunté con toda la firmeza que pude—. ¿Cosecha86?

—Sí —contestó.

—Winslet es tu apellido de soltera, ¿verdad?

—Sí.

—Y tu apellido de casada era Bowman, ¿no?

Sacó la pistola en un visto y no visto. La tenía preparada. Estaba claro que lo del portátil había sido un ardid para entrar en el Blend cuando hubiera cerrado.

—Te equivocas si crees que le importas a Bruce —dijo—. Pasa de ti. Te la está jugando sin que te des cuenta... Por cierto, tu hija pasó la noche con él. Seguro que no lo sabías.

—Fui yo quien pasó la noche con él, Maxine.

Por un momento se le cayó la máscara de superioridad y condescendencia.

—¿Qué? Mentira. Vi a Joy entrar en su casa.

—Viste el chaquetón de Joy, pero era yo. ¿Qué es el nombre de Winnie entonces, una tapadera? ¿Te cambiaste el nombre?

—Es un apodo antiguo, zorra, nada de tu incumbencia. Pero terminemos rápido con esto. Date la vuelta.

—No.

—Date la vuelta. Vamos a dar un paseo. —Amartilló el arma.

La miré a los ojos. Estaba lista para disparar y ambas lo sabíamos. Bruce estaba a punto de llegar, tardaría poco. Matteo también. Si la entretenía...

—De acuerdo —dije—. Muy bien... ¿Adónde quieres ir?

—Primero a la puerta.

Me ordenó que cerrara con llave. Giré la cerradura hacia un lado y luego hacia el otro, de modo que se quedó abierta, pero ella pensó que la había obedecido.

—Vamos. Ahora a la escalera.

Intenté caminar despacio, pero me puso la pistola contra las costillas y apretó. Subimos a la segunda planta y luego a la tercera, pasamos por delante de la puerta del dúplex y llegamos al rellano más alto de la escalera de servicio, frente a la puerta de la azotea.

Mientras subíamos, tuve la precaución de dejar todas las puertas completamente abiertas. Como le había dicho a Bruce que estaría arriba, cuando viera todas las puertas de la escalera abiertas y la puerta del dúplex cerrada con llave, captaría la pista y subiría hasta la azotea, donde era obvio que nos dirigíamos en ese momento.

—Abre el pestillo.

Giré el pesado pestillo del centro de la puerta para hacer retroceder los gruesos resbalones encajados en la pared.

—Vamos —bramó, y salimos al tejado nevado dejando la puerta abierta de par en par.

El viento soplaba desde el río y me azotó el cuerpo con ráfagas heladas. Temblé en la oscuridad, di un paso, resbalé y caí de rodillas. Pero no por accidente. Quería estar en el suelo. Cerré las manos sobre la capa de nieve caída la noche anterior.

—Te estás pasando, Clare. Vamos. —Me tiró del pelo para levantarme.

—¡No!

Tiró con más fuerza para arrastrarme hacia el borde de la azotea.

—Tienes dos opciones: saltar y tal vez sobrevivir a la caída de cuatro pisos, o dejar que te mate a tiros y que parezca un robo. Esos policías idiotas no harán nada. Créeme, hoy en día no hay genios en los cuerpos de seguridad.

—No estés tan segura, Maxine —le dije temblando de dolor, miedo y frío mientras trataba de entretenerla un poco más—. El detective Quinn ya sabe lo de la becaria de Westchester.

De nuevo, el rostro bello y seguro de Maxine se desencajó.

—¿Qué? ¿Qué cree saber? ¿Eh? ¡Dime!

—Sabe que empujaste a esa chica, que no fue un suicidio. Sabe que empujaste a Valerie Lathem a las vías de Union Square.

Sabe que llevaste a Inga Berg a la azotea de su edificio y que la hiciste saltar o la empujaste. Sabe lo de Sahara McNeil. Y también sabe lo de Joy. Espero que te caiga una buena.

Ahí fue cuando le lancé la bola de nieve helada directamente a la cara y me puse de pie como pude. La nieve le dio con fuerza en la nariz perfecta de cirugía plástica, entre los pómulos altos, sobre los labios de colágeno.

—¡Zorra! —gritó, pero ya me estaba alejando de ella y del borde del tejado.

Se abalanzó sobre mis piernas y volví a caer, esta vez bocabajo. Estábamos las dos en la nieve forcejeando cuando sentí que se ponía a horcajadas encima de mí. Empecé a patalear y a gritar, y entonces, desde algún lugar, me llegó el grito de Bruce:

—¡Dios! ¡No!

Vino corriendo hacia nosotras, pero en ese momento noté la pistola contra la nuca.

—La mataré —dijo Maxine con voz áspera, aguda y enloquecida—. Voy a disparar, Bruce, y los sesos de tu preciosa Clare cubrirán esta bonita capa de nieve.

—¡No! No dispares, Maxi. No. Es a mí a quien quieres hacer daño, y lo sabes. Vamos, Maxine. Ven a por mí.

Por un momento, ella apartó la pistola de mi cabeza. *Dios* —pensé—. *¿Qué hace? ¿Va a disparar a Bruce?*

—¡No! —grité.

Entonces advertí de nuevo el frío cañón de la pistola contra la base del cráneo y supe que estaba muerta.

Un segundo más tarde, oí la explosión. La detonación fue un cañonazo en mi oreja, pero la bala no me rozó. Los oídos me pitaban de dolor y dejé de sentir el cuerpo de Maxine sobre el mío.

Me había quedado sola. Comprendí que Bruce se había lanzado contra Maxine para derribarla. El golpe apartó la pistola de mi cabeza, pero el retroceso del arma los empujó a ambos varios metros más allá del borde de la azotea.

Yo también estaba cerca. Miré hacia abajo, hacia la avenida donde se encontraba el Blend, y cerré los ojos. Tendría que vivir con esa imagen durante el resto de mi vida.

Bruce y Maxi yacían cuatro pisos más abajo, sobre el asfalto, unidos en un abrazo tortuoso y terrible.

CAPÍTULO VEINTICINCO

Maxine murió casi al instante por fractura de cuello. Bruce sobrevivió con daños en la columna y hemorragia interna. Lo llevaron a toda prisa al hospital St. Vincent y, según me dijeron, recuperó la conciencia.

Mi amigo el doctor John Foo, médico residente y cliente habitual del Blend, estaba de guardia en urgencias cuando llevaron a Bruce.

Me quedé en la sala de espera, caminando de un lado para otro. Matteo estaba allí conmigo, sentado cerca. Se levantó en cuanto el doctor Foo salió del quirófano.

—¿Cómo está? —pregunté.

El doctor Foo vaciló.

—Cuando el señor Bowman recuperó la conciencia, le preguntó al médico adjunto si usted estaba bien. Le dijimos que sí y poco después lo perdimos... Lo siento, Clare. Hicimos lo que pudimos, pero se fue. Lo siento mucho. Ha fallecido.

Perder a alguien es un sentimiento terrible. Y perder a alguien de quien te acabas de enamorar... No hay palabras para describirlo. Ninguna. Sentí que me caía por un agujero negro y vacío que me engullía. Y entonces me agarraron.

No recuerdo mucho después de eso, solo que sentí los brazos de Matt a mi alrededor y su voz que repetía:

—Te tengo, Clare. Te tengo.

Al día siguiente, presté declaración ante la policía. Quinn fue muy paciente y amabilísimo. Al cabo de una semana, vino al Blend para pasar un rato conmigo y hablamos largo y tendido sobre el caso.

Tucker trajo un termo de diez tazas de mocha java a mi despacho, cerró la puerta al marcharse y Quinn y yo nos sentamos.

Empezó contándome que en el registro del apartamento de Maxine habían encontrado un costoso equipo de vigilancia, unos prismáticos de gran potencia y la misma impresora y material de papelería que utilizó para escribirle la nota a Inga. En su ordenador portátil se hallaron pruebas de que había pirateado la cuenta de correo electrónico de Bruce. La policía también encontró una carpeta en su portátil que contenía un extenso diario personal.

—Las anotaciones eran incoherentes y estaban llenas de desvaríos. Era obvio que estaba furiosa por la decisión de Bowman al querer divorciarse de ella. Pensaba que él era un don nadie antes de conocerla y no podía permitir que, ahora que lo había «moldeado» para convertirlo en alguien, se lo llevara otra mujer. El primer asesinato, el de la becaria en Westchester, al parecer fue el resultado de un enfrentamiento que había ido a más. Cuando el empujón condujo a la muerte de la mujer y la policía dictaminó que se trataba de un suicidio, Maxine continuó con ese patrón y creyó que era un genio, mucho más lista que la estúpida policía. Ya te haces una idea.

—Creo que no me la hago, Mike... Me cuesta imaginar que una mujer tan atractiva pierda tanto el control.

Quinn tomó un largo sorbo de café.

—El hombre estupendo.

Me recorrió un escalofrío al recordar mi manera de describir a Bruce cuando lo conocí. ¿Había recuperado Quinn su humor negro? Si era así, no me hacía ninguna gracia.

—¿Cómo dices? —espeté—. ¿Te refieres a don Estupendo?

—No, Clare. Estaba pensando en el síndrome del hombre correcto. Es una forma de explicar, por ejemplo, lo que ocurre en los casos de violencia doméstica. El hombre considera que siempre tiene razón. Puede parecerle encantador al mundo entero y controlar casi todos los aspectos de su vida, pero pierde el control en un aspecto; por ejemplo, con su pareja. En ese caso, puede llegar a golpearla si percibe que ella lo ha puesto en ridículo de alguna manera o lo ha desobedecido o engañado, aunque esa percepción sea fruto de su imaginación.

—¿Estás diciendo que Maxine tenía ese síndrome?

—Eso parece, por lo que sabemos. Ella era la mujer perfecta: una diosa en su mundo, dominante en el matrimonio, es probable que mimada de pequeña, siempre con la razón, acostumbrada a salirse con la suya. Sin embargo, y por irónico que parezca, en el fondo albergaba una inseguridad muy profunda. Eso también quedaba claro en las anotaciones del diario que encontramos en su portátil.

—¿Y dónde encajaba Bruce en todo eso?

—Por lo que nos has contado, Bruce la admiró durante años. Y este tipo de «personas correctas» a menudo buscan compañeros sumisos y admirativos porque alimentan su autoestima. En el fondo, Maxine se consideraba una fracasada. Hemos encontrado divagaciones sobre las cosas hirientes que le decía su padre y sobre los jefes que la despidieron de distintos bufetes. No obstante, este tipo de personas no tienen por qué ser fracasadas. También pueden tener éxito. Lo determinante es que tengan un profundo sentimiento de inferioridad. Y está bastante claro que Maxine lo tenía.

—Una cosa es sentirse insegura..., pero ¿cometer todos esos asesinatos?

—Sí... ya... Piensa que uno de los rasgos distintivos de este síndrome es mantener el control frente al resto del mundo. Todos aprendemos autocontrol para actuar en la vida. El hombre correcto o la mujer correcta también, pero lo mantienen con todas las personas, excepto con una. Consideran que alrededor de esa persona no es necesario autocontrolarse, ya sea un amante, una esposa, un hijo o un padre. Para Maxine Bowman, fue su marido, Bruce. Con él, tomó la decisión de perder el control, de explotar a voluntad, de dar rienda suelta a su ira, incluso con violencia si lo deseaba. Es una decisión, Clare, una decisión consciente.

—¿Me estás diciendo que, cuando Bruce se fue, la válvula de escape de Maxine también desapareció?

—Sí. Ya no tenía al lado a un hombre que la admirara con independencia de cómo lo tratara ella. Ya no tenía la seguridad de que su padre se equivocaba al decir que era una princesa entrada en años que no había conseguido hacer nada por sí misma. Ya no tenía donde liberar sus demonios internos, donde perder los papeles. Y lo peor era que, en su mente, él la estaba traicionando con otras mujeres que se iban a beneficiar de lo que ella consideraba su propiedad, una propiedad valiosa gracias a su esfuerzo.

—«Mi sudor duplicó con creces el valor de la propiedad» —murmuré al recordar la forma en que Bruce me habló del esfuerzo invertido en la casa de ambos en Westchester, que alcanzó el doble de su precio de compra—. Para Maxine tuvo que ser un duro golpe ver a Bruce luchar durante el divorcio por lo que le correspondía.

—Otro ejemplo más de que había perdido el control sobre él, de que Bruce por fin había cogido las riendas de su vida y ahora la rechazaba. Y cuando empezó a salir con otras mujeres...

—Ella las mató.

—Sí. Por supuesto, no quería destruir lo que tanto esfuerzo le había costado crear; en lugar de eso, mató a cualquier mujer que tratara de adueñarse de él.

—Pero ¿cuál era su objetivo? ¿Qué creía que ganaría con eso? ¿De verdad pensaba que Bruce volvería con ella una vez que todas esas mujeres murieran?

Quinn negó con la cabeza.

—Los crímenes pasionales son una transferencia básica de rabia. No tienen lógica, Clare. Son solo violencia y dolor...

—Y lágrimas.

Quinn frunció el ceño. Me eché a llorar.

—Lo siento —dije en voz baja, secándome la cara.

—Fui a ver a la madre y a la abuela de Valerie Lathem —dijo en un susurro.

Cerré los ojos y me estremecí al recordar aquellas fotos en primera plana. Di gracias a Dios por no haber visto el nombre de Joy en los titulares.

—Son una familia religiosa, así que enterarse de que Valerie no se quitó la vida... ha sido importante para ellos.

Asentí.

—Escucha, estoy preocupado por ti. ¿Vas a estar bien?

—Sí... —Tragué saliva, moqueé y volví a asentir. Respiré hondo y levanté la vista hacia el rostro quemado por el viento de mi amigo, tan preocupado, con sus ojos azules intensos y expectantes. Esbocé una pequeña sonrisa para que se sintiera mejor—. Gracias, Mike.

Dejó escapar un suspiro considerable.

—Chica, me alegro de que sigas viva.

Joy también seguía viva. Y Matt.

—Yo también me alegro.

Durante mucho tiempo, evité pasar por la calle St. Luke's Place y su prolongación en curva justo al borde del barrio histórico. Traté de olvidar por todos los medios la noche nevada en que fui a aquella casa en la calle Leroy, la noche en que crucé esa línea. Sin embargo, un frío día de primavera en que Joy y yo paseábamos, dejé de prestar atención a la dirección de nuestros pasos y, sin darme cuenta, llegamos a aquel lugar.

De forma inesperada, me encontré de nuevo frente a la casa sencilla pero elegante de Bruce Bowman. La casa que nunca llegó a ser un hogar.

—¿Mamá? ¿Pasa algo? —me preguntó Joy.

—No, cariño... Solo recuerdos.

Al final, traté de no amargarme por la tragedia, por la horrible pérdida. Quería encontrar una forma mejor de recordar a Bruce..., así que intenté recordar la nevada prematura que cayó en el Village aquel viernes por la noche: tan hermosa como transitoria, desapareció el domingo al amanecer.

Decidí que Bruce sería así para mí. Una hermosa tarde, una preciosa noche; efímera, pero recordada con algo más que cariño. Si Maxine hubiera aprendido a soltar —pensaba a menudo—, también seguiría viva.

Thomas Paine, esa alma apasionada que murió hace dos siglos en Greenwich Village, dijo: «Está en nuestro poder volver a construir el mundo».

Tal vez sea así para algunos. Pero para otros no. Para Bruce fue demasiado tarde. Para Maxine también. Sin embargo, para mí no era demasiado tarde. Había vuelto a empezar más de una vez en mi vida y lo volvería a hacer. Sabía que el dolor acabaría desapareciendo y derritiéndose con el tiempo de forma inevitable, como una nevada prematura.

RECETAS Y TRUQUITOS DEL VILLAGE BLEND

El café moca del Village Blend
(un *latte* chocolateado)

1. Poner un chorro generoso de sirope de chocolate en el fondo de una taza.

2. Añadir una pulsación de expreso.

3. Verter leche hervida.

4. Remover desde el fondo para que se disuelva el sirope.

5. Cubrir con nata montada dulce y cacao en polvo.

El café *nocciola* del Village Blend
(un *latte* con avellana)

1. Cubrir el fondo de una taza con sirope de avellana.

2. Añadir una pulsación de expreso.

3. Verter leche hervida.

4. Remover desde el fondo para que se disuelva el sirope.

5. Cubrir con leche espumosa.

El café Frangelico de Clare
(un *latte* con licor de avellana)

1. Poner un chorrito de Frangelico (licor de avellana) en una taza y añadir una pulsación de expreso.

2. Verter leche hervida.

3. Remover desde el fondo para disolver el licor.

4. Cubrir con leche espumosa o nata montada.

El cóctel café-avellana de Matteo
(¡sin expreso!)

1 ½ cucharada de Kahlúa (licor con sabor a café)
2 ½ cucharaditas de Frangelico (licor con sabor a avellana)
1 ½ cucharada de vodka
½ taza de hielo picado

1. Mezclar el Kahlúa, el Frangelico y el vodka.

2. Remover bien.

3. Añadir el hielo y servir en un vaso bajo.

Bistec marinado en café
con patatas machacadas con ajo
y salsa de carne con café

Bistec marinado en café

1. Colocar de dos a cuatro bistecs (pueden ser solomillos o entrecots) en una fuente plana y cubrirlos con una cantidad suficiente de café, mejor si se ha preparado con un grano ligeramente ácido, aunque cualquier mezcla latinoamericana puede servir. La acidez es lo que ablanda la carne.

2. Marinar durante al menos ocho horas, mejor por la noche.

3. Cocinar en una sartén de hierro o a la parrilla.

Patatas machacadas con ajo

1. Pelar de tres a seis patatas grandes de las variedades russet o yukon gold. Cortarlas en trozos del mismo tamaño.

2. Pelar un diente de ajo por patata (más o menos al gusto). Poner las patatas y los ajos en agua con sal y llevarlos a ebullición hasta que estén tiernos.

3. Sacar las patatas y los ajos, añadir dos o tres cucharadas de mantequilla y una taza y media de leche o nata.

4. Machacar y remover.

5. Servir caliente.

Salsa de carne con café

5 cucharadas de mantequilla
30 g de harina
250 ml de caldo de carne de ternera
60 ml de café recién hecho
2 o 3 cucharadas de la grasa de la carne asada (opcional)

1. Poner las cinco cucharadas de mantequilla en una sartén.

2. Una vez derretida, mezclar el cuarto de taza de harina, la taza de caldo y dos o tres cucharadas de la grasa de carne sobrante en la sartén (si es posible).

3. Añadir el cuarto de taza de café recién hecho.

4. Calentar a fuego lento hasta que rompa a hervir.

5. Servir caliente.

Truquitos del Village Blend
para almacenar el café

1. Mantener el grano alejado del aire, la humedad, el calor y la luz excesivos (en ese orden) para preservar el sabor a café recién tostado durante el mayor tiempo posible.

2. ¡No congelar ni refrigerar el café que se va a utilizar a diario! El contacto con la humedad estropeará el sabor.

3. Almacenar el café en un recipiente hermético y mantenerlo en un lugar fresco y alejado de la luz. Un armario cerca del horno suele estar demasiado caliente, como una estantería al sol en pleno verano.

4. Comprar el café en cantidades acordes a la rapidez de su consumo. El olor y el sabor del café empiezan a perder intensidad casi inmediatamente después del tueste, por lo que es mejor comprar café recién tostado con más frecuencia y solo en la cantidad que se vaya a utilizar a lo largo de una o dos semanas.

TABLA DE EQUIVALENCIAS

PESO

Harina	100 g	¾ taza

VOLUMEN

2 ml	½	cucharadita de café
5 ml	1	cucharadita de café
15 ml	1	cucharada sopera
50 ml	¼	taza
75 ml	⅓	taza
125 ml	½	taza
175 ml	¾	de taza
250 ml	1	taza

COZY MYSTERY

Serie *Misterios felinos*
MIRANDA JAMES

1

2

3

Serie *Misterios de una diva* doméstica
KRISTA DAVIS

1

Serie *Misterios bibliófilos*
KATE CARLISLE

1   2

Serie *Misterios de Hannah Swensen*
JOANNE FLUKE

1   2

3

Serie *Misterios en la librería Sherlock Holmes*
Vicki Delany

🔍 1

Serie *Secretos, libros y bollos*
Ellery Adams

📖 1

© Berkley Prime Crime (MM)

CLEO COYLE

Es un seudónimo de Alice Alfonsi, quien escribe en colaboración con su marido, Marc Cerasini. Ambos son los autores de *The Coffeehouse Mysteries,* una serie que se publica desde hace más de diez años y cuya presencia en la lista de éxitos de ventas del *New York Times* es habitual. Alice y Marc también han escrito para grandes productoras y cadenas de televisión, como Lucasfilm, NBC, Fox, Disney, Imagine y MGM. La pareja vive en Nueva York, donde trabaja de forma independiente en distintos proyectos, incluida la serie *Haunted Bookshop Mysteries.*

Visita el Village Blend virtual de Cleo Coyle en https://www.coffeehousemystery.com

Descubre más títulos de la serie en:
www.almacozymystery.com

Serie
COFFEE LOVERS CLUB